KB163156

LE MOULIN DE POLOGNE
by Jean Giono

세계문학전집 39

폴란드의 풍차

Le Moulin de Pologne

장 지오노

박인철 옮김

민음사

차례

코스트가(家) 가계도

1대	코스트(1세) 낚시바늘에 걸려 사망 ── 아내 사고사
2대	첫째 아들 둘째 아들 차례로 사고사 / 폴 드 M / 올리리(올리라) / 아나이스 자크를 낳다가 사망 (형제) / 피에르 드 M 정신 병원에 수용
3대	앙드레 앙투안느 가차 사고로 일가족 몰살 / 마리 벼찌 씨가 목에 걸려 사망 / 첫째 아들 가출 후 실종 / 자크 급사 / 조제핀 조제민
4대	장 권총 자살 / 쥘리 정신 착란
5대	레몽스 가출 / 조제트 / 루이스 반신불수

1장

없어서는 안 될 훌륭한 분, 나의 왕자님

—『바꿔친 아이』[1]

예전엔 그토록 위풍당당했던, 폴란드의 풍차라 불리는 영지는, 모두가 조제프 씨라고 부르는 남자의 손에 들어갔다.

조제프 씨는 키가 크고 활달한 사십대의 호남이었다. 그는 까만 수염을 짧게 기르고 있었는데, 눈은 커다랗고 약간 푸른 빛이 도는 아주 아름다운 밤색을 띠고 있었고, 코는 좋은 집안 사람들의 얼굴에서만 볼 수 있는 나무랄 데 없는 완벽한 모양을 띠고 있었다.

그는 신경이 예민한 사람들의 마음을 누그러뜨리는 어느 겨울 날 이 도시에 도착했다. 그는 우리에게 그다지 예의바르

---

1) 영국 엘리자베스조(朝)의 극작가 토마스 미들톤과 윌리엄 로레이의 합작 작품명.

게 행동하지는 않았다. 별로 돌아다니는 일도 없이 곧장 카
페로 와 카드놀이를 했는데, 말을 하는 법은 거의 없었다. 그
는 늘 이곳의 유지들과 카드를 쳤지만, 자신이 상대를 고르지
는 않았다. 만일 그가 카드 상대를 골랐다면, 우리는 그가 흉
계를 꾸미고 있다고 생각했을지도 모른다. 우리가 그를 선택
했던 것이다. 그리고 그가 먼저 사람에게 말을 거는 일도 없었
다. 삼 개월쯤 지나서야 우리는 그가 무엇을 찾고 있는지 분명
히 알게 되었다. 그는 다만 마음 편히 있을 곳을 찾고 있었던
것이다.

　우리는 조제프 씨의 직업이 무엇인지 궁금해했다. 그는 늘
옷을 잘 입었다. 결코 화려하지는 않지만 그의 옷차림에는 멋
을 부린 흔적이 역력했다. 겨울에는 비로드로 된, 그리고 여름
에는 알파카 털로 된 상의를 입었다. 그의 옷들은 겉으로 보
기에도 오래된 것이 틀림없었지만 정교하게 수선되고 정성스
럽게 손질된 것이었다. 이러한 옷차림 때문에 그는 훌륭한 상
류층 인사처럼 보였다. 징을 박은 굽이 낮은 구두를 신었는데,
보도 위에서 걸음을 디딜 때마다 구두에서 딱딱 하는 소리가
났다.

　조제프 씨는 로가시옹의 막다른 골목에 있는 구두 수선공
의 집에 거처를 잡았다. 그에게 거처와 식사를 제공하는 부
부는 그다지 호감이 가는 사람들은 아니었다. 남편도 술고래
였고, 여편네도 술고래였다. 술을 마시면 이들이 벌이는 일은
부부 싸움이 아니었다. 그보다 훨씬 심각했다. 고래고래 노래
를 불렀던 것이다. 이들의 목소리는 엄청나게 컸는데, 한번 노

래를 부르기 시작하면 몇 날 몇 밤을 쉬지 않고 질러댔다. 우리는 소란스러운 일에 까다롭게 구는 사람들이 아니다. 우리의 신경을 거스르려면 어지간히 소란을 피우지 않으면 안 된다. 이 구두 수선공들은 바로 그럴 정도로 소란을 피워댔던 것이다.

로가시옹의 막다른 골목 한편은 오래된 수도원의 정원과 접해 있었다. 담장 벽 위로 삼십 미터가 넘게 솟아 있는 아름드리 플라타너스들이 두툼한 잎 가지들을 자랑스럽게 뻗으며 일종의 거대한 궁륭을 이루고 있었는데, 이 아래에서 두 술고래가 질러대는 노래는 마치 교회 안에서처럼 쩌렁쩌렁 울렸다. 사람들은 이 일로 벌써 헤아릴 수 없이 고소를 했고 순경도 골백번 그 집에 가서 칼의 손잡이로 대문이며 덧문을 두드려댔지만 속수무책이었다. 그럴 때마다 이들의 주정은 차마 입에 담을 수 없는 끝없는 욕설의 연도(連禱)로 바뀌고 마는 것이었다. 이 사람들은 큰 소리로 소란을 피워대는 데 그야말로 천부적인 재능을 지니고 있었다.

조제프 씨가 이 부부의 집에 기거하게 된 이후로 이들은 양처럼 순해졌다. 그가 왜 카브로(이것이 이 구두 수선공의 이름인데)네 집에 기거했는지는 아무도 알 수 없었다. 로가시옹의 막다른 골목은 살기 쾌적한 장소도 아닌 데다가 사람들 말에 따르면, 조제프 씨가 설사 아무리 가난하다 하더라도 훨씬 편하고 신분이 높은 사람들과 어울릴 수 있는 집에서 살 수 있었을 테니까 말이다. 심지어 사람들은 그에게 아첨 섞인 제의를 하기도 했다. 특히 공증인 수습 서기의 두 여동생들이 그랬는

데, 이들은 오래된 가문 태생으로 교회 광장을 마주하고 있는 케케묵은 커다란 집에서 덮개를 씌운 소파에 앉아 거실이나 지키고 있는 노처녀들이었다. 두 여자는 조제프 씨가 답례로 검은 펠트 모자를 벗으며 정중하게 하는 인사에 늘 반하고 있던 터라 한동안 얼굴에 미소를 가득히 담고 꽤 예의바르게 조제프 씨를 대했다. 그렇다 해도 조제프 씨는 결코 카브로네 집을 떠나지 않았다.

더군다나 사람들은 조제프 씨가 그들과 같이 식사를 한다는 사실을 알게 되었다. 저녁마다 우리가 상류층이라고 여기는 사람들과 태연하게 카드놀이를 하는 사람이 그러한 행동을 한다면, 그것은 생각해 볼 만한 일이었다. 이제 사람들은 매주 카브로 할멈이 공중 세탁장에서 커다란 식탁보와 왕관 모양의 돈을무늬를 넣어 짠 세 장의 냅킨을 빠는 일을 보는 것에 익숙해졌다. 사람들은 결국 조제프 씨가 그 집에 사는 이유를, 오래된 수도원의 정원이 매우 아름다워 그 집 창가에서 이 정원을 바라보는 게 지극히 기분 좋은 일이기 때문이라고 생각하게 되었다.

조제프 씨가 우리 마을에 자리잡기 시작한 처음 몇 달 동안은 카브로 할멈이 그의 살림을 돌보았다. 할멈은 이 일을 무척 영광스럽게 여기고 있었지만 그 누구도 궁금한 일들, 즉 그 남자가 정말 '잘사는 사람'인지, 고급 천 말고도 좋은 가구를 갖고 있는지, 결혼은 했는지 등등에 관한 일들을 물어볼 엄두를 내지 못했다. 침대 시트의 수나 그 넓이를 헤아려 보면 쉽게 짐작할 수 있는 일인데 말이다. 그러나 카브로 할멈에게 그런 것을 묻는 것은 생각할 수 없는 일이었다. 카브로 할멈은 대답하고 싶은 마음이 없을 때는 남을 신랄하게 쏘아붙이는 데 선수였기 때문이다.

카브로 할멈은 날카로운 여자였다. 할멈은 사람들이 입을 열지 않지만 그들이 무엇을 알고 싶어 하는지 훤히 알고 있었다. 그녀는 오랫동안 퇴짜를 맞은 사람이 자기가 사랑하는 사람에게 사랑을 고백할 때 취하는 그런 열정적인 공범자의 어조로 조제프 씨에게 이웃 사람들이 품고 있는 호기심에 대해 이야기를 했다. 그렇게 해서 그녀는 일생 중 가장 황홀한 순간을 맛보았다. 이 매력적인 남자와 그토록 오랜 시간 동안 대화를 나눌 수 있었던 것이다. "그 분은 너무도 오래된 일들을 생각나게 해 주었다오."라고 할멈은 말하곤 했다. 그도 그럴 것이 할멈은 조제프 씨와 대화를 나눈 일을 사람들에게 이야기하지 않고는 못 배겼기 때문이다. 정말 아무 말도 하지 않고 넘어갈 수는 없는 일이었다. 그래서 할멈은 조제프 씨가 자기에게 베풀어 준 명예를 과시하는 일로 만족하기로 했다(그녀는 이제까지 자기가 받은 멸시에 대해 앙갚음을 해야 할 일이 한두 가지가 아니었다). 그 대화가 있고 난 다음 날 할멈은 몸소 조제프 씨의 살림을 돌볼 식모를 구했다. 할멈이 구한 식모는 자기와는 너무도 다르게 수다쟁이에다가 조심성이라고는 털끝만큼도 없는 그런 여자였다. 게다가 이때도 카브로 할멈은 우리에게는 뜻밖의 태도를 보였다. 할멈은 마치 자기 혼자만이 비밀을 알고 있다는 듯 우리들을 조롱하는 듯한 표정을 짓고 있었다.

새로 온 식모는 조제프 씨의 형편을 우리들에게 미주알고
주알 늘어놓았다. 조제프 씨가 갖고 있는 가구라야 고작 하
얀 나무로 된 식탁 하나, 의자 하나, 그리고 쇠침대에 불과했
다. 그리고 침대 시트가 두 장, 셔츠가 세 벌(그중 한 벌은 필요
할 때 풀을 먹이는 것), 손수건 여섯 장, 수건이 두 장, 백색 점토
로 만든 파이프가 세 개, 그리고 책 한 권이 그의 살림살이 전
부였다. 그 책이 어떤 책인지는 알 수 없었다. 식모가 글을 읽
을 줄 몰랐기 때문이다.

그가 무엇인가를 감추고 있는 것은 분명했다. 그렇다고 해
서 우리들처럼 재미있는 일이라곤 없는 고장에 사는 사람들
에게는 너무도 자연스러운 악랄한 행동이 그에게 가해진 일은
결코 없었다. 그런 일은 정말 한 번도 일어나지 않았다. 우리
는 악해지기로 마음을 먹는다면 기상천외의 결과를 빚어 낼
일도 할 만큼 교활해질 수 있는 족속이다. 우리는 아이들을
오래된 수도원 정원에서 놀게 하고 플라타너스를 기어올라가
조제프 씨의 방을 들여다보게 했다. 아이들이 전하는 바로는
조제프 씨는 방안을 이리저리 태평스럽게 걷거나 아니면 의자
에 앉아 제목을 알 수 없는 문제의 그 책을 오후 내내 읽고 있
더라는 것이다.

이런 알 수 없는 일들에도 불구하고 조제프 씨는 우리를 불
안하게 하지는 않았다. 이것은 정말 설명하기 어려운 일이다.
아니 사실대로 말하면 그는 우리를 불안하게 했다. 그러나 그
는 우리를 두려움에 떨게 만들지는 않았다. 그 점을 깨달았을
때 나는 사람들이 그에게 악랄한 행동을 하지 않은 것에 대해

무척 의아해했다. 정녕 그에게 악랄한 행동이 단 한 번이라도 가해진 일이 없었던 것이다.

우리 도시에는 음악 협회가 둘 있다. 당연한 일이지만 경쟁 관계에 있는. 명예 회원증을 갱신해야 할 일이 생겨서 우리는 조제프 씨에게 회원증을 전달했다. 그는 회원증을 우아하게 받으며 삼 프랑을 지불했다. 다른 협회도 이에 질세라 똑같이 그에게 회원증을 보냈는데 역시 그는 회원증을 받으며 삼 프랑을 지불했다. 이런 무관심에 접하고 사람들은 이번에는 비위가 상했다. 대개 우리는 그런 무관심을 접하면 그대로 넘어가지 않는다. 우리가 그를 용서했다고 말할 수는 없다. 그런데 그 무슨 기적이 작용했는지 본때를 보여 주어야 한다는 생각은 생각으로만 그치고 말았다. 만일 그를 겨눈 대포들이 일제히 발사되었다면, 그는 아마 박살이 나고 말았을 것이다. 그런데 무엇인가가 화약을 젖게 만든 것이었다.

이 점은 반드시 말해 두어야겠다. 사실을 말하자면 다른 무엇보다도 우리의 자연스러운 충동은 약간의 두려움 때문에 억눌려 있었다. 그렇지 않다면 제아무리 매력이 넘치는 인물이라도 그는 다른 사람처럼 예외 없이 대가를 치러야 했을 것이다. 카브로 할멈이 매주 공중 세탁장에서 세탁하는 식탁보와 돈올무늬를 넣어 짠 냅킨들에 대해서는 생각해 볼 만했다. 그것은 그야말로 화려하기가 이루 말할 수 없었다. 그것보다 더 아름다운 식탁보를 가진 사람은 이제까지 아무도 없었다. 그것은 상상할 수 없을 정도의 생활과 이에 부합하는 권력을 말해 주고 있었다. 우리는 지극히 신중했던 터라 더 이상의 정

보도 없이 이런 권력을 가진 자에게 맞서지는 않았다. 사람들은 그를 음흉하고 위선적인 사람이라고 판단했다. 그런데 그가 존경을 받기 위해서 필요한 것은 바로 그런 면이었다. 특히 사람들 앞에서 존경을 받기 위해서 말이다. 그리고 조제프 씨가 중요하게 생각하고 있는 것은 바로 존경인 것 같았다.

우리는 일개 구두 수선공에 지나지 않는 사람의 식탁에 왕가에서나 쓸 그런 무늬를 넣은 식탁보를 내놓는 조제프 씨의 소탈함을 보고 전율을 금치 못했다. 우리를 우물 안 개구리처럼 이곳에서 바깥으로 한 걸음도 안 나가고 별일도 아닌 것에 놀라워하고 쉽게 겁을 집어먹는 사람들로 생각해서는 안 된다. 이 도시의 상류 계층 사람들은 멕시코에서 한 재산 마련한 사람들이다. 그러기 위해서는 폭풍우가 휘몰아치는 바다도 건너야 하고, 고산병에 걸리기 마련인 마을에서도 살아야 한다. 다른 어느 곳보다도 강도와 뱀이 들끓는 그런 마을에 무장을 하고 여행을 해야 하고 무장을 한 채로 자야 한다. 그러나 우리는 칼이나 맹금보다도 우리가 삶에 대해서 품고 있는 관념과 부합하지 않는 방식으로 사는 것을 더 두려워한다. 이것은 판초 빌라[2]의 혁명보다 더 확실하게 우리가 소유하고 있는 것을 파괴시킨다. 따라서 조제프 씨를 대할 때는 꽤 능란한 사교술을 발휘하지 않으면 안 된다.

조제프 씨는 이 년 이상 이 조그만 도시의 골칫거리였던 것

----

2) 1910년 멕시코 혁명 때 활약한 유명한 갱으로 민중에게는 영웅이었으나 지배 세력에게는 두려움의 대상이었다.

같다. 우리는 나름대로의 관습이 있으며, 여기서 우리의 관습대로 산다. 그런데 이제 우리와는 다른 방식으로 그것도 아주 편안하게 사는 사람을 눈엣가시처럼 보고 있자니 여간 불쾌하지 않았다. 그는 마치 우리에게 교훈이라도 주려는 것처럼 보였다. 우리는 그런 일은 좋아하지 않는다. 돈을무늬를 넣어 짠 식탁보가 없었더라면, 그리고 우리가 삶에서 겪은 체험이 없었더라면 조제프 씨는 모름지기 가장 끔찍하고 위험스러운 일들을 겪었을지도 모른다. 사실 그는 그런 일들을 겪었다. 하지만 별 탈 없이 겪었다. 그것이 더욱 우리를 불쾌하게 만들었던 것이다.

우리는 물론 이기기 위한 최상의 수단들을 갖고 있었다. 가장 강력한 수단이란 이른바 '불가항력'에 기대는 것이다. 그리고 조제프 씨의 경우라면 이 수단은 더할 나위 없는 묘수였다. 카네이션빛이 감도는 수염, 조금만 활기를 띠더라도 초록빛 광채로 반짝이는 눈, 그 풍채며 바다를 연상케 하는 남성적이고 유연한 걸음걸이, 이 모든 것은 소설에서나 볼 수 있는 신비스러움으로 화려한 식탁보, 그리고 하얀 나무로 된 식탁과 결합해서 여자들의 머리를 불타오르게 했다. 그는 인생의 황금기에 접어들고 있었고 매력적인 건강미를 자랑하고 있었다. 내가 말하는 것은 이 도시의 '경박한 여자들'이 아니다. 이러한 여자들은 물론 조금도 망설이지 않고 유혹에 무턱대고 온몸을 던졌다. 이런 종류의 스캔들은 우리들에게는 화젯거리가 되고도 남았을 것이다. 우리에게는 파리에서 그리고 심지어는 다른 나라의 수도에서 성공을 거둔 매우 우아한 여인들도 있었다. 이런 여인들은 솜씨도 좋았고 애교도 많았다. 그러나 희망을 송두리째 버리지 않으면 안 되었다. 조제프 씨의 미소 속에는 무엇인가 의미 심장한 것이 있었기 때문이다. 사실 우리는 이런 식으로 조금이라도 점수를 얻으리라고 생각하지는 않았다. 이와 달리 우리가 진심으로 기대를 건 것은 '규수들'이었다. 물론 오래 전부터 사람들 입에 오르내리는 막대한 유산을 상속받을 규수들도 있었고, 집 안에 얌전하게 처박혀 있는 규수들도 있었지만, 이런 여자들 외에도 이른바 조제프 씨의 나이에 어울리는 규수들도 적지 않았다. 대부분 여자들은 몸매가 빼어났다. 또 조금 통통하거나 마른 여자들도 있었지만 그네들의 눈은 매우 아름다웠다. 요컨대 무엇인가에 골몰해 있는 눈이었다. 현금을 갖고 있으니 결혼 상대로는 든든했다. 그 현금은 이를테면 페스트가 창궐한 폴란드의 풍차의 가격을 능가하는 것이었다. 끝으로 이들은 교육을 잘 받고 의무에 충실한 규수들이었다.

여자들에게 있어서 이 의무감은 우리가 가장 중요시하는 것으로 우리의 '규수들'은 이 의무감을 가장 완벽하게 구현하고 있다고 나는 서슴지 않고 말할 수 있다. 따라서 이것이야말로 조제프 씨를 우리 사람으로 만들기 위해 우리가 철석같이 기대를 걸고 있는 것이었다. 어느 정도 나이가 든 남자에게 가정의 안락함을 보여 주는 보드라운 실로 짠 슬리퍼, 탕약, 그리고 부활절이 되면 신자에게 나누어 주는 회양목 가지를 솔직하게 암시하기 위해서는 용기를 갖지 않으면 안 된다.

조제프 씨는 우리의 집요한 공략을 감지하고 있었음에 틀림없었다. 그는 우리의 공격에 능숙하게 대응했고 우리는 속수무책이었다. 우리들 중 조제프 씨가 거절한 '규수들'을 거절할 수 있는 사람은 아무도 없었을 것이다. 그런 일은 생각만 하더라도 등골이 서늘해진다. 아버지들은 하나같이 공장주거나 지주거나 교회 장로였다. 그들의 권세를 조목조목 따져 머릿속에 그려 본다면 이 도시의 길이며, 광장, 사거리마다 마치 중세 때처럼 사람이 함부로 들어오지 못하게 죄다 쇠사슬이 쳐졌을 것이다. 그가 얼마나 능숙하게 처신했는지 그에게는 쇠사슬을 친 거리도 바리케이트를 친 거리도 없었다. 오히려 그와 정반대였다.

나는 사교성이 뛰어나다고 자랑할 수 있을 정도는 못 된다. 그러나 이 조그만 도시의 상류 사회가 이 미천한 사람을 업신여긴 적은 이제껏 한 번도 없었다고 분명히 말할 수 있다. 그리고 이 상류 사회는 상당한 위치를 차지하고 있었다. 자만심 없이 말하지만 이 도시의 살롱은 정신 면에 있어서나 품격에 있어서나 정치 권력 면에 있어서나 파리의 살롱과 견주어 전혀 손색이 없었다. 또 이 도시의 원로들은 파리의 원로들과 마찬가지로 국가의 비밀에 대해 정통해 있었고 막후에서 상당히 중요한 역할을 하고 있었다.

어느 날 저녁 이 도시의 원로 가운데 한 사람인 드 K…… 씨가 나를 따로 끌어내면서 이렇게 말했다. "상류층 사람들이 그야말로 끔찍한 실수를 저질렀더군요. 그 사람이 정말 누군지 당신은 알고 있소? 그는 짧은 옷을 입은 예수회 회원이오. 게다가 계급도 아주 높은!" 나는 이 말을 듣고 소스라치게 놀랐다. 조제프 씨의 눈가에 늘 햇무리처럼 그려져 있는 가볍게 조롱하는 듯한 표정에는 어떤 의미가 깃들여 있었다. 우리를 상당히 불안하게 하는 의미가. "그가 교구장이라도 된다는 것은 아니오."라고 드 K…… 씨는 말을 이었다. 그 점은 내 느낌으로도 알 수 있으니까. 하지만 그러한 종류의 사람에게 감히 실수를 해서는 안 되는 법이지요. 그런데 말이 나왔으니 말이지 안목이 좁은 사람들이 가엾게도 그 사람에게 추파를 던진다고 하던데." 나는 우물우물 입을 열었다. "어떻게 그걸 아셨죠?" "뭐를 말이오, 사람들이 추파를 던진다는 사실 말이오?"라고 그가 말했다. "아닙니다, 아닙니다. 그 일은 저도 알고 있습니다. 드러내 놓고 그 짓들을 하니까요. 하지만 그가 그런 인물이라는 것은?" 나는 너무도 당황해하고 있었다. 짧은 옷을 입은 예수회 회원이란 법관을 의미한다. 우리에게는 모두 재판을 받을 만한 이유들이 상당히 있었던 것이다.

드 K…… 씨는 냉정한 사람이었다. 나는 그가, 이를테면, 입찰과 같은 위험한 일에서 가장 확실한 방법을 통해 앞뒤 가리지 않고 생각하고 결단을 내리는 것을 자주 보았다. 그가 터무니 없는 착각을 하는 일은 없었다. 그는 우리들 중 가장 노련한 사람이었다. 그러한 그가 알쏭달쏭한 말을 한 것이다. 그의 말에는 우리가 위험한 일을 하고 있는 중이라는 뜻이 분명히 담겨 있었다. 조제프 씨는 틀림없이 고의로 자신의 신분을 노출한 것 같았다. 고의로라고 한 것은 그러한 종류의 사람들이 실수를 저지르는 일은 없기 때문이다. 그는 네스토르 B……와 카드놀이를 하면서 지나가는 말로 몇 가지 암시를 하였다. 그런데 이러한 암시를 조제프 씨는 매일 저녁 여러 차례, 그것도 눈에 띌 정도로 집요하게 반복하는 것이었다. "요컨대……."라고 드 K…… 씨가 말했다. "당신은 한 번이라도 그를 미사에서 본 일이 있습니까?"

조제프 씨가 그러한 인물이라는 것을 의심하기에는 증거가 너무 많았다.

사람들은 재빨리 자기 딸들을 집 안에 가두어 버렸다. 그리고 글자 그대로 조제프 씨는 폭발적인 존경과 인사를 한 몸에 받았다.

이제 모든 일이 분명해졌다. 하얀 나무로 된 식탁, 쇠침대, 돈을무늬를 넣어 짠 식탁보, 스스로 조금도 부끄러워하지 않는 가난 등등의 일 말이다. (가난을 조금도 부끄럽게 여기지 않으려면 꼭 권력이 있어야 할까?) 우리는 이해하고 있었다. 조제프 씨의 가난이란 기꺼이 받아들이고, 일부러 꾸민 가난, 인위적으로 만들어 낸 가난이라고. 그의 정체를 우리의 원로인 드 K…… 씨가 간파하고 만 것이다. 하지만 우리는 명백하게 보이는 것을 보지 못한 것을 씁스레하게 여기고 자신들을 탓하고 있었다.

남편 사냥을 하던 시기에 사람들은 경솔하게도 두 명의 '규수들'을 내놓았다. 엘레오노르 H…… 와 소피 T…… 였다. 집에서는 다른 아가씨들보다 더 빨리 이 아가씨들을 들여놨지만 소용없었다. 이 아가씨들은 싸움터에서 너무나 중요한 위치를 차지하고 있던 터라 그 그림자가 여전히 눈에 띄게 남아 있었다. 이 때문에 이 아가씨들은 많은 야유를 받았다. 왜냐하면 필요 앞에는 법도 없다는 말이 있듯이 우리 모두가 눈 깜짝할 사이에 조제프 씨 편에 가 있었기 때문이다. 그는 사람들을 지휘하는 커다란 단장을 손에 넣고 있었다.

엘레오노르와 소피는 비록 혼기를 놓친 노처녀들이었지만 마음은 매우 여렸다. 두 아가씨들로서는 마치 아무 일도 없었다는 듯이 예전과 마찬가지로 사람들 앞에 나타나서 미소를 짓고 지낼 수는 없었다. 이 아가씨들의 집안은 두려움으로 벌벌 떨었는데 이 두려움에 비하면 그 불쌍한 '규수'들은 하등 고려할 대상이 되지 못했다. 두 집안 사람들은, 아버지나 어머니나 오빠나 고모나 심지어는 촌수가 먼 재종까지도 엘레오노르와 소피를 억지로라도 외출하게 하고, 다른 집을 방문하게 하고, 산책장이든 어디든 가릴 것 없이 여러 사람이 모인 곳에 모습을 드러내게 했다. 집에서는 이 아가씨들에게 끊임없이 훈계를 했다. 그런데 두 아가씨가 산책로나 살롱에 나타나자마자 사람들은 노골적으로 속뜻이 뻔히 보이는 곁눈질을 했다. 두 아가씨는 그 시선이 어떤 의미를 담고 있는지 잘 알고 있었다. 아가씨들도 하인들을 종종 그런 식으로 쳐다보았기 때문이다. 수치심으로 이들의 이마는 늘 빨갛게 달아올라 있었다. 아가씨들이 얼마 안 가 병에 걸리게 되리라는 것은 쉽게 짐작할 수 있는 일이었다. 모두가 이것을 보고 즐거워했다.

만일 우리의 원로 중 한 사람이 해 준 속내 이야기를 내가 경솔하게도 철석같이 믿지 않았다 하더라도 (그런 일은 이제껏 없었고, 또 이번에도 결코 그렇지 않은데) 조제프 씨가 엘레오노르와 소피에게 한 행동만 보더라도 나는 깨달았을 것이다. 나로서는 드 K…… 씨만큼 통찰력을 갖고 이 기묘한 사람의 사회적인 지위를 정확하게 맞출 수 없었을지도 모른다. 하지만 나는 본능적인 감각으로 그 사람의 예외적인 가치를 예견했을 것이다. 사실 우리는 우리의 두 '규수'가 신경 쇠약에 걸리는 것을 보는 일은 시간 문제라고 생각하고 있었다. 그런데 모든 일이 훌륭하게 원상 복구가 되고 만 것이다. 우리는 입을 멍하니 벌리고 무척 불안해했다. 이젠 더 이상 어떻게 처신해야 할지 몰랐기 때문이다.

매주 일요일 오후 두시면 이 도시에서 내로라 하는 사람들은 화려하게 차려 입고 평원을 오십 미터쯤 위에서 굽어보는 느릅나무들이 심겨진 동산을 산책하러 나갔다. 옛 성벽의 잔해 위에 펼쳐져 있는 이 훌륭한 산책장은 이 도시의 시의원이었던 봉본느 씨의 작품이다. 봉본느 씨는 육십 년 전 관계로를 만들어 이 고장의 땅을 비옥하게 하고 대도시에 어울릴 만한 이 산책장으로 주거 환경을 아름답게 꾸민 인물이다. 이 산책장의 이름은 벨뷰인데, 이 이름은 주변 경관의 우아함과 잘 어울린다.

때는 오월이었다. 위험 없이 잔인해지기에 딱 알맞은, 따뜻하고 단조롭고 몸이 나른해지는 계절이었다. 사람들은 엘레오노르와 소피를 놓고 마음껏 즐겼다. 가족들은 두 아가씨를 조심스럽게 벨뷰에 내놓았다. 그것은 말하자면 자기네들도 상류사회에 속한다고 선언하는 일과 같았다. 하지만 그것을 믿는 사람은 아무도 없었고 모두 그러한 태도를 공공연하게 드러내었다. 우리는 그것이 희극이라는 것을 알고 있었던 것이다. 우리는 마음껏 배우들을 야유했다.

조제프 씨가 산책장에 나온 일은 한번도 없었다. 그런데 그가 여기에 왔던 것이다. 우리들은 앞을 다투어 그에게 인사했다. 느릅나무 아래 그가 있다는 것은 내 생각으로는, 비록 그가 딱딱하게 인사를 했다 하더라도, 우리에게 좋은 점수를 준 것을 의미했다. 우리에게 예의를 차리면서도 그는 자신의 위세를 강조할 권리가 충분히 있었다.

설사 세월이 흘렀다고 하지만 나는 그가 당시에 무슨 일을 했는지 정확하게 머릿속에 그려 볼 수 없다. 그것은 우리로서는 이해하기 힘든 대목이었다. 내가 말한 대로 조제프 씨는 약간 딱딱하게 인사를 했다. 분명한 것은 그가 우리의 인사에 답하는 둥 마는 둥 하면서 판사처럼 빠른 걸음으로 드 K……씨와 T…… 부인, M…… 씨 가족, 그리고 이 도시의 거물들 앞을 지나갔다는 사실이다. 마치 배나무 묘판 앞을 지나가듯. 그는 부모들 사이에 있는 엘레오노르에게 허리를 굽혀 인사를 했다. 그리고 모든 사람을 홀릴 정도로 몸을 돌려 그녀의 아버지와 어머니 사이에서 갈지자로 걷고 있는 가엾은 소피에게 허리를 굽혀 인사를 했다. 그러고 나서 그는 눈 깜짝할 사이에, 어떻게 그런 일이 일어날 수 있는지 우리의 눈을 의심할 수밖에 없는 행동을 보였다. 그는, 엘레오노르는 자기 오른팔에, 소피는 자기 왼팔에 끼고 극히 자연스러운 일이라는 듯 느릅나무 아래를 유유히 산책하기 시작했던 것이다.

우리는 아연실색했다. 소돔과 고모라를 보았더라도 그 정도까지 놀라지는 않았을 것이다. 수염이 난 입을 딱 벌리고 있는 B…… 씨, 우산을 펼치던 중에 그만 그 광경을 보고 놀라서, 마치 그림 속에서처럼 동작을 멈춘 채 있는 R…… 부인의 모습이 지금도 내 눈에 선하다. 오직 조제프 씨와 그 가엾은 두 아가씨들만이 여전히 살아서 움직이고 있었다. 그의 눈은 이번에는 완전히 푸른색을 띠며 반짝거리고 눈살은 찌푸려져 있었으나 수염의 움직임으로 보아 말을 하고 있는 듯한 입술에서는 순진무구한 미소가 흘러나왔다. 두 아가씨는 몸을 꼿꼿이 세우고 허리를 약간 뒤로 젖히고 우아하게 발을 내디디며 걷고 있었다. 우리는 누군가가 편안하면 이내 그것을 깨닫는다. 자기 마음속에서 느껴지는 일종의 불안감이 누군가가 편안히 있다는 것을 알려주기 때문이다. 바로 이러한 일이 그때 일어났던 것이다. 두 아가씨들과 우리에게.

그 일이 있었던 날 저녁 나는 드 K…… 씨와 길에서 우연히 부딪혔다. 그는 한번도 나와 길에서 이야기한 적이 없었다. 그는 내게 말했다. "내가 제대로 본 것인가요?"라고. 나는 그의 통찰력에 대해 찬사를 늘어놓았다. 하지만 우리는 호되게 얻어맞았던 것이다. "굽혀야 되오."라고 그가 내게 말했다. "굽혀야 되오, 허리를 굽혀야 된단 말이죠. 이것이 내가 당신에게 주는 충고요. 우리는 대단한 사람이 아니오. 그 사람의 배후에는 어마어마한 세력이 있어요." 나도 그와 같은 일을 위험을 무릅쓰고 할 수 있으려면, 그런 식으로 우리를 멸시하려면 고위층의 지지를 얻고 있지 않으면 안 된다는 것을 인정했다. "지지를 얻고 있는 것 이상이지요."라고 드 K…… 씨가 말했다. 그리고 그는 집게손가락을 세우면서 말했다. "지지를 얻고 있는 것 이상으로 복종을 얻고 있지요. 내가 당신에게 말하는 것을 잘 기억해 두시오. 저렇게 높은 위치에 있다면 사람들이 그를 지지하고 있는 게 아니라 그에게 복종하고 있다는 사실을 말이오."

우리는 아타나즈 자매가 하는 잡화점 앞 보도 위에 서 있었다. 사람들은 창유리를 통해서 우리를 바라보았다. 심지어는 우리의 대화를 엿들으려고 문을 빠끔히 열어놓기도 하였다. "이리 오시오."라고 드 K…… 씨가 내게 말했다. 우리는 우체국 쪽으로 몇 걸음 갔다. "극도로 신중하지 않으면 안 되오." 라고 그가 말했다. 우리는 늘 그래 왔다고 나는 당황해하는 목소리로 대답했다. 지금 생각하기에도 나는 당시 왜 내가 그토록 당혹해했는지 모르겠다. 드 K…… 씨가 사람들이 다 보고 있는 시내에서 나를 자기와 동등하게 대해 주었기 때문에 그랬는지, 아니면 당시 우리가 치르고 있었던 사건 때문이었는지 나도 모르겠다. "사실 이제껏 우리가 경솔하게 행동한 적은 한번도 없었지요. 우리들 사이에서는 말고 말이오. 그리고 우리들 사이에서는 경솔한 짓을 하더라도 별로 대수로운 일은 아니지요. 서로 잘 아는 사이니 만큼 확실히 그래도 될 때만 경솔하게 행동하니까." 나는 우리가 하도 어수선한 시절을 지내고 있는 터라 드 K…… 씨에게 용기를 내어 물어보았다. "그사람은 대체 무얼하러 여기에 왔을까요?"라고. 그는 두 팔을 하늘을 향해 쳐들었다. "그런 사람들이 어디에 있든 하는 일이 무엇이겠소?"라고 그는 내게 대꾸했다. 그는 내 귀로 몸을 굽혀서 하던 말을 계속했다. "우리를 깎아내리러 왔지요. 그런 사람들이 하는 일이 바로 그런 일이지요." 우리는 아무 말 없이 계속 몇 걸음을 걸었다. 어렸을 적 내 가슴을 뭉클하게 했던 저녁처럼 진줏빛 도는 회색 하늘로 뒤덮인 아름다운 저녁이었다. 세상사란 순진무구하고 소설에서나 나오는 그런 풍경을 즐기게 내버려 두지는 않는 법이다.

나는 드 K⋯⋯ 씨처럼 날카로운 사람도 아니고 박식한 사람도 아니다. 하지만 나의 안전이 문제 될 때는 그래도 조그만 일에는 쓸모가 있는 분별력쯤은 갖고 있다. 나는 그럴 때면 속으로 이렇게 말한다. "매사가 늘 그렇지만 가장 간단한 일은 다른 사람들이 하는 대로 따라하는 것이지. 그러면 너는 다른 사람들만큼 화는 당하지 않을 거야. 하늘이 무너져도 미리 알고 있을 거야. 최후의 순간에는 넌 혹 살짝 비켜서서 몸을 구할 수 있을지도 몰라. 주위에서 무슨 말을 하고 무슨 일을 하는지 잘 듣고 잘 보고 있으려고. 그리고 거기서 이득을 취하려무나." 사람들 말로는 그들이 서로 헤어질 때 소피가 조제프 씨의 두 손에 입을 맞추었다고 한다. 소피가 그런 일을 한 것은, 그것도 벨뷰에서 사람들이 모두 보고 있는 자리에서 그런 일을 한 것은 늘 사람 앞에 나서지 않는 이 '규수'가 남들이 이해 못할 흥분에 사로잡혔기 때문이다. 심지어 그녀는, 사람들의 말에 따르면 '조제프 씨의 두 손에 달려들었던 것 같았다'.

이런 경우 사람들은 늘 부풀려 말하는 법이다. 하지만 나는 나의 비판적인 감각을 제대로 발휘할 수 없었다. 그 장면은 내가 사물을 분간할 수 없을 정도로 멀리 떨어진 곳에서 일어났기 때문이다. 세 사람이 산책을 하고 있는 동안 우리들은 줄 곧 서로 몸을 붙이고, 말하자면 산책장 끝에서 봉본느 씨의 흉상 주위에 피신하고 있었다. 이러한 사태는 무슨 일에도 결코 불안해하는 일이 없는 서민들이 전한 것이었다.

소피가 '조제프 씨의 두 손에 달려든 것'을 보고 엘레오노르는 몸을 움찔하며 한 걸음 뒤로 물러선 것 같았다. 그러나, 여전히 상상력이라고는 없는 서민들의 말을 따르면 엘레오노르도 그 순간이 지나자 역시 몸을 던졌는데, 그녀가 몸을 던진 상대는 소피였다는 것이다. 그녀는 더할 나위 없이 정열적인 애정의 표시를 해 대며 소피를 포옹했다. 이것은 깊이 생각해 볼 만한 일이었다. 이러한 사건이 왜 끔찍하고 기적적인 일인가를 알기 위해선 이 도시의 분위기를 잘 알고 있지 않으면 안 된다.

소피는 사실 이 도시의 거물급 인사의 축에는 결코 낄 수 없는 철물상의 외동딸이었다. 그녀의 아버지는 철교를 만들던 시절 대규모 입찰에 아주 쉽게 네댓 번 성공했다. 그의 사업은 착실히 번창해 갔다. 그리하여 그는 이 지역에서 오랫동안 입신 출세한 사람으로 존경을 받았다. 당시 비록 얼굴은 예쁘지 않았지만 싱그러운 스무 살의 소피는 부유층 자제들에게 접근했다. 하지만 그녀는 받아들여지지 않았다. 다만 그 근처를 맴돌았을 뿐이었다. 멋쟁이 젊은 남녀들이 마차를 타고 바이올린을 켜면서 소사나무 숲으로 야유회를 갈 때 도중에 길에서 서성거리고 있는 소피와 우연히라도 마주치면 그들은 그녀에게 공손하게 인사했다. 하지만 그녀를 초대하는 일은 누구도 생각하지 않는 전혀 별개의 일이었다. 소피는 철물상의 돈을 과대평가한 것은 아니었을까? 크고 두툼한 그녀의 입술은 쓴맛을 다셨다. 그녀는 하는 수 없이 머리를 양 어깨에 파묻고 구두의 끝만을 뚫어지게 쳐다보고 말았다. 그런 일이 있고 난 후 소피는 살이 찌기 시작했는데, 이때 그녀는 자기 아버지 상점의 외무 사원과 잠시 정을 통했다. 그 후 적어도 십 년 동안 그녀는 여전히 눈을 내리깔고 지내다가, 포교 신부와의 일 때문에 또다시 웃음거리가 되고 말았다. 이 신부는 우리의 교구 생 소뵈르에, 여기서 가장 높은 동산 꼭대기에 세운 십자가 일로 설교를 하러 온 사람이었다. 십자가는 해발 삼백 미터도 넘는 곳에 세워졌다.

나는 앞에서 소피가 사람들 앞에 잘 나서지 않는 여자라고 말한 바 있다. 그녀가 사람들 입에 오르내린 두 차례 사건의 경우에도 사실 이렇다 하게 말할 거리는 없었다. 외무 사원은 모진 말을 듣고 느닷없이 문전에서 내쫓겼다. 결론을 내린 것은 우리였다. 포교 신부의 문제는 먼저 경우보다는 훨씬 명확했다. 소피가 설교를 열심히 경청하고 매번 설교대 바로 앞에 앉는 열의를 보인 것을 부정할 사람은 없을 것이다. 그리고 그녀의 아버지가 십자가에 쓸 쇠를 무상으로 제공하려는 결심을 한 것도 소피가 고집을 부려서 그랬다는 사실을 누구나 알고 있었다.

아무튼 신부의 문제는 아무런 영광도 없이 조용하게 마무리지어졌다. 소피는 허리가 굵어졌으며 벌써 오리처럼 걷기 시작했다. 그녀는 우리가 보기에는 황소보다 더 커지려고 한 개구리였던 것이다. 호의를 가지고 있는 사람들은 그녀보고 "소피는 머리가 좋아."라고 말했다. 그러면 우리는 항상 똑같이 응수했다. "차라리 머리가 좋지 않았더라면 더 좋았을 거요." 라고. 그 말은 예쁜 데라곤 없는 그녀의 얼굴에 대한 매우 재치 있는 암시였다. 게다가 우리는 그녀를 마음이 여린 여자로 알고 있었다. 그녀는 성격상 두어 가지 장점을 갖고 있었는데, 그런 성격이 전혀 계제에 맞지 않은 일에 감상벽을 통해 드러나지 않았더라면, 그 장점은 좋은 방향으로 그녀를 돋보이게 했을 것이다. 자비란 태어날 때부터 그 일을 하게끔 지정된 사람들에게 맡겨 두어야 하는 법이다.

엘레오노르는 전혀 다른 여자였다. 그녀와 함께 있으면 늘 신중하게 행동해야 했다. 우선 H…… 씨 집안은 튼튼한 가문의 후손이었고 집안의 재산은 사업이나 노동으로 모은 것이 아니었다. 엘레오노르는 외가 쪽으로 드 K…… 씨의 육촌 재종이었고 군청을 좌지우지하는 필립 드 보부아르의 조카딸이었다. 그녀는 더욱이 부모와 닮은 점도 있었다. 엘레오노르의 어머니는 그녀의 남편만을 제외하고 항상 너나없이 사람들에 대해 모두 거칠게 대했다. 남편은 극히 개인적인 음악에 맞춰 그녀를 진지하게 춤추게 만들었다. 그는 술고래에다 바람둥이였다. 키가 크고 뚱뚱한 그녀의 남편은 늘 담황색의 짧은 망토와 승마용 바지를 입고 비가 오나 날이 개나 장화를 신고 다녔다. 보랏빛 피부와 대포알만 한 머리통에 눈은 달걀처럼 땡그랬다. 그는 멋지게 기른 카이저 수염을 자랑하며 쉽게 몸을 허락하는 여자들 뒤를 쫓아다녔다. 엘레오노르는 아버지로부터 스스로의 뜻을 맹목적으로 따르는 거친 태도를 물려받았지만, 어머니로부터는 겉멋을 부리는 태도를 물려받았다. 부인은 키가 크고 발이 넓고 뚱뚱한 여자였는데 매일 아침 여섯시면 코르셋을 했다. 그것도 아주 세게 조였기 때문에 휴식을 취하려면 일어서서 쉬는 수밖에 없었다. 그녀의 커다란 가슴은 위로 불쑥 나왔고, 너무 조이고 빈틈없는 자세를 취했던 터라 배가 엉덩이에 닿을 정도로 안으로 쑥 들어갔다. 그녀는 안경을 착용했는데, 그것은 근시 때문이 아니라 자신을 잘 나타내기 위해서였다. 그리고 그녀의 입술 주위에 난 검고 굵은 수염도 그녀의 의지에 따라 난 것이 아닌가 하는 생각도 든다. 이 모녀는 백주에 H…… 씨가 시냇가에서 옷은 토사물 천지가 되어 뒹굴고 있는 것을 보더라도 걸음을 재촉하거나 눈을 돌리는 일조차 없이 그 곁을 태연히 지나갔다. 그녀들 편에서 공공연한 모독을 그토록 무감각하게 받아들였기 때문에 우리가 먼저 지쳐 떨어지고 말았다.

만일 내게 소피가 '조제프 씨에게 달려든 사실'과 엘레오노르의 '정열적인' 포옹(심지어 사람들 말에 따르면 엘레오노르는 눈물을 글썽거리며, '내 사랑, 오! 내 사랑'이라고 더듬거렸다고도 한다.)을 이야기한 사람이 드 K…… 씨 였다면, 나는, 비록 그의 인격을 마땅히 존경해야 하고 또 그의 지성을 실제로 존경하고 있었지만, 그것을 드 K…… 씨가 만든 이야기라고 생각했을 것이다. 그러나 그 사실은 앞에서 말한 대로 지극히 평범한 장사치들이 전한 것이다. 이런 사람들에게 어떻게 상상력이 있다고 생각할 수 있으랴? 내 생각으로는 만사가 그런 식으로 벌어졌던 것이다. 그리고 그 결과는 엄청나게 중대했다. 그것은 우리의 일상 세계를 산산조각 내는 일과 다름없었다. 우리가 생각했던 것들 그리고 그 생각 위에 세워 놓은 모든 것이 와르르 무너지고 있는 것이었다. 우리가 그토록 자주 말하는 혁명이라는 것은 다른 게 아니다.

내가 드러내 보인 근심이 모든 사람을 당혹하게 만든 것은 아니었다. 그것은 우리들 중 가장 훌륭한 사람들이 갖고 있는 쓰디쓴 특권이었다. 나와 같은 근심을 갖고 있는 사람들은 이 도시의 '원로들'뿐이었다. 그리고 우리가 그 때문에 우울해하고 있다는 것을 누가 알고 있겠는가?

엘레오노르와 소피는 예의 산책이 있고 난 후 단짝이 되었다. 어디에 가든 우정에 넘치는 두 아가씨가 눈에 띄었다. 다른 경우라면 우리는 이 두 나이 먹은 멧비둘기를 보고 어김없이 조롱했을 것이다. 하지만 고백하건대 이 모든 일은 우리에게 두려움을 불어넣어 주었고 또 그것은 당연한 일이기도 했다. 우리들끼리 있으면 우리는 웃고 싶은 기분도 들지 않아 몹시 언짢은 표정을 지으며 서로 상대방의 얼굴을 쳐다보기만 했다. 사태를 깊이 생각하면 할수록, 우리는 목하 대대적인 혼란이 일어나고 있음을 더욱 분명하게 느꼈다. 이 혼란 속에서 우리가 얻는 것은 하나도 없었다. 모든 것을 잃어야 할 판이었다. 아울러 서민들은 조제프 씨에 대한 찬사를 아낌없이 늘어놓기 시작했다. 이들은 지성은 없으나 머릿수는 많았다.

서민들은 조제프 씨의 그 섬세하지 않은 예절, 특히 우리를 짓뭉게 버릴 때의 그 멸시 어린 태도에 대해 열광했다. 그들은 조제프 씨를 '기사'라고 불렀다(그런 까닭에 심지어 기사의 가치를 부정하는 사람들조차도 귀족의 위계 관계를 들먹거리게 된다).

우리가 '기사'라고 불렀던(완전히 우리들끼리만 있었을 때, 낮은 목소리로 불렀던) 그 사람은 여전히 평소대로 살고 있었다. 그는 가는 곳마다 우리를 포함하여 모든 사람들로부터 인사를 받았다. 우리 역시 그에게 인사하는 것을 아끼지 않았다. 그는 모든 사람에게 우아하게 답례했다. 그는 카드놀이에도 빠지지 않았다.

나는 또 한 번 길거리에서 드 K…… 씨와 대화를 나눈 적이 있었다. 나는 가능한 한 그가 말을 짧게 하도록 하고 그에게 이러한 밀담은 위험을 초래할 수도 있다고 지적했다. 그도 동의하며 이렇게 말했다. "나 자신이 성직자들을 동원해도 될지 알아보려고 했으니 더더욱 위험하겠지요. 실은 그것은 사태 자체보다는 내가 추리한 것이 맞는지 알아보기 위한 것이었소. 그런데 그 사람들 참 고지식하더군요. 도시 내 말을 들으려 하지 않더군요. 그 자가 서민들 사이에서 얼마나 중요한 위치를 차지하고 있는지 증명해 보아도 소용이 없었소. 그 양반들도 다 알고 있더군요. 하지만 내게 복음서나 인용하고 있으니. 아니 나 같은 사람에게 말이오! 내 당신에게 하는 말이지만 사실 상황은 심각하단 말이오."

우리는 서둘러 헤어졌다.

하지만 피상적으로 생각하는 사람들 눈에는 모든 것이 질서를 되찾는 것처럼 보였다. 그들은 이러한 생각을 추문의 밤이 올 때까지 믿을 수 있었다.

2장

당신의 온갖 근심을 낡은 푸대에 담고
그 푸대를 버리시오

——무명씨

문제의 밤을 이야기하기 전에 나는 먼 과거의 일로 거슬러 올라가고자 한다.

이제 우리들의 관심을 끌게 될 여인은 분명 예외적인 인물이었다. 나는 이 여인을 이해시키기 위해 노력할 것이다.

폴란드의 풍차는 이 도시의 서쪽 변두리에서 도로로 약 일 킬로미터 떨어져 있는 별장이다. 사실 벨뷰 산책장은 이 별장 바로 위를 굽어보고 있다. 산책장에서 마음먹고 침을 뱉으면 성채의 지붕 위에 떨어질 것이다.

왜 이 성채를 폴란드의 풍차라고 부를까? 이 점에 대해선 아무도 모른다. 어떤 사람들 말로는 로마에 가는 폴란드 순례자가 이곳에 오두막집을 짓고 기거한 데서 그 이름이 유래했다고도 한다.

제정이 몰락한 후 얼마 지나지 않아서 코스트라는 사람이 이 땅을 사서 지금도 남아 있는 저택과 부속 건물을 세웠다.

코스트는 이 지방 출신이었지만 멕시코에서 오랫동안 체류한 후 이곳에 다시 왔다. 그는 몸이 마르고 말이 없는 남자였던 것 같다. 특히 그의 독특한 성격은 지금도 사람들의 기억에 남아 있다. 그는 빵을 베푸는 선량한 마음에서 곧장 피에 굶주린 잔인함으로 치달을 수 있는 격렬하고 급변하는 기질의 소유자였다. 그는 서로 다른 방식으로 해결하려고 부심하다가 끝내는 해결하지 못한 어떤 문제에 사로잡혀 있는 것 같았다.

코스트는 홀아비였지만 딸을 둘 데리고 있었다. 지금도 두 딸의 미모는 사람들 입에 오르내린다. 두 딸은 몇 가지 점을 제외하고는 나이가 비슷했다. 내 말을 들으면, 그리고 두 여자의 아름다움을 이야기하는 사람들의 말을 들으면 혹 우리가 그 여자들을 알고 있다고 여길지도 모르겠다. 그들과 같은 시대에 살았던 사람들은 모두 고인이 되었다. 하지만 두 여자가 갈색 머리에 우윳빛 피부를 지녔고, 차갑고 푸른 큰 눈으로 사물을 천천히 바라보았다는 것은 누구나 다 알고 있는 사실이다. 얼굴은 계란형이었다고 한다. 그리고 사람들 말에 따르면 그들이 걷는 자태는 보는 사람의 입을 딱 벌어지게 할 정도였다고 한다.

아나이스와 클라라는 젊은이들에게 대단한 사랑의 상처를 주었다. 그 여자들에게 접근하는 일은 결코 쉬운 일이 아니었다. 또 그 여자들은 사람들과 교제하지도 않았다.

두 여자는 청혼을 받았다. 이곳에서 결혼을 통해 요구하는 것은 돈이다. 코스트는 '남아돌아갈 만큼' 돈을 가지고 있는 것처럼 보였다. 하지만 두 딸이 아무리 아름답다 하더라도 결혼 문제에 있어 어떤 방향으로 가야 하는지는 누구나 알고 있었다. 청혼을 한 집안은 빈틈없고 오만했다. 이 집안은 자기네가 찾는 것은 단도직입적으로 말해서 둘 더하기 둘은 넷이라는 사실을 증명하는 수단이라는 것을 분명하게 이해시켰다.

청혼을 한 집안은 이 첫 교전을 위해 전문적인 중매쟁이들을 고용했는데, 특히 오르탕스 양을 이용했다. 이 여자는 앞으로 자주 언급될 것이다.

오르탕스 양은 육체와 정신이 모두 말처럼 강한 여인이었고, 자기 내부로부터 무한히 힘을 길어낼 수 있는 여인처럼 보였다. 사람들은 그녀를 마치 피가 뚝뚝 떨어지는 고기를 먹고, 술을 스트레이트로 마시고, 똥물을 뒤집어써도 전혀 개의치 않고, 호전적인 기개로 보라는 듯 모조품을 걸치고 돌아다니는 여자로 묘사하고 있다. 물론 머리는 잘 도는 여자였다. 그녀는 용무가 있을 때면 사교계 출신의 보잘것없고 어리석은, 그리고 유행하는 옷을 판에 박은 듯이 입은 세 명의 여자들을 늘 데리고 다녔다. "일종의 장식 융단이지요."라고 그녀는 말하곤 했다. "장식 융단이 없으면 외교도 없어요. 내 가치는 주변 사람에 의해서밖에는 돋보이지 않으니까요."

이 부인들은 모두 약간 실망한 채로 코스트의 손아귀에서 빠져나왔다. 코스트는 중매쟁이들을 우아하고 활달하고 세심하고 친절하게 맞아들였다. 무뚝뚝하고 소문에 의하면 사막을 누비고 다녔다는 이 남자는 왕처럼 옷을 입고 있었다. 이 과묵한 남자는 사람을 매료시키는 미소를 짓는 재능을 갖고 있었다. 그리고 좀처럼 말을 하지는 않았지만 일단 입을 열면 말을 훌륭하게 했다. 그날 그는 애써 그런 수고를 했던 것 같다.

나이 지긋한 품위 있는 부인들은 **폴란드의 풍차**의 소파 아래에서 흉칙한 것이라도 발견하리라고 기대하고 있었다. 그 여자들은 이 남자의 매력과 그가 마음속에 간직한 슬픔에 대해선 전혀 대비되어 있지 않았던 것이다. 마치 하녀들 앞에서 벌거벗고 유유히 돌아다니는 주인처럼 그가 그 여자들에게 수치심 없이 드러낸 나약함에 대해서 말이다. 그러나 중매쟁이들의 코를 납작하게 만든 것은 무엇보다도 코스트가 결혼 문제를 다루는 솜씨였다.

대화는 커다란 거실에서 이루어졌다. 나는 그 후 창문 겸 문 역할을 하는 여섯 장의 유리창 너머로 단풍나무 숲이 내다 보이는 이 방에서 살 기회가 있었다(독자는 어떻게 해서 그렇게 되었는지 알게 될 것이다). 나는 이 대화가 십일월에 일어났으리라고 즐겨 상상한다. 만물을 주재하는 신은 일년 가운데서도 붉은 나뭇잎들이 반사하는 빛이 그림자까지 물들이는 이 시기에 틀림없이 그 면담을 마련해 두었을 것이다.

창문 겸 문 맞은편 벽 전면은 거대한 그림 한 폭이 거의 대부분을 차지하고 있었다. 이 불행한 가문의 종말에 흥미가 생겨 나는 최근에 그 그림을 다시 보았다. 그림은 지금은 공증인 디디에 씨의 문서 보관소에 굴러다니고 있다. "당신은 아말렉 사람들[3])의 깃발을 보고 계시오?"라고 디디에 씨가 네게 말했다.

이것은 종이 위에 거칠게 그려지고 조잡하게 채색된 그림이었다. 나는 화가로 자처하지는 않는다. 다만 내 의견을 말할 뿐이다. 그 그림은 여러 언덕과 종려나무와 선인장 들, 이국적인 새랑 뱀의 무리들, 그리고 피라미드형의 도시들에 둘러싸여 있는, 실물보다는 큰 한 여인의 전신상을 그리고 있다. 여인의 얼굴, 그 자태, 눈의 빛깔, 그 시선의 무게, 입과 눈썹의 선, 두 팔이 뻗어 있는 모양, 불쑥 앞으로 나온 가슴과 풍만한 엉덩이, 초록과 붉은색의 긴 줄무늬가 그려진 시골 아낙네들이 입는 치마 아래 선명하게 보이는 여왕과 같은 넓적다리의 움직임 속에서 화가는 이 여인과 아나이스, 클라라와의 유사점을 터무니없을 정도로 강조하고 있다. 뱀과 새의 무리들 그리고 도시들 외에 아나이스와 클라라의 '어머니'는 대지와 바다의 불행에서 구해 준 하느님께 감사하기 위해 기적의 성당 벽에 걸린 봉헌물에서 볼 수 있는 것과 흡사한 장면(부서진 바퀴들, 부러진 수레의 연결봉들, 날뛰는 말들, 구멍 뚫린 보트들, 물에 가라앉은 여러 척의 배들, 문과 창문을 통해 불길을 내뿜는 집들, 입에 거품을 물고 있는 미친개들, 작열하는 총들, 불붙은 옷들, 폭발하는 석유 등잔들 그리고 심지어 하늘에서 떨어지는 돌들로 채워진)에 둘러싸여 있었다. 게다가 종교화에서 볼 수 있는 협장, 끝

---

3) 네구에브에서 유목하는 셈계의 부족으로 구약에서는 이집트를 탈출한 이스라엘 사람들의 길을 가로막았다가 여호수아와 다윗에 의해 격퇴된 종족으로 나온다.

이 뾰죽하게 굽은 봉, 안짱다리 신발, 말의 목에 대는 막대기, 들것들, 관과 같은 고문 도구들도 있다. 그림 전체는 짙은 붉은색, 초록색, 파란색으로 칠해져 있었으며 밝은 노란색은 대부분이 역청 같은 검은색과 나란히 칠해져 있었다.

나는 이제는 그들의 대화와 몸짓을 상상하기 위해 내 생각을 많이 넣지 않아도 될 정도로 그 드라마에 등장하는 인물들을 훤히 알고 있다.

분명 코스트는 이렇게 말했을 것이다. "내 딸들을 원하는 M……의 자제분들에 대해 조금 더 이야기를 합시다. 여러분들에게 숨김없이 말하지만 나는 지금 거래를 하고 있습니다." 그리고 노처녀 오르탕스 양이 칠면조가 날개를 펼치는 것처럼 우스꽝스런 모습으로 거만을 떨면서 남자 집안의 장점을 막 읊으려고 할 때 코스트는 말을 중단시키고 커다란 퀴멜 술병을 가져오게 했다.

당시 오르탕스 양이 모르고 있었던 것을 나는 알고 있다. 어느 날 아침 동이 트자마자 드 M…… 씨 집 소작인이 성채와 농장 주위를 배회하고 있는 코스트와 우연히 마주쳤다. 그들은 당연한 일이지만 비와 좋은 날씨에 대해 이야기를 나누었다. 그리고 자기 두 딸과 혼담이 오가는 두 형제에 대해 이야기를 나누었다. 코스트는 조금씩 기묘하게 보이는 문제에 대해 질문을 했다. 그는 혹 드 M……의 자제들이 사고를 당하지는 않았는지 알고 싶어 했다. 그는 그들이 팔이나 다리를 부러뜨린 일이 없는지 물어보았다. 이런 일은 말을 타는 혈기가 왕성한 젊은이에게는 정말 일어날 수 있는 일이었다. "아니 그럴 리가 있겠습니까요."라고 소작인은 말했다. "그분들에게 그와 비슷한 일은 일어나지도 않았지요. 그런 일을 쫓아다니는 것은 잘못은 아니죠. 마음 놓으십시오. 술주정뱅이들에게도 하느님은 있으니까요……."

코스트는 퀴멜 술을 아낌없이 베풀었다. 그는 그 술을 큰 잔에 따라 주었고 부인들은 바야흐로 보통 때와 다름없는 전쟁을 해야 할 참이다라는 뜻이 담긴 눈짓을 서로 나누었다.

그러고 나서 코스트는 말했다. "나는 값을 치를 수 있습니다. 사람들이 원하는 만큼 비싸게 말이지요. 내가 정확히 사고 싶어 하는 것을 당신이 팔 수 있다면 우리가 합의를 하지 못할 이유도 없지요. 당신이 내게 제안하는 드 M……의 자제분들은 신이 망각한 사람들입니까?"

혼담이 이런 식으로 진행되고 퀴멜 술 대접을 받았음에도 불구하고, 오르탕스 양은 분명 품위 있는 저음의 목소리로 신은 결코 드 M……의 자제들을 망각할 수 없을 것이라고 엄숙하게 선언했을 것이다.

코스트는 자신은 그렇게 생각하지 않는다고 대답했다. 더욱이 바로 그러한 이유 때문에 이 정도에서 끝내서는 안 되고 앞으로도 계속 대화를 나눠야 한다고 그는 말했다. 그는 자신의 생각을 분명하게 피력하기 시작했다.

코스트는 이렇게 말했을 것이다. "나 이 코스트라는 사람은 신이 망각하고 있는 사람이 아니오. 지금은 여러분에게 사실을 상세하게 이야기할 계제가 되지는 않지만 내 말을 그대로 믿어 주었으면 하오. 내가 이런 말을 하게 되기까지는 나로서도 그만한 대가를 치렀소. 나도 고집 있는 사람이오. 나는 딸들을 기꺼이 시집보내고자 하며 딸들에게 전 재산을 주려고 하오. 하지만 딸들을 시집보내기 위해서는 그 집안이 신이 생각하고 있는 집안이 아니기를, 다시 말해서 신이 어느 구석에 남겨 놓고는 완전히 잊어버리고 만, 그래서 신이 그 특유의 방법에 따라 무엇인가를 꾸며 볼 생각을 하지 않는 그러한 집안을 요구하는 거요. 나는 신이 사용하는 방법을 알고 있소. 신은 인내나 용기 혹은 강인함이나 그와 비슷한 많은 것을 시험하기 위해 끊임없이 나를 이용하오. 나는 아무래도 좋소. 이제 그것을 피할 수 없는 것으로 받아들이고 있으니까요. 하지만 내 딸들의 경우는 다르오. 나는 딸들을 사랑하오. 딸들은 내게 남아 있는 모든 것이오. 나는 신이 내 딸들의 생생한 눈을 요구하는 데 시간을 보내는 것을 원치 않소. 딸들은 사지가 멀쩡하지요. 딸들이 온전하게 갖고 있는 것을 사용할 수 있도록 그 애들을 조용하게 내버려 두었으면 좋겠소. 이것이 내가 생각하는 것이오. 나는 내 생각을 굽히지 않을 거요. 당신들은 내가 찾는 것을 제공하겠다는 것을 보장해 주시오. 그러면 거래는 성사된 것이오."

오르탕스 양은 이번에 중매를 서면 이백 번째 중매를 서는 것이라고 주장했으나 소용없었다. 그녀는 완전히 낭패하여 잠시 종교 문제 때문에 그런가라고도 생각했다. 바다 건너 태어난 그 딸들이 모름지기 이교적인 종파에라도 속해 있는 것은 아닌지라고 물어도 보았다.

코스트는 그렇지 않다고 대답했다. "결코 그런 문제가 아니오." 그의 딸들은 다른 사람과 마찬가지로 기독교 신자였다. 게다가 그는 만일 그런 일이 가능하다면 자기 딸들을 기꺼이 신부에게 시집보낼 것이라고 태연하게 말했다. "내게 필요한 것은 바로 그러한 사람들입니다. 신부들에겐 아무 일도 일어나지 않으니까요. 신부들은 수명을 다하고 죽지요. 그렇소. 그것이 내가 원하는 것이오. 신부 이야기는 그만합시다. 사람들이 웃을 테니까. 하지만 내게 그와 동등한 것을 파시오. 그러면 난 어떤 값을 치르더라도 사겠소."

훗날 오르탕스 양은 코스트의 집에서 나오면서 "이건 실패했는걸."이라고 생각했다고 고백했다. 그러나 그녀는 자기 입에 들어온 먹이를 그렇게 쉽게 놓을 여자가 아니었다. 그녀는 곰곰이 생각한 끝에 그 사람은 신의 역정을 산 사람이라는 결론에 도달했다. 그리고 혼자 중얼거렸다. "사태를 명확하게 보도록 하자. 그가 드 M……의 자제들이 대단한 인물이 아니기를 원한다면 그 점은 문제가 없어. 하지만 신의 문제는? 대체 그는 그 문제를 내가 어떻게 해주기를 바라고 있을까? 그런 일을 요구하는 건 이번이 처음인데. 그 사람에게는 나름대로 이유가 있는 게 틀림없어. 어리석은 사람처럼 보이지는 않으니까." 그러고 나서 그녀는 폴란드의 풍차 쪽을 탐색하기 시작했다.

이제 내가 이야기하는 것은 사람들이 모두 알고 있는 사실이다. 오르탕스 양도 물론 그 사실을 알게 되었다. 그런데 그녀가 여태 멕시코에서 살다온 사람의 망상으로 여겼던 것이 다른 각도에서 보니 명확히 밝혀지는 것 같았다.

하느님이 만든 오후(이곳에서는 쾌청한 날을 그렇게 부르는데)
가 되면 그때마다 코스트가(家)의 하인들은 두 마리의 거세하
지 않은 말을 가벼운 이륜마차에 매었다. 마차는 조금만 무거
운 것을 실어도 곧 부서질 것처럼 보였다. 사람들이 열심히 말
들을 붙들고 있는 동안 아나이스와 클라라는 크고 불룩한 주
름 장식을 한 치마로 버들가지로 엮은 조그만 의자를 덮으며
자리를 잡았다. 그다음 두 아가씨는 고삐와 채찍을 받았다. 두
어린 마구간 일꾼이 자리를 비켜서자마자 아가씨들이 말에
세차게 채찍을 가하니 두 말은 쏜살처럼 달리기 시작했다. 그
리고 두 아가씨는 대로나 심지어는 평원을 두 시간가량 전속
력으로, 그것도 '눈을 감고' 마차를 내몰았다.

아가씨들이 '눈을 감고' 마차를 모는 일은 어디에서나 화
젯거리였다. 사실 회오리바람처럼 일어나는 먼지, 질주하는
두 수말이 끄는 짚으로 만든 것 같은 이륜마차, 휘날리는 새
틴, 풀어진 리본이 다가오면 사람들은 흥분한 두 아가씨의 얼
굴을 보게 되었다. 사람들은 모두 이구동성으로 두 아가씨가
'눈을 감고' 마차를 몬다고 했다. 두 손 가득히 고삐를 쥐고 헝
클어진 주름 장식에 휩싸이고 (두 아가씨는 매일 도중에 육 프랑
이 넘는 장식줄과 리본을 잃어버려서 아이들은 금이라도 주우려는
것처럼 길의 풀숲에 이것을 찾으러 가곤 했다.) 혜성처럼 긴 머리
칼을 휘날리며 두 아가씨는 눈을 감고 있었던 것이다.

"참 바보 같기도 하지."라고 오르탕스 양은 중얼거렸다. "여
기엔 무언가 곡절이 있어." 그녀는 마차가 들어온 것을 구경한
날 더 많은 것을 알게 되었다. 말들은 거품을 내뿜으며 녹초가

되어 있었다. 코스트는 마구간 앞에서 기다리고 있었다. 그는 딸들이 마차에서 내리는 것을 도와주었다. 두 딸을 모두 땅에 내려놓고 그는 문에 못으로 박은 마분지로 가서 무엇인가를 표시했다. 오르탕스 양은 마당이 빌 때까지 기다렸다. 그녀는 게시판을 보러 갔다. 그것은 달력이었는데 코스트는 거기서 날짜를 하나씩 지워갔던 것이다. 두 딸이 운명을, '하지만 도전을 받은 운명'을 벗어난 날이 하루 더 는 것이다.

오르탕스 양은 폴란드의 풍차로 다시 갔다. 그러나 이번에는 혼자서.

그녀는 입을 열었다. "서로 허심탄회하게 이야기해 봅시다. 하느님은 계시니까, 하느님에 대해 이야기해 봅시다. 하느님은 당신에게 무슨 일을 했지요? 당신은 내게 말해도 됩니다. 다른 사람에게는 말하지 않겠습니다."

그녀는 흡사 제대로 차려입지 않은 뚱뚱한 농부처럼 보였다. 플러시 천으로 된 그녀의 조그만 챙 없는 모자는 거칠은 회색 머리칼 위에 아무렇게나 놓여 있었다. 그녀의 거무튀튀한 입술과 돼지 같은 눈속에는 코스트가 저항할 수 없는 남성적인 부드러움이 흐르고 있었다.

코스트는 오르탕스 양에게 자기 아내의 죽음과 이어서 맞은 두 아들의 죽음을 이야기해 주었다. 이 세 사람은 모두 하나씩 차례로 짧은 시간의 간격을 두고 매우 비참한 사고를 당하고 죽었다. 첫 번째 죽음을 보고 나서 코스트는 혼자말로 말했다. "그래, 누구나 겪는 운명이니까. 어떻게 죽든 사람은 죽을 수밖에 없지."라고. 그 다음번에는 그는 아무 말도 하지 않았다. 세번째 죽음이 닥쳐왔을 때 그는 말했다. "아니야, 난 받아들일 수 없어."라고.

"당신은 욥이 아니에요."라고 오르탕스 양이 말했다.

"그렇소, 나는 욥이 아니오."라고 코스트가 말했다.

코스트를 분격시킨 것은 죽음이라기보다는 죽음이 다가올 때의 그 변함없는 모습이었다. 죽음은 언제나 느닷없이, 그리고 마치 북극광처럼 나타났다. 예외가 있다면, 붉고 극적이었다. 그는 잊을 수가 없었다. 그는 마치 화약 상자 위를 한걸음 한걸음 내딛는 사람 같았다. 걸음을 내디딜 때마다 그는 화약이 폭발하거나 아니면 자기가 사랑하는 사람이 튀어오르는 것을 보지나 않나 하고 기다렸다. 그는 사람이 악의를 갖고 운명을 대하고 있지는 않다는 사실을 깨달았다. 그리고 가장 끔찍한 것은 기다리는 것임을 깨달았다. 그래서 그는 분격했다. 그는 유감스러운 일이지만 자기 딸들도 내부에 운명을 짊어지고 있다고 확신했다. 하지만 곰곰 생각해 보니 술에 물을 타면 희석이 되니까 이런 방법을 이 예외적인 운명에 적용함으로써 모름지기 그 농도를 약하게 만들 수 있을 법도 했다. 아내란 자기 남편과 흡사해지기 마련이다. 그는 지푸라기라도 잡고 싶은 심정이었다. 아마 그렇게 하면 위험 없이 약한 포도주를 만들 수 있을지도 모른다. 칼을 들고 신에게 공격하는 것은 벽에 자기 머리를 들이받는 일과 다름없겠지만, 평범하게 산다면? 물론 속임수지만, 그래도 그는 효과가 있을 것이라고 생각했다. 바로 그러한 이유 때문에 그는 이 고장으로 되돌아온 것이다. 그는 우리 고장 사람들을 잘 알고 있었다. '평범하게 밥이나 먹고 사는 것'처럼 아름다운 것은 없다. 그는 제 딸들이 그저 단순히 평범하게 밥이나 먹고 살았으면 했다.

코스트의 장황한 말은 오르탕스 양의 섬세한 감각을 일깨워 주었다. "평범함이라는 것, 좋지요."라고 그녀는 말했다. "하지만 이봐요 당신은 그렇게 쉽게 거기에 도달할 수는 없을 겁니다. 당신이 요구하는 것은 불가능한 것이지요. 그 이상도 그 이하도 아니에요. 당신이 옳다는 것을 인정합니다. 하기야 나도 이제껏 평범한 사람들에게서만 행복을 보아왔으니까요. 그렇지만 누구나 다 평범할 수는 없는 법이지요. 그런 것을 상상해서는 안 됩니다."

그녀는 자기 자신에 대해서 자조적이지만 아주 씁쓸한 그리고 누구나 들어보면 거기에서 대단한 진지함을 느낄 수 있는 속내 이야기를 했다.

"요컨대……."라고 그녀가 말했다. "당신이 말한 것과 격언은 일치합니다. 당신이 암시한 것을 내가 제대로 이해했다면 당신의 영애들을 위해 필요한 것은 무엇보다도 '별로 똑똑한 위인이랄 수 없는' 두 젊은이지요. 내가 갖고 있는 재고품은 바로 그러한 젊은이들입니다. 그들이 아내에게 해줄 수 있는 것은 아이나 만드는 일일 겁니다. 정말입니다. 당신이 기대할 것은 거의 없다 해도 좋습니다. 하지만 신에게서 얻는 것은 아무 것도 없습니다. 그런 점에서라면 나는 당신에게 품질을 보증할 수 있습니다. 그들의 목덜미를 잡고 화산 속에다 처넣어 보십시오. 그 젊은이들은 거기서 마치 장미꽃처럼 싱싱하게 나오며 무슨 영문인지도 몰라할 겁니다. 그 젊은이들이 운이 좋다고 말할 수도 없습니다. 만일 그들이 운이 좋다고 한다면 나는 당신에게 추천하지 않았을 겁니다. 결혼 조건에 맞지 않으니까요. 그들에게는 행운도 불운도 없습니다. 그것은 일종의 유전이지요. 제가 말한 것을 잠시라도 생각해 보세요. 그들에겐 천 년이나 넘게 아무 일도 생기지 않았다니까요! 평범함에 관해서라면 그 이상 평범할 수 없지요!"

"당신이 말한 것은 증명된 것입니까?"라고 코스트가 물었다.

"충분히 증명이 되었고말고요."라고 그녀가 말했다. "그 사람들이 그러한 사실을 증명한 문서라도 당신에게 보일 수 있다면 기뻐할 겁니다. 800년 동안을 그들은 지금 살고 있는 땅을 소유해 왔으니까요. 그 땅은 대대손손 상속되어 오늘날까지 전해 내려온 것입니다. 그동안 백분의 일의 행운이 있었다면 아마 그들은 땅을 넓혔을 것입니다. 1000분의 1의 불운이라도 있었다면 땅을 잃었을지도 모르죠. 만일 당신이 그 800년이라는 세월에 완두콩만 한 무게의 진취성이나 영감이라도 올려놓는다면 그들에게 각반의 단추가 하나 부족하거나 아니면 하나 더 있을지 모릅니다. 그런데 나나 마찬가지로 당신도 확인하겠지만 단추는 모두 채워져 있습니다. 단 하나의 단춧구멍도 채워지지 않은 것이 없습니다. 800년 동안, 신이 진정 무엇인가를 주려한다면 충분히 생각할 겁니다. 신이 당신 딸들을 생각하고 있다고 합시다. 당신의 포도주를 이 샘에 적시세요. 그러면 신은 평생 물에 탄 포도주를 지켜워할 것입니다. 그렇지 않으면 신은 포도주에 대해 문외한이라고 할 수 있지요. 하지만 나는 신이 그러리라고는 생각하지 않아요."

"자, 이제 괜찮으시다면 코냑을 내오세요. 난 여자들이 먹는 술은 질색이랍니다. 흉금을 털어넣고 이야기해 봅시다. 우리 두 사람에게는 필요한 일이니까요."

두 사람은 여러 차례 긴 대화를 나누었다. 그러는 가운데 여러 가지 이유로 세상에 대해 특별한 생각을 갖고 있는 이들은 '마음을 털어놓고' 갖가지 계획을 털어놓았다. 이 야릇한 인물인 오르탕스 양은 민감하고 경계심이 강하고 '사랑 때문에 남을 멸시하는' 마음을 감추고 있었다. 그녀는 정신력이 쇠진해질 때가 되어서, 그리고 본질적인 것을 '조롱'하기 위해서 결혼 중매업에 손을 대었다. 그러한 일은 대개 남자 같은 여자들이 하는 일인데, 사실 이런 사람들은 우리가 생각한 것보다는 훨씬 오랫동안 여자인 것이다. 개인의 차원에서 이루어지는 반항은 다른 종류의 반항만큼이나 남을 열광시키고 또 자신도 열광하는 면을 갖고 있다. 이러한 반항은 똑같은 수단을 통해, 즉 권력에 대한 환상을 통해 회한을 누그러뜨린다. 지금 내가 이야기하는 시대의 상류 사회에서는 오르탕스 양처럼 키가 크고 그런 외모를 가진 여자들은 아무런 자유도 갖지 못했다. 이런 여자들은 마음을 버릴 수밖에 없기 때문에 종교에서나 자신의 마음을 충족시킬 방법을 찾았다. 오르탕스 양은 이따금 이렇게 말하곤 했다. "게다가 가문이 보잘것없는 우리 같은 사람은 사제가 될 수도 없지요. 우리 같은 사람에게는 여분의 권력을 분배받는 일에도 한몫 낄 수 있는 기회 한 번 주어지지 않아요. 그래서 나는 시정(市井)의 성직을 선택했다우. 그런 일이 질이 좋지 않다는 것은 알고 있지만 난 조그만 일에 만족할 사람이 못 되니까." 그녀는 코스트가(家)의 전투에서 자기 능력에 어울리는 지휘권을 발견했던 것이다.

이렇게 해서 아나이스와 클라라는 피에르 드 M⋯⋯과 폴드 M⋯⋯과 결혼했다.

"당신은 두 사람을 보증하지요?"라고 코스트가 말했다.

"두 사람 다 보증합니다."라고 오르탕스 양이 말했다.

"폴은 자기 동생보다 눈에 더 생기가 도는데."

"클라라가 아마 동생보다 약간은 더 즐겁겠지요."라고 오르탕스 양이 말했다. "그러나 많이 그렇지는 않을 겁니다."

동생인 아나이스와 피에르는 폴란드의 풍차에서 신혼 살림을 차렸고 연장자인 클라라와 폴은 이곳에서 8킬로미터 떨어진 드 M⋯⋯의 세습지인 기사령을 지켰다. 코스트는 신혼 부부에게 저택을 내주고 자기는 연못가 단풍나무 숲 반대쪽에 있는 사냥집에 총각으로 기거했다.

"만년력을 사세요."라고 오르탕스 양이 말했다. "큰일은 치렀으니까요."

하지만 오르탕스 양은 이유 없이 편안함에 잠기기에는 너무도 섬세했다. 누가 보기에도 이론의 여지 없이 이 싸움에 참여하고 중요한 자리를 차지함으로써(그녀는 자기가 보증을 선 것을 조금도 잊지 않고 있으니까.) 그녀는 마침내 명예로운 방법으로 자신의 힘에 대한 욕구뿐만 아니라 또다른 욕구, 보다 더 내면적이고 충족시키기 어렵지만 역설적이게도 자신의 힘에 대한 욕구 옆에 나란히 존재하는 욕구를 만족시킬 수 있었다. 그것은 어떤 힘에 지배를 당하고 예속당하고자 하는 그녀의 여성적인 욕구였다. 그녀의 긍지는 이 욕구를 피할 수 없는 것으로 원했다. 오르탕스 양은 이 힘에 봉사했다. 그녀가 이제 칼을 맞대게 된 이 운명만큼 그녀가 봉사할 수 있는 것은 없었다. 그녀는 한 남편에게 복종하는 것을 면하게 해준 자신의 육체적인 추함을 이제 찬양하게 되었다. 그녀가 맞서고 있는 것에 비하면 남편처럼 우스운 것도 어디 있겠는가? 내심 인간이 보잘것없다는 감정 때문에 부르주아의 생각은 그토록 좀스러워지는 것이다. 그러한 감정에서 벗어나면 인간은 곧 파괴의 절정에 떨어지고 마는 법이다. 이것이 오르탕스 양의 경우였다. 그녀는 이제 아나이스와 클라라밖에는 염두에 없었다. "이 결혼은……." 하고 그녀는 두 사람에 관해 이야기하면서 말했다. "내가 이룰 수 있는 최상의 것이야. 나도 이젠 폐업하고 연금으로 살아야지."

그녀는 아침마다 코스트가 사는 사냥집에 와서 저녁까지 그곳에 머물렀다. "나는 마부만큼이나 위험하지 않아요."라고 그녀는 말하곤 했다.

코스트는 그녀가 동행하는 것을 허락했다. 동이 트자마자 잔뜩 멋을 부린 그는 밤새 세심하게 면도하고 올리브색이 도는 두 볼을 사포로 닦고 흑옥 같은 짧은 콧수염에 윤을 내느라 애쓴 것같이 보였다. 그는 이륜 마차를 타려고 했다.

"안 돼요."라고 오르탕스 양이 말했다. "당신은 정말 운명에 도전하려 합니까? 낚시를 하세요."

"난 수영할 줄 알아요."라고 그가 말했다.

"그러면 더더욱 잘됐군요."라고 그녀가 대답했다.

"그럴지도 모르지요."라고 그가 말했다.

"확실히 그래요."라고 그녀가 말했다. "당신은 카드를 어린애처럼 주무르고 있어요. 늑대 아가리 속에 몸을 던지는 사람은 모두 거기에서 나오지요. 신중하게 게임을 하세요. 그것이 진정 신을 시험하는 것이지요. 신이 그것을 이용하지 않는다면 그게 증명이지요."

"우리는 제대로 처신하고 있어요."라고 코스트가 말했다. "내 딸들에게 한 만큼 더 신중하게 게임을 할 수는 없을 거요. 당신이 그러지 않았소? 정말 애들이 가장 큰 위험은 넘어간 것일까요?"

"물론이지요. 만일 신이 바보 같다면 말입니다."라고 그녀가 말했다. "당신보다 먼저 난 그것을 생각했어요. 하지만 1000분의 1의 위험도 없어요. 당신은 '평범하게 밥이나 먹고 사는 것' 운운했지만 당신은 나를 속이지 못해요. 모르긴 몰라도 당신은 확실하게 이기는 게임은 좋아하지 않을 겁니다."

코스트는 조롱하는 듯한 눈 위의 눈썹을 치켜올렸다.

"당신은 날카로운 여자로군요."라고 그가 말했다.

코스트는 접는 의자 하나와 낚싯대를 여럿 샀다.

연못은 사냥집 문으로부터 100미터 떨어진 곳에서 반짝반짝 빛나고 있었다.

"우리는 신을 실제보다 더 크게 만들고 있어요."라고 어느 청명한 날 오르탕스 양이 말했다. "신은 불행과 근심으로부터 잘 대비해서 나오지요."

"당신 좋은 대로 마음껏 상상하구려."라고 코스트는 대꾸했다. "하지만 난 그럴 순 없소."

아나이스와 클라라는 거의 같은 시기에 출산을 기다리고 있었다. 날짜를 계산하면 두 여자는 며칠 간격을 두고 해산할 것임에 틀림없었다. 결국 클라라가 동생보다 조금 먼저 해산할 것 같았다.

오르탕스 양은 벼락같이 기사령으로 달려갔다. 만사가 잘되어 갔다. 아들이었다.

코스트는 폴란드의 풍차의 커다란 거실에서 배가 산더미같이 부르고 얼굴이 창백한 아나이스 곁에서 기다리고 있었다.

"눈 깜짝할 사이에 애를 낳았어요."라고 오르탕스 양이 들어오면서 말했다. "글쎄 내가 뭐라고 그랬어요."

하지만 그녀는 말을 덧붙이는 것을 잊지 않았다.

"코냑을 내오세요. 더 좋은 것이 있으면 그걸로 내오시던지."

삼 주 후 아나이스도 필요한 만큼의 산고를 치르고 역시 아들을 낳았다.

출산은 두 젊은 여자에게 좋았다. 아나이스와 클라라는 출산을 통해 육체적인 면에서나 정신적인 면에서 건강해졌다. 사실 두 사람은 처녀들의 솜털을 가진 적이 없었다. 두 여자의 매력은 남다른 허약함에서 온 것이었다. 아이들이 태어난 이후 사람들은 마치 얼굴을 망가뜨린 총림에서 나온 듯한 두 여자들을 보기 시작했다.

우리는 아나이스의 남편인 피에르 드 M……에 관해 이야기할 기회를 곧 갖게 될 것이다. 그런데 피에르나 그의 형인 폴이나 다 뚱뚱한 젊은이였다고 누구나 서슴지 않고 말할 수 있을 것이다. 두 사람 다 골격이 좋고, 뚱뚱하고, 대식가고 얼굴이 불그스레했다. 이 고장의 지주들 백이면 백 모두 외모가 그들과 같았다. 그들의 교활함이란 단 한 가지밖에 없다. 즉 그들은 자신들의 긍지를 방어하기 수월한 위치에 자신을 놓는다. 가령 말이나 사냥개를 키우는 일이나 총을 잘 쏘는 솜씨 같은 일에서 말이다.

아나이스와 클라라는 처음에는 매우 신중하게 새로운 세계에 진출했다. 쉽게 치른 두 차례의 연이은 출산은 그 여자들에겐 광명과 다름이 없었다. 이들은 임신 내내 역시 숙명적으로 희망을 품고 있었다. 이들은 희망을 자기 내부에서 자동적으로 만들었기 때문에 무기력증에 빠져 있을 때나 잠에서 깨어났을 때나 희망이 자기들 곁에 서 있는 것을 발견했다. 모든 일을 끝맺게 해 준 두 시간의 산통은 그렇게 힘든 일은 아니었다.

아나이스와 클라라는 이어 자신들의 지위를 유지했다. 즉 손님을 초대하고 초대를 받았다. 교제하는 사람의 수도 많았고 다양했다. 그토록 아름답고 호기심을 끈다고 하는 이 젊은 여자들을 사람들은 무척이나 알고 싶어 했다. 부유층 자녀들은 두 여자의 남편을 선망하고 그 뒤는 내 차례라는 듯한 태도를 보였다. 우울한 미남자들도 있었다. 아나이스와 클라라는 몇 달 동안은 소설처럼 멋진 일들을 겪었다. 두 여자는 자기가 이 남자 아니면 저 남자를 사랑한다고 생각해 보기도 하고, 서로 속내 이야기를 나누기도 하고, 정신 나간 여자처럼 웃기도 하고, 매우 감미로운 우수에 젖기도 하고, 미모와 정열로 눈부신 모습을 띠기도 했다.

　두 여자는 아울러 우굴거리는 친척 노인들도 좋아하는 법을 배웠다. 긴긴 겨울날 두 여자는 삐걱거리는 이륜마차들이 가죽 덮개 위를 두드리는 빗소리와 더불어 현관에 도착하는 소리를 들었다. 이렇게 해서 괴상한 얼굴을 한 늙은 고모나 삼촌이라고 하는 성적 매력을 과시하는 노인도 이 집에 모습을 나타냈다. 이 주인공들과 더불어 두 여자는 늘 입에 오르내리는 행복의 사냥에 대한 추억의 행로를 유유하게 말을 타고 가듯 걸어갔다. 인생은 이젠 멀리서 편지를 쓰는 사람처럼 알려지는 게 아니라 숄을 벗고 조끼 단추를 끄르고 아나이스와 클라라의 집 노변에 앉으러 옴으로써 알려진다.

　갖가지 부침을 겪고 불행과 패배를 당한 남들의 인생을 바라보는 것은 더할 나위 없이 즐거운 일이다. 거기서 보는 것은 늘 그런 것처럼 아름다운 증오와 찬란한 악행, 이기주의, 야심들이다. 그러한 것들은 수백 킬로미터 주위로 손에 닿는 것이 아무것도 없는 이 고장에서 일어난 일이었던 만큼 터무니없는 것이었다. (내가 지금 무슨 말을 하고 있는지 나는 잘 알고 있다!) 또 자만심과 오만함, 비참(이것은 앞에서도 지적했지만 사람을 섬세하게 하고 눈에 띄지 않게 만든다.), 인색함(물론 이곳에서 사람들은 온갖 종류의 악덕을 이용한다.)도 있다. 정열도 있었는데, 이러한 정열은 타오르기 위해 아나이스와 클라라를 기다리고 있는 것이 아니라 오랫동안 다른 사람들의 빵이나 굽는 데 이용되는 미적지근한 불에 불과했다. 두 여자는 이렇게 해서 인간의 공통된 운명을 넓고 분명하게 조감하게 되었던 터라 이제 만사를 일종의 희극적인 감각을 갖고 보기 시작했다. 황소 같은 남편들은 자기 아내들에게서 늘 충족된 관능을 태어나게 만들었다. 이를 통해 남편들은 아내들에게 묵직한 정신적인 행복, 편안한 이기주의, 행복을 만끽하게 해 주는 육체에 대한 완전한 신뢰를 불어넣어 주었다. 이 도시의 조그만 무대 전체는 아나이스와 클라라에게서 가정의 장면을 연기할 준비가 되어 있는 배우를 발견했다. 일체가 교훈이며, 구경거리며, 격언이며 사회의 유희였다. 무대와 관객석 사이에 아무런 거리도 없는. 두 여자는 각자 새 아이를 낳았다. 아나이스는 딸을, 클라라는 또 아들을 낳았다. 시부모들은 천수를 다하고 자연사했다. 하늘 아래 어느 곳을 보아도 자연스러운 일만 일어났다.

당시 사람들은 아나이스와 클라라를 분명 우리들과 같은 사람들로 생각했을 것이다.

어느 날 아침 코스트는 실팍진 메기 한 마리를 잡았다. 메기를 떼어낼 때 그의 손가락에 굵은 바늘이 박혔다. 풀숲에 앉아 있던 오르탕스 양은 자기 집 앞에 있는 큰 개처럼 깜짝 놀라 일어섰다.

"그렇게 큰일인 것처럼 생각되오?"라고 코스트가 말했다.

낚싯바늘은 휘어진 부분까지 엄지손가락 깊숙이 박혀 있었고 그 끝은 더 아래에 나와 있었다.

"당신 집으로 가지 맙시다."라고 오르탕스 양이 말했다. "저택으로 갑시다."

바늘을 완전히 끄집어내기 위해서 의사는 메스로 살점을 깊이 잘라 내야 했다. 붕대를 감은 다음 코스트는 사냥집으로 돌아갔다.

시간은 저녁때였다.

"당신 곁을 떠나지 않겠어요."라고 오르탕스 양이 말했다. "내가 잠옷을 본 남자가 한 사람 생기는군요."

그녀는 부끄러움도 없이 열어 놓은 창문 앞 안락의자에 편안하게 앉았다.

여름 밤에 외출할 때마다 나는 오르탕스 양이 밤샘을 한 그날 밤을 생각한다. 땅강아지들의 울음소리가 프라이팬의 기름처럼 지글지글 소리를 내고 익은 밀밭에서 나는 웅얼거리는 소리 때문에 개들은 잠 못 이루어 한다. 언덕의 숯 굽는 사람들이 모닥불 주위에서 코넷을 분다. 주위는 적막이 가득하고 졸졸 흐르는 샘물 소리만 들릴 뿐이다. 숨막힐 듯한 더위.

"춥군요."라고 코스트가 말했다.

"치료를 해야 하는데……."라고 의사가 말했다. "투관침(套管針)이라도 하나 있으면……."

코스트는 이빨을 드러내었다.

"이건 경련 때문에 일어나는 웃음이오."라고 의사는 말했다.

"경련 때문이든 아니든 어쨌든 웃고 있어요. 그게 중요한 것이지요."라고 오르탕스 양이 말했다.

코스트는 이제 제대로 누워 있지도 못하고 겨우 목덜미와 발꿈치만을 침대에 댈 수 있을 뿐이었다. 그는 그가 연못에서 낚아 올렸던 물고기들처럼 몸이 꺾여서 뻣뻣이 굳은 채 단말

마의 고통를 겪고 있었다. 여전히 반짝이며 움직이는 그의 눈은 오르탕스 양을 찾고 있었다. 그녀는 코스트에게 몸을 굽혔다.

"오고 말았군요! 조금은 기다리고 있었어요. 하지만 증명은 당신에게만 해당되지요. 그 나머지에 대해서는 영원히 보증을 하지요. 웃으세요. 당신은 그럴 권리가 있어요."

코스트의 죽음은 사람들의 화제에 올랐다. 특히 낚싯바늘이 화제의 대상이었다. 그토록 대단한 인물을 낚기에 그것은 정말 너무도 보잘것없는 물건이었다.

기묘한 일은 이 사건이 특히 기사령에 거주하는 드 M…… 가족을 불안하게 만들었다는 것이다. 그들은 사건이 나자 곧 자기 집에 처박혔다. 폴란드의 풍차의 가족은 그들의 그러한 태도를 어떤 악의로 해석하지는 않았다. 아나이스는 세 번째 아이를 기다리고 있었다.

여기서 나는 진실 때문에 약간은 곤혹스럽다. 되풀이해서 말하지만 나는 예술가로 자처하지 않는다. 나는 예술 작품을 비평하는 일이나 내 자신이 예술 작품을 만들려고 시간을 낭비하는 것을 결코 원하지 않는다. 하지만 나는 인간의 마음을 알고 있다. 인간의 마음에는 꼬리를 물고 일어나는 불행의 이야기처럼 우스꽝스러운 것도 없다. 그러나 나는 바로 이 이야기를 해야 하며 여기에 우스꽝스러운 것이 없기를 바란다. 어떤 사람들은 어느 정도의 솜씨를 부려 이러한 사실들에 톡 쏘는 소스를 쳐서 교묘하게 사람들이 삼키게 할 수 있다는 것을 나는 알고 있다. 하지만 그러한 것은 내 역할도 아니고 내

의도도 아니다. 나는 확실한 근거를 통해서 알고 있는 것 그리고 가장 단순한 것만을 이야기하는 것으로 만족하기로 한다.

아나이스는 기다리고 있었다. 그녀는 날짜 계산을 잘못한 것 같다. 5월 말 만삭이 되었는데 아무런 징조도 보이지 않았다. 하지만 혹 생길 수 있는 사고(그녀의 남편 말에 따르면)에 대비하기 위해 부모들은 아이들을 삼촌과 이모가 사는 기사령에 보내기로 결정했다. 이륜마차에 말을 매고 아이들은 아버지와 함께 출발했다. 사내아이인 큰애는 아홉 살, 동생 마리는 세 살이었다. 내 짐작으로 때는 새 잎이 돋는 신록의 계절이었던 것 같다.

한 시간 후 마리는 죽었다. 아이는 사자의 심장이라고 부르는 딱딱하고 큰 버찌 하나가 목에 걸려 질식해서 죽었던 것이다. 아버지와 아이들은 길가에서 잘 익은 빨간 열매들을 달고 있는 벚나무 한 그루를 보았다. 마리는 기뻐 날뛰며 버찌를 먹고 싶다고 소리쳤다. 피에르는 공주님이 원하는 달을 따러 갔던 것 같다(어린 딸은 벌써 자기 엄마처럼 예뻤다). 피에르는 채찍 끝으로 열매 몇 알을 떨어뜨렸다.

피에르는 피멍이 들 정도로 말들에 채찍을 가하며 마차를 전속력으로 몰아 집으로 되돌아왔다. 하지만 늦었다. 아나이스가 걱정이 되어 집안을 샅샅이 찾았다. 마침내 그녀는 빨래통 속에서 발견되었다. 그녀는 더러운 빨랫감 위에서 격렬한 고통으로 괴로워하며 애를 낳으려고 애쓰고 있었던 것이다.

의사는 필사의 노력을 하다가 한마디 했다.

"이럴 경우는 늘 산모를 살려야 하는 법이지요."

"우리에게 필요한 것은 일반적인 견해가 아니에요."라고 오르탕스 양이 대꾸했다.

결국 의사는 백정처럼 되었다. 오르탕스 양이 다시 입을 열었다.

"자, 이제 선택을 하셨나요? 요컨대 누구를 살릴 건가요?"

의사도 전혀 몰랐다. 애가 나왔다. 사내였는데 조산을 해서 허약하게 보였다. 머리는 겸자(鉗子) 때문에 온통 찢겨 있었다.

기사령의 드 M…… 가족은 장례식에 참석했다. 하지만 식이 끝나자마자 그들은 곧 사라졌다. 피에르는 형으로부터 편지를 한 통 받았다. 그것은 아마 형한테서 받은 첫 번째 편지였을 것이다. 말을 마차에 매면 되는데 시골에서 팔 킬로미터 떨어진 곳에 살며 서로 굳이 편지 왕래는 하지 않았을 것이다. 형은 아우에게 썼다. '클라라는 제정신이 아니라네. 더 이상 너희 가족과 관계를 갖고 싶어 하지 않아. 그것은 일종의 고정 관념이라네. 어쩔 도리가 없어. 나야 물론, 네 형이 아닌가. 네게 필요한 일이 있으면, 그리고 내가 할 수 있으면, 알려지지 않게 내가 할 수 있는 것을 할 것이야. 하지만 이해해 줘, 부득불 내 처자식들을 우선으로 생각해야 하는 내 처지를 말이야.'

자기 어머니를 죽인 아이의 이름은 자크였다. 오르탕스 양이 그 애를 맡았다. 아이는 섬세하고 기품 있어 보였다. 그리고 태어날 때 받은 상처로 이마 한가운데 매우 낭만적인 흉터가 하나 남아 있었다. 흉터는 머리카락을 지져서 검은 머리칼 속에 감추었다. 아이는 특히 추위를 잘 타는 아나이스를 닮았다. 그 애도 자기 엄마처럼 사물 위에 무겁게 오래 머무르는 느린 시선을 던졌다. 하지만 이 느린 시선 뒤에는 자기 아버지를 닮은 점도 있었다. 오르탕스 양도 이 점을 재빨리 간파했다.

아나이스가 죽은 후 오르탕스 양은 폴란드의 풍차에 상주한 것 같다. 그녀는 거기서 아마 우리가 흔히 보는 것과 같이 집안일을 돌보았던 것 같은데 월급은 받지 않고 자기의 연금으로 먹고 지냈다. 그것은 통제를 받지 않고 마음껏 자기의 지휘권을 행사하기 위해서였다.

피에르 드 M……은 이러한 일련의 사건에 대해서 백 년은 뒤쳐져 있었다. 그는 어린 마리가 죽은 이후로 후퇴해서 살기 시작했다. 그는 목에 걸린 버찌를 빼내기 위해 자기 어린 딸을 머리를 아래로 해서 흔들어 댔던 그 순간으로부터, 자기 형에게서 편지를 받은 시기로부터 혼신을 다하여 멀어지고 있었다. 그는 그 편지를 조끼 주머니에 넣고 다녔다. 하지만 자주 손으로 만져 볼 뿐 편지를 다시 읽는 일은 없었다. 그는 오포파낙스의 방향 수지를 몸에 바르고 가르마를 타기 위해 머릿기름을 바르고 밤마다 뒷문을 통해 외출했다.

큰아들은 자기 아버지처럼 딱 벌어진 체구에 극히 초보적인 본능을 갖고 있었다. 이 아이는 전혀 물리는 일이 없는 대식가였다.

자크는 사물을 '관조했다'. 이 아이는 자기 형과 닮은 점이 없었다. 얌전하고 공격적이지 않고 사람을 깊이 끄는 데가 있었다. 그리고 미래에, 장래에, 내일이 가져다줄 수 있는 것, 그리고 옆으로, 혹은 앞으로 아니면 뒤로 한걸음 내디디면 손에 닿고, 보고 느낄 수 있는 것에 털끝만큼의 매력도 발견할 수 없는 것처럼 보였다. 그는 얼굴이 밝고, 매끈하고, 검은 머리칼을 땋았고, 낭만적인 흉터가 있었으며 피부는 회색 대리석처럼 고왔다.

자크의 얼굴이 활기를 띤 적이 딱 한 번 있었다. 기사령의 M…… 가족들은 이제는 전혀 살고 있지 않는 것 같았다. 그러나 클라라의 아들인 앙드레와 앙투안느는 아주 훌륭한 소년들이었다. 유산과 무도회의 총아로선 으뜸가는 인물 중에서도 단연 으뜸이었다. 말 타는 솜씨도 훌륭해서 그들은 숱한 조그만 길들을 말을 몰고 돌아다녔는데, 그중에서도 폴란드의 풍차 구역의 몇몇 길들은 그래도 그들의 마음을 끌었다. 하지만 그쪽을 갈 때면 그들은 멀리 우회하는 길을 택했다. 어느 날 자크는 들에 서서 관조에 빠져 있었는데, 그때 사촌 하나가 길을 지나치는 것을 보았다. 자크는 눈으로 사촌을 좇았고 시선에서 놓치지 않으려고 머리까지 돌렸다.

폴란드의 풍차는 어린 마리의 얼굴이 검어진 때와 동시에 어두워졌다. 그 심장은 아나이스의 심장이 박동하는 것을 멈출 때와 동시에 멈췄다. 공포는 자크의 탄생과 동시에 태어났다. 하늘이 잔뜩 흐린 겨울 동안 이따금 벽들 사이에는 견딜 수 없는 침묵이 감돌았고 오르탕스 양의 발걸음, 목소리, 지팡이 두드리는 소리만이 간간이 새어 나왔다. 척탄병처럼 큰 몸, 커다란 얼굴, 앞으로 튀어나온 수염 난 입술, 결코 꺼지지 않는 작은 불꽃을 담은 돼지 같은 눈, 특히 끊임없이 움직이는 다리, 쉴새없이 움직이는, 살로 만들어진 오벨리스크에서 풍기는 육체적인 힘이 집을 지켜 주고 있었다.

사람들은 한때 피에르 드 M……이 재혼하지나 않나 하고 생각했다. 하지만 그는 우선 제일 급한 일부터 손을 댔기 때문에 가장 꾀바른 여자들까지도 헛물을 켜고 말았다.

나는 이미 오래전부터 피에르에게서 품행이 난잡한 여러 가지 징후를 발견했다. 그래서 그는 조용히 한마디 말도 하지 않고 살고 있었지만 어느 날 아침 대뜸 오르탕스 양의 집에 들어가서 그녀에게 이렇게 말했던 것이다. "당신은 누구를 기다리고 계시죠?"라고. 오르탕스 양은 피에르를 잘 알고 있었다. 그녀는 그가 방금 즉흥적으로 말한 것이 무엇을 의미하는지 본인 자신이 깨달을 수 있도록 그에게 세심하게 시간 여유를 주었다. 그러고 나서 그녀는 그에게 대답했다. "자넨 술을 마셨나? 아니면 지금 제정신으로 말하고 있는 건가?"

그것은 제정신으로 말한 것이었다. 고통은 만사에 생기를 띠게 할 수 있기 때문이다. 그러나 오르탕스 양은 맏아들과의 진지한 대화에 신경을 쓰고 있었다. 그는 아무 소리도 내지 않고 느닷없이 자기 집 안에 들어와 있었다. 그는 어둠 속에 있었는데 그녀는 하마터면 아나이스라고 부를 뻔했다. 몸의 사분의 삼 정도가 어둠 속에 가려 있으니 이 젊은이는 놀라울 정도로 자기 어머니를 닮고 있었던 것이다. 앞으로 나오자 그는 본래의 모습으로 되돌아왔다. 갑옷 같은 옷, 목가리개, 긴 장화, 기름때가 묻은 완장 속에 푹 파묻힌 기형의 몸으로 말이다. 그는 곧 놀라울 정도의 섬세함을 보이며 말을 하기 시작했다. 그의 겉모습과 말 사이에는 아무런 유사점도 없었다. 그것은 동정심을 자아내게 하고 다감한 한 미지의 사람의 입에서 나오는 목소리였다.

하지만 대화는 양편이 다 신중했다. 맏아들은 속마음을 털어놓지 않았다. 그는 이따금 미노타우로스처럼 생긴 이마에 비극적이고 큰 손을 올려 놓았다.

오르탕스 양은 결국 혼잣말로 이렇게 중얼거렸다. "만일 손해를 줄일 일이 생긴다면 이 애를 구해야만 할까?"라고.

아무튼 그 문제는 곧 해결되었다. 맏아들은 어느 날 늘상 하던 산책에 나간 후 집에 돌아오지 않았던 것이다.

맏아들의 실종은 무성한 소문을 낳았다. 이곳에서는 사람들이 가출하는 법이 없다. 그것은 모든 사람에게 서글픈 일이기는 하나 누구든 여기서 죽을 때까지 살고 있는 것이다. 맏아들이 어느 구석에서 자살했다는 소문이 돌았다. 그래서 사람들은 찾아보았다. 그는 여러 곳에서, 때론 동시에 출현하기도 했다. 물론 결코 그는 아니었다. 몸집이 큰 부랑자들은 헌병의 조사를 받기도 했다. 심지어 그를 알제리에서 보았다는 사람도 있었다.

"알제리라고요?"라고 오르탕스 양이 반문했다. "이제 우리들에게 모자라는 것은 배교자(背教者)뿐이란 소리군요. 대체 이 사건에 왜 알제리가 끼여든단 말이오?"

"만일 그가 정신이 나갔다면?"이라고 어떤 사람이 말했다.

"정신이 나갔다고요?"라고 그녀가 반문했다. "나는 그 애를 무척이나 사랑하고 싶었어요. 게다가 그 애가 은총을 찾았다고 믿게 만들지는 마세요."

끊이지 않고, 변형되고 갖가지 색조를 띠고 있는 이러한 소문("당시 사람들은 이 소문을 마음껏 즐겼음에 틀림없다.)을 듣고 기사령의 드 M…… 가족들은 미칠 지경이 된 것 같았다. 여하튼 그들은 이러한 소문 때문에 느닷없이 어떤 결정을 내렸는데, 이 결정은 전혀 예상 밖의 결과를 가져다주었다. 이 결정은 공증 증서에 기록되어 있기 때문에 반박할 수 없고 날짜가 명시된 흔적을 남기고 있다. 폴란드의 풍차의 장남의 실종 조서가 제출되고 이십 일이 지나서, 그리고 아마 이 일이 한창 화제의 대상에 오르고 있었을 와중에 드 M……가(家)는 기사령을 내놓았고, 이것은 매각되었다. 조상 대대로 내려온 땅이 늙은 암탉처럼 팔린 것이다. 사람들이 사태를 이해하기도 전에 아니 단지 놀라기도 전에 클라라와 그녀의 남편 그리고 두 아들은 그 고장을 떠났던 것이다.

사람들은 얼마 전부터 끊이지 않고 불행이 닥친 폴란드의 풍차의 가족을 악의의 눈으로 바라보았지만(이것은 당연한 일이기도 하다.), 기사령의 가족은 대단히 사랑했던 것 같다. 그들의 행운은 폴란드의 풍차의 가족의 불행과 균형을 이루고 있었다. 이들은 당당했고 두 아들은 약혼을 했다. 약혼한 아들들은 기뻐했고 사방에 소식을 퍼뜨렸다. 기사령의 가족은 파리로 이사를 간다고. 파리는 대단한 위세를 누리고 있었다. 사람들은 벌써 화려한 환경 속에서 사는 그들을 보는 듯했다. 여기 운명에 대처해서 의연하게 맞설 줄 아는 사람들이 있었던 것이다. 그들은 옳았다. 치료는 단 한가지밖에 없었던 것이다. 그것은 탈출이었다. 더욱이 탈출을 위해 기차가 있었던 것이다.

이렇게 해서 기사령의 가족 네 사람은 일거에 모두 몰살되고 말았다. 그들은 뒤몽 뒤르빌[4]의 목숨을 앗아간 베르사이유 열차 사고로 죽었던 것이다. 이 유명 인사와 마찬가지로 그들은 열쇠로 문이 잠긴 나무로 만든 칸막이 객실 안에 갇혀 있었다. 이 짧은 노선 위에서 사람들은 시속 40킬로미터 이상 달리는 급행열차의 시험을 했던 것이다. 그래서 현기증을 일으키고 심지어는 사람을 미치게까지 만든다고 하는 그러한 속도에 대비해야 했다. 출발시 객실의 문은 너트로 잠갔다. 그런데 과열된 제동기 하나가 목재를 태웠던 것이다. 기사령의 가족 외에도 불에 타 죽은 사람이 스무 명은 되었다.

면 전체는 빗발치는 분노의 소리로 가득했다. 코스트가(家)의 운명은 이제 역사적인 중요성을 띠고 있었던 것이다. 이 운명은 이제 증명된 참이었다. 우선 이 운명은 조금도 변함이 없었고 어떤 때는 잠들고 있는 것처럼 보이다가도 늘 이 순간 아니면 저 순간에 숙명적으로 일격을 가했다. 그다음 어느 것도 이 운명에 저항할 수 없었다. 베르사이유의 기차도 뒤몽 뒤르빌 그 자신도, 즉 과학도 용기도 이 운명에 저항할 수 없었다. 끝으로 이 운명은 가까이서 코스트가의 식구들과 접한 사람들뿐만 아니라 심지어 운명이 일격을 가하기로 결심했을 때 우연히 이들과 가까이 있는 사람들까지도 죽음 속에 몰아넣을 정도로 광포했다. 이 마지막 사실은 모든 사람들을 격분시

---

4) 프랑스의 항해자로 에게해, 흑해, 오세아니아 등 여러 곳에서 수로를 탐사했다.

켰다. 사람들은 서슴지 않고 이것은 장난이 아니라고 말했다. 이곳에서 사람들은 결코 두려움에 대해서 말장난을 하는 법이 없었다. 두려움이란 우리가 매우 진지하게 여기는 감정이다. 인간은 용기를 가질 수 있다. 하지만 절대로 무모할 수는 없는 것이다. 이처럼 자유롭게 행동할 수 없게 되었다는 생각에 사람들은 참을 수가 없었다. 누가 앞으로 '코스트가 중 어떤 사람 옆에' 있지 않으리라고 자신할 수 있겠는가? 모두가 위협을 느끼고 있었던 것이다. 사람들은 코스트가의 마지막 남은 인척과 후예들로 하여금 자기네 집을 폐쇄하게 하고 이곳을 떠나게 하기 위해 폴란드의 풍차에 가서 소란을 피울까 하는 생각을 진지하게 고려해 보기도 했다. 이 사람들이 다른 곳에 가서 목이나 매게 만드는 것이 이 경우에 정확히 들어맞는 말이었다. 하지만 사람들은 자제했다. 그것은 코스트가의 사람들이 상중이기 때문이 아니라 그렇게 대담한 짓을 하다가 '운명의 중심'에 다가간 사람들이 끔찍한 위험을 당하지나 않을까 하는 우려에서였다. 코스트가의 사람들을 내쫓는 일에는 모두가 동의했다. 하지만 누구도 '도끼에 손을 대고' 싶어하지는 않아 했다. 도끼 자루를 통해 벼락이나 맞지 않을까 두려워했기 때문이다. 소문에 의하면 베르사이유에서 희생된, 몸을 오그린 채 검게 탄 시체들의 광경은 처참했다고 한다. 그리고 바람과 상어, 줄루족 등의 온갖 위험을 물리친 그 유명한 탐험가는 '우연히' 코스트 가의 사람들과 운명을 함께 나눈 후 꼬치에서 떨어진 구운 고기처럼 지방이 빠져 바싹 태워졌다는 것이다. 클라라는 마지막 순간에 머리로 유리창을 깨뜨리고 빠져나오려 한 나머지 커다란 유리 조각에 목에서 배까지 몸이 두 동강 났으며, 사람들이 가까이 접근했을 때 숯덩이처럼 탄 검은 심장이 드러나 있었다고 한다. 소문은 과장된 것이었다. 그러나 이처럼 탁월한 솜씨(이것이 내가 느꼈던 감정이다.)로 과장을 한다면 그것은 자기가 옳다고 인정하고 싶어 하기 때문이다. 당시 그 도시에서는 전염병이 돌 때와 흡사한 공포가 만연되어 있었던 것 같다. 하지만 이 전염병은 가문의 이름을 지니고 있으며 두 발로 산책을 하며 나나 여러분들처럼 눈에 보인다는 점이 보통의 전염병과 달랐다. 콜레라를 욕하는 것은 별로 큰 도움이 안 되는 일이지만 당시 사람들은 그렇게 했다. 다시 말하면 사람들은 코스트가(家)를 욕하지 않고서는 견딜 수 없었던 것이다. 생존 본능 때문에 그처럼 선고된 파문만큼 효과적인 것은 없을 텐데, 교황은 이제 그런 파문은 선고하지 않았다.

이 사건에 관심을 갖게 되었을 때 나는 예전에 나온《가젯트》지와《나시오날》지를 구해 보았다. 거기에는 부르주아와 심지어는 가장 귀족적인 사람들까지도 깊이 생각하게 할 만한 처참한 그림과 기사들이 가득했다. 시체와 나뭇조각들이 형체를 알 수 없을 정도로 뒤엉킨 모습, 피에 젖은 자갈들, 횃불처럼 타오르고 누가 해군 제독이고 누가 호송 장교인지 구분할 수 없는, 굴뚝 청소부같이 된 미이라들. 이 도시에서는 누구도 이런 처참한 광경을 제동기의 과열 탓으로 생각하지 않았다. 모두 이것을 코스트가의 탓으로 돌렸다. 사람들은 신문을 읽으면서 그 행간에 감추어진 것을 읽은 것이다. 그리고 동판화들을 보고 폴란드의 풍차가 불과 800미터 떨어진 곳에 있으며 어떤 순간이라도 자기들을 이와 유사한 끔찍한 일에 끌어넣을 수 있는 두 명의 '코스트'가 아직도 거기에 있다고 생각하니 사람들에게 그것은 도저히 견딜 수 없는 일이었다. 이런 일치된 감정의 자취는 지금도 경찰서에 남아 있는 서류에서 찾아볼 수 있는데, 이 서류는 모두 한결같이 익명으로 되어 있는 밀고장, 고발장, 탄원서들로 가득 채워져 있었다.

경찰서에 접수된 소장(訴狀)의 수, 각기 다른 필체, 문체, 철자, 작성 방식을 보니 도시 전체와 시골 전체가 당시 그 사건에 사로잡혀 있음이 분명하다. 나는 내 동향인들이 다소 감각이 경화되고, 적당하게 냉정한 사람들이라고 생각하고 있는데, 이러한 사람들이 설사 견딜 수 없는 상태가 되어서 현기증에 빠지는 일이 있어도 시를 쓸 수 있으리라고는 전혀 생각하지 않는다. 그런데 어떤 사람은 이런 구절을 썼는데, 나는 어떤 점에서는 매우 훌륭하다고 생각한다. 즉 '나는 별이 가져다 준 죽음을 두려워하노라!'라고.

익명의 편지들의 자취를 찾다 보니까 내가 진작 이런 지극히 자연스러운 의견의 표출을 생각하지 않았던 것이 의아했다. 나는 이 도시의 경찰서의 옛 문서들 속에서 별로 수고를 들이지 않고 다른 고발장들을 발견했다. 고백하건대, 이 고발장들은 전혀 다른 색깔을 띠고 있었다. 이보다 더 외설스러울 수 없는 이 고발장들은 가치의 등급을 매기는 데 있어서 경찰서장이나 매한가지로 저급했다.

이 고발장들은 '별들' 속에 표류하는 것이 아니라 경찰 서장에게 겸손하게 이 사람의 능력에 맞는 사실들을 지적하고 있었다. 여기서는 피에르 드 M……의 음란한 면이 폭로되고 있다. 아마 그는 매춘부를 상대했던 것 같다. 그런데 어느 정도까지는 비난할 만한 것이 못 되는 그러한 일에 피에르는 변태스러운 짓을 한 것 같다. 그런데 이 변태스러운 짓은, 이것이 근거 없는 사실이 아니라면 생각해 볼 만한 일이다. 그리고 여러 가지 방향으로 생각해야 한다. 왜냐하면 희생자들 편에서 한 고소는 단 한 건도 없었기 때문이다. 그런데, 여기에 등장한 여자들의 이름을 익명의 편지들은 사실대로 대고 있으며 이것은 사람들의 풍문에 의해서도 확인되었다. 그도 그럴 것이 그러한 사실은 백일하에 알려진 것이며 누구도 감추는 것이 아니라서 고소장들은 단지 자명한 사실을 증명한 것에 불과하기 때문이다. 다시 말해서 그러한 사실은 매춘 행위에서 자연스러운 조그만 일에 다만 추잡함을 덧붙인 것에 불과한 것이다. 경찰서의 서류에는 폴란드의 풍차에서 계속 살고 있는 오르탕스 양을 상대로 한 그야말로 어처구니없는 고발장도 역시 있었다. 그러나 잘 계산해보면 당시 그 여자의 나이는 거의 일흔다섯 살은 되었음에 틀림없다. 아무튼 누군가를 끔찍한 일로 고발할 때 결코 아니다라고 말해서는 안 된다는 것을 나는 경험을 통해 알고 있다. 순진 무구한 사람은 없다. 이것은 단지 내 견해에 불과하다. 하지만 어쨌든 내 견해다. 따라서 나는 사실의 진상을 더 잘 파악하기 위해 부심했다.

우리는 어떤 사실이 이 사람 저 사람의 손을 거쳐 돌아오면 그것이 어떠한 상태로 묘사되는지 알고 있다. 내가 지금 이야기하고 있는 사건들은 내가 현실을 자각하기 전에 이미 종결된 것이다. 즉 그 후 내가 하는 것처럼 코안경을 쓰고 사실들을 찬찬히 들여다보기 이전에 종결된 것이란 말이다.

내가 알고 말할 수 있는 것은 다음과 같다. 베르사이유 열차 사고가 있은 직후 폴란드의 풍차는 치명상을 당한 것 같다. 하인들은 보따리를 싸고 집을 나가고 남은 하인은 자크의 옛유모 뿐이었다. 사람들 말에 따르면 유모는 멍청하게 보이지만 얼굴이 화사한 시골 아낙이었다고 한다. 영지에서 외부와 계속 접촉한 사람은 이 여자가 아닌가 한다. 접촉은 장보는 것으로 국한되었다. 장사꾼들은 그 여자에게 이러쿵저러쿵 설교를 늘어놓으며, 심지어 그녀를 사십대 여자로 취급했다.[5] 그래도 그녀는 계속 자기 일을 했다. 장사꾼들이 그녀를 사십대 여자로 취급하는 것은 단지 이른바 고약한 성미 때문이고, 그들은 여전히 그녀에게 물건을 팔고 돈을 받고 있는 것이다. 폴란드의 풍차의 땅은 휴한지가 되었고 가축들은 매각되었다.

우리의 주인공들의 정신 상태가 어떠한지를 알려 줄 수 있는 사실이 한 가지 있다. 영지와 이웃하는 과수원 주인들이 폴란드의 풍차에 건 소송의 흔적은 지금도 찾아볼 수 있다. 과수원 주인들은 농토와 농가로 쓰이는 건물을 완전히 방치했기 때문에 물새가 몰려들어서 그들에게 막대한 손해를 입히고 있다고 주장하고 있다. 이들은 쥐 떼와 심지어는 오소리도 들

---

5) 따돌린다는 뜻이다.

끓는다고 하는데 이놈들은 아마 그들이 기르는 사냥개를 저택의 테라스 입구까지 몰아냈던 것 같다. 그런데 나는 어떤 세부적인 사실에 주목했는데, 이 사실을 나는 다른 어떤 곳에서도 다시 발견하지 못했다. 고소인들은 이제는 굳게 닫혀 있는 **폴란드의 풍차**의 창문들이며 문들에 집을 진 말벌 떼들이 구름같이 몰려들어 그들 소유의 사과밭의 과일이랑 수확한 포도들을 씨까지 갉아먹는다고 호소하고 있다. 그다음 산림 감시인, 경찰, 헌병들의 고발장도 있었는데 이들의 말에 따르면 과수원은 사람이 얼씬도 할 수 없을 정도라는 것이다. 당국은 웅웅거리며 금빛 구름처럼 몰려오는 이 벌떼들에 겁을 집어먹은 것처럼 보인다. 이것은 코스트가(家)의 운명을 중심으로 해서 처해 있는 고장 전체의 상태였다. 그렇다면 그들은 어떤 상태에 있었던가? 아니 적어도 그 집에 남아 있는 두 사람은 이 구름떼 속에서 무얼 하며 지내고 있었던가?

그 뚱뚱한 체격과 불그스레한 얼굴을 보건대 피에르 드 M……은 그가 쫓아다니는 창녀들에게나 정신이 팔려 있을 것이라고 사람들은 생각할지 모른다. 실상 그에 대해 전해져 내려오는 이야기는 온통 그 문제를 다루고 있다. 그런데 우리는 그가, 특히 과수원을 휩쓰는 오소리 문제에 대처하는 데 있어서, 그의 정신적인 우아함을 생각게 하는 그러한 행동을 한두 번 했음을 본다. 그는 다음과 같이 쓰고 있다(이 편지는 서류 속에 있다). '본인은 늑대 사냥 지휘자가 되어 본인 소유의 땅에서 본인 자신의 힘으로 해충의 무리를 쫓는 일을 의무로 삼겠습니다'라고. 어린애가 쓴 글씨 같지만 매우 꼼꼼하게 쓰여진 그의 편지는 앞의 추잡한 언사들이 가득한 서류들에 비하면 한송이 장미꽃과 다름없는 것이다. 내 자신 '의무'라는 단어라든가 '본인 자신의 힘으로 해충의 무리를 내쫓겠습니다'라는 표현을 접하고 감동했음을 고백한다. 그것은 고귀한 것이다.

피에르 드 M……은 체격이 크고 투박한 사람이지만, 내 생각으로, 그의 투박함은 오랫동안 유전적으로 내려온 행복, 한없는 풍요함의 향유, 푸짐한 식사, 충분한 수면, 자기 팔이 미치는 곳에 욕망을 한정하는 소박한 지혜로 이루어진 것이었다. 그는 하나의 동산처럼 투박하다. 모두가 제자리를 잡고 있기 때문에 그는 물질의 변형이 이루어지는 하나의 훌륭한 기계이며 그 이상 더 멀리 보지 않는다. 그를 생각하는 사람이라고 부를 수는 없을 것이다. 하지만 그는 자기의 의무란 단순히 '존재하는 데' 있는 것임을 느끼고 있다. 따라서 그가 편지에서 '의무'라는 단어를 써도 그것은 우연이 아니다. 그는 의무의 인간이다. 그 이상도 그 이하도 아니다.

오르탕스 양의 말도 여기서는 소용없다. 기사령과 같은 땅을 800년 동안 고스란히 보존하기 위해선 단지 사업 정신이 결여되어 있다고 말하는 것만으론 충분하지 않다. 그러기 위해서는 진득하지 않으면 안 된다. 몸을 움직이는 일이 어려워야 한다. 그리고 사람을 진득하게 만드는 것은 바로 의무감이다. (물론 이 의무감은 내가 유독 우습게 여기는 의무감, 즉 '자기 자신에 대한 의무'이지만). 피에르 드 M……은 정말 다른 사람들을 행복하게 할 수 있는 사람이었다. 그리고 그는 실제로 그렇게 했다. 그는 아나이스에게 마땅히 해야 하는 것을 했다. 채찍으로 버찌를 따고, 심지어 목에 걸린 버찌를 빼내기 위해 어린 딸의 머리를 거꾸로 해서 흔들었을 때도 그는 어린 마리에게 자기가 마땅히 해야 하는 것을 했다. 그는 아마 1000분의 1이라도 성공할 수 있었을지도 모른다. 누가 알랴? 그 일이 있은 후로 그는 분명 더 이상 자기에게 어울리는 영역에 있지 못하게 되었다. 그 영역이란 다름아니라 절대적인 확실성, 800년 동안 그의 조상들이며 그의 지성을 싹트게 한 요지부동한 평화였다. 그런데 일순간에 잠자는 숲속의 미녀가 자고 있는 성이 공격을 당하고 만 것이다. 그가 어떻게 저항할 수 있었으랴? 눈을 뜨기도 전에 그는 부서지고 상처를 입고 먼지가 되고 말았다. 그는 출산 때 제 어미를 죽인 자크를 싫어했다. 하지만 그가 자크를 싫어한 것은 '의무'의 인간으로서 싫어한 것이다. 그는 자크라는 존재, 그의 분위기, 그의 시선, 그의 생활을 좋아하지 않았다. 그는 자크에 대해선 고통밖엔 없었다. 그는 참고 견디었다. 큰아들은 그에게 더 큰 고통을 안겨 주었다. 큰아들에게 기대할 수 있는 것이 무엇인지 그는 제대로 알고 있었다. 그는 자기가 왜 폭음 폭식을 하는지 이해하고 있었으며 그것이 차츰차츰 만들어 가고 있는 것이 무엇인지도 알고 있었다. 즉 그것은 당장 가지고 있는 수단을 통해 진득해지는 것, 다루기 어렵게 되는 것이었다. 하지만 설사 지성이 없더라도 그는 이런 방식으론 그렇게 될 수 없다는 것을 알고 있었다. 큰아들의 가출은 그에게 불시에 닥친 일은 아니었다. 그는 그것을 기다리고 있었다. 기사령의 드 M……의 가족의 죽음은 그를 냉담하게 만들었다. 왜냐하면 그 죽음에 접했을 때 피에르는 아나이스와 마리가 죽은 후 처음으로 그의 관심을 대단히 끄는 그 무엇인가를 상상하는 데 열중해 있었기 때문이다.

피에르 드 M……을 우둔한 자라고 여기는 사람들은 잘못 생각한 것이다. 나도 그가 학교를 늦게 졸업한 것은 인정한다. 하지만 졸업을 하기는 했다. 어쨌든 학교 의자에 앉아 있었던 것이다. 그가 쫓던 매춘부들은, 거기에 주의를 기울여 보면, 매우 재미있는 스타일의 훈련이었다. 열 명이나 열두 명의 그의 조상 중 한 사람을 그가 처한 처지에 놓아보라. 그 조상이 무엇을 하겠는가? 그 사람은 원기를 회복하려고 할 것이다. 그것이 가문의 지혜다. '원기를 회복함'으로써 그들은 자기네 영지를 보존해 왔던 것이다. 조사해 보라, 그러면 여러분들은 그의 조상들이 모두 뇌졸중으로 죽은 것을 알게 될 것이다. 그리고 한마디 덧붙이면(이것은 내 추측이지만, 그리고 실제 확인해 보아도 상관없지만) 중증의 뇌졸중으로 죽었을 것이다. 아주 민감한 사람들(이 말은 내게는 그 영혼이 육체의 움직임을 좇는 데 감미로움을 발견하는 사람들을 의미한다.)은 모름지기 관절염, 아마 통풍성 관절염까지 걸렸을 것이다. 그러나 결코 사랑까지 가지는 않았을 것이다. 그들에게 정열은 없었다. 그대신 그것을 대신하는 병이 있었다.

그들에게 용기, 증오, 겁, 질투, '좌중을 즐겁게 하기' 위해 필요한 모든 것을 갖기 위해서 필요한 기질을 준 것은 병이다. 그러나 정작 그들 자신은 즐겁지 않았다.

피에르 드 M……은 돌연 정반대의 방법을 사용했다. 나는 그가 아나이스를, 비록 빼어나게 아름다운 여인이었지만, 사랑했다고까지는 말하지 않으련다. (만일 이 아름다움이 운명이 파놓은 함정이었다면, 그는 틀림없이 결혼을 질질 끌었을 것이다. 운명의 도구는 오르탕스 양이었다.) 여인의 아름다움은 그를 지배하지 못한다. 못생긴 여자도 똑같이 그가 바라는 것을 그에게 줄 수 있는 것이다. 그러나 그는 어린 마리를 사랑했다(바로 여기에 운명은 진지하게 내기를 걸었던 것이다). 피에르 드 M……의 피는 정념의 기질을 받아들였다. 그리고 그는 혼자말로 "난 병에 걸렸군."이라고 중얼거렸다.

나는 피에르 드 M……이 상장(喪章) 대신 그 이전에 신경통에 걸렸던 모든 드 M……가(家)의 사람들처럼 지팡이를 잡았다고 믿고 있다. 그는 폐병 환자가 피아노와 시 앞에 가듯 매춘부들에게 갔다. 비록 몇몇은 몸매가 좋은 시골뜨기 여자라는 추억을 남겼지만 나는 그가 상대한 매춘부들이 어떤 여자들이었는지 잘 알고 있다. 그러나 구십 킬로그램의 몸무게가 나가고 그 뒤에 800년의 평온을 두고 있는 사람은 사십 킬로그램의 열병 환자가 쓰는 방법과 똑같은 방법으로 우수에 젖지는 않는다. 그는 무엇보다도 몸에 축적된 영양분을 빼내기 위해 다량의 피를 뽑아야 했다. 그는 주기적으로 부싯깃을 쓰지 않고 자기 몸에 거머리들을 붙였다. 그리고 나서 '원하기만 한다면 행운을 뽑는 시합'에 나갈 수 있었을 것이다.

나는 지금 영혼을 갖고 있지 않고, 정열이란 것이 병처럼 피속의 요소(尿素)나 염분 혹은 당의 과다함이나 부족, 아니면 신경 이완의 정도에 의해 결정되는 한 호인을 파악하려고 애쓰고 있다. 나는 지금 내가 태어나기 오래전에 죽은 피에르 드 M……이라는 인물을 그 후 내 눈으로 본 모델들을 통해 판단하고 있는 것이다.

그는 한동안 비극적인 사건들 때문에 자기가 빠져 있는 '무기력증'이 그 후 인생을 즐기는 것을 방해하지는 않을까 하고 생각한 적도 있었다. 이어 그는 타협이라는 것이 있음을 깨달았다. 나는 그에게는 모든 일이 그 이전의 모든 드 M…… 집안의 사람들에게 일어난 것처럼 일어난다고 생각하고 싶어한다. 그들은 '운명'의 타격을 받지는 않았다. 하지만 그들 중 몇몇은 중풍에 걸렸다.

그는 그의 조상들이 그들이 걸린 중풍이 그들에게 남겨준 인생을 이용한 것처럼 그의 '운명'이 그에게 남겨준 인생을 이용했다.

소문(하지만 적지 않은 세월이 지나면 이 소문이 무엇으로 이루어지는지 우리는 알고 있다.)은 피에르를 수탉처럼 얼굴이 붉고 괴물 같은 외모를 가진 남자로 묘사하고 있다. '땀구멍마다 욕망의 땀이 흐르고 있다'라고 소문은 말한다. 내가 알기로 그는 기름기 때문에 상상력을 제멋대로 발휘하는 첫 번째 마스토동[6]은 아니다. 이 점은 여러분이 염두에 두지 않으면 안 되는데, 나라는 사람은 선에 있어서나 악에 있어서나 그 누구도 신용하지 않는 마음가짐을 갖고 있는 자다. 내가 더 이상 괴물

---

6) 충적층 제3기층 산의 코끼리 비슷한 큰 동물.

들을 어깨폭이나 과다한 양의 땀을 기준으로 분류하지 않은 것은 이미 오래된 일이다. 나는 마르고 땀을 흘리지 않고 가정 교육을 잘 받았다고 여겨지는 사람들 중에서도 괴물을 여럿 알고 있다.

나는 육체가 지닌 진정한 욕망 때문에 육체가 땀을 흘린다고는 생각하지 않는다. 피에르 드 M……은 거의 성자와 다름없는 사람이었다. 그의 진면모를 발견하기 위해서는 약간 시야를 넓혀 보는 것만으로 족할 것이다. 내가 착각하고 있는 것이 아니라는 것은 그가 곧 여자에게서 손을 떼고 보다 빠른 효과를 얻을 수 있는 방법을 사용한 것을 보면 증명(증명이 필요하다면)이 될 것이다. 그는 술에 손을 대기 시작했던 것이다. 그것도 맹렬하고 희열에 젖어서 술을 마시기 시작했기 때문에 거기에는 위엄이 없지도 않았다.

그는 처음에는 점잖게 반 리터가량의 코냑을 마셨고 곧 이 양에 익숙해졌다. 그는 얼마 안 가서 하루에 일 리터 혹은 그 이상을 마실 수 있게 되었다. 이렇게 해서 그의 두 눈은 시뻘겋게 충혈되었다. 예전엔 짙푸른 빛깔을 띠었던 그의 눈동자는 이제 아름다운 자색의 각막에 잠겨 마치 두 개의 커다란 유리 조각이 얼굴에 붙어 있는 것처럼 보였다. 그는 법관처럼 꼿꼿하게 몸을 펴고 산책을 했다. 오소리를 쫓을 때 쓰던 검은 집어넣었다.

오르탕스 양은 사태를 매우 가볍게 보는 듯했다. 그녀의 능력은 감소된 것처럼 보인다. 이것은 내 추측인데, 왜냐하면 내 생각으론 그녀의 감춰진 생각을 배제해서는 안 되기 때문이다. 고발장들, 물론 익명의 고발장들은 그녀가 가증스런 간음죄를 저질렀다고 비난하고 있다. 익명은 늘 순진하기 때문이다. 그러나 내가 생각하는 관념(그녀도 가질 수 있는)은 끔찍한 것이지만, 가정의 내부와 거기서 느릿느릿하게 벌이고 있는 전투는 얼음처럼 순수하고 일체의 동정이 배제된 것이었다. 만일 의도만으로도 사람을 죽일 수 있다면, 우리의 침실, 우리의 길거리는 페스트가 창궐했던 시절처럼 시체들로 즐비했을 것이다.

오르탕스 양은 구십 킬로그램의 살덩어리인 드 M……이 설사 그녀가 가는 길을 막고 서 있더라도 평생(길지는 않지만) 당황해할 여자가 아니었다. 오래전부터 오르탕스 양의 온갖 관심과 근심은 자크에게 쏠려 있었던 것 같다. 자크는 그녀가 말한 대로 '자기 앞치마에 받아서 자기 옷 속에 말렸다.' 게다가 자크는 사랑스럽고 청순하고 젊고 남성의 아름다움을 겸비해서 사람의 마음을 끌었다. 그를 위협하는 운명은 이 남성의 아름다움에 어떤 여자도 저항할 수 없는 부드러운 호의를 보태 주었다.

자크는 오르탕스 양이 빠져나갈 수 없는, 사랑이 파 놓은 훌륭한 함정이었다. 이런 문제에 있어서는 늘 할말을 갖고 있는 익명의 화자인 나는, 사랑이란 내장과 기관에서 비롯하는 어두운 일이라고 어렴풋하게 이해하고 있다. 하지만 나는 사건이 일어나고 난 다음 이 세상에 태어났다. 나는 오르탕스 양으로 하여금 이 음모를 꾸미게 만들었던 것은 바로 이 모성적인 정열이라고 생각한다. 나는 이 노처녀의 지적 능력이 감소

했다고 생각하지는 않는다. 나는 그녀가 완전한 고독 속에 파묻혀 주야를 가리지 않고 망을 보는 데 몰두하고 있었다고 확신한다. 그녀가 눈을 감고 화로 주변에서 고개를 끄떡이며 잠을 자고 있을 때라도, 그것은 단지 노인 '흉내'를 내면서 주위 사람에게 희극을 연기하고 있을 따름이며, 그렇게 해서 자기가 전투를 지휘하고 있는 은신처를 보호하고 있는 것이라고 나는 즐겨 상상한다. 코스트가(家)와 처음 교류를 가졌을 때 설사 복종당하고 싶은 욕망 때문에 운명에 도전했을지 몰라도 지금 그녀는 일반적인 법칙에 대한 복종 때문에 운명에 도전하고 있다고, 다시 말하면 오르탕스 양은 자기 삶의 행복을 위해 싸우고 있었다고 나는 굳게 믿고 있다. 그녀는 끔찍하고 심지어는 금지된 무기를 자연스럽게 이용했다. 누군가가 그녀에게 그 점을 탓하면 아마 그녀가 제일 먼저 진지하게 반문했을 것이다. '금지는 누가 하는 것이며, 왜 금지하는 것이지요?'라고.

중심으로부터 멀리 벗어난 삶은 망설임을 허락하지 않는다. 목표를 향해 곧장 전진해야 하는 것이다.

바로 이러한 이유 때문에 어느 날 저녁 피에르 드 M……이 끈에 몸이 묶이고 입에 거품을 뿜으며 짐수레의 밀짚 위에 누워 병원에 실려갔을 때 오르탕스 양은 힘들이지 않고 슬픈 표정이나 놀란 표정을 흉내 낼 수 있었다. 이틀 후 잠정적으로 그가 도립 요양소에 입원하기 위한 모든 공식적인 서류들에 서명이 되었다. 의사와 모든 사람의 견해에 따르면 이 잠정적인 조치는 실상 결정적인 것이었다.

오르탕스 양은 사태를 정확하게 간파했다. 폴란드의 풍차는 해방된 것처럼 보였다. 자기 아버지가 병원에 입원한 후 얼마 지나지 않아 자크는 솔선해서 행동을 개시했다. 사냥개들을 기르기 시작한 것이다.

실종된 후 그 자취가 전혀 발견되지 않은 큰형의 재산은 기탁된 상태였다. 기사령의 드 M……가(家)의 유산은 고양이가 갖고 논 털실 꾸러미처럼 뒤엉켜 있었는데, 이것으로 먹고 마시는 사람이 너무 많아 그것을 어떻게 해결할 수 있을지 난감했다. 피에르 드 M……의 유산은 공개될 수조차 없는 상태였다. 미쳤지만 멀쩡하게 살아 있어서 돈을 쓰게 했지만 놔주지는 않았다.

자크는 저택을 말벌 떼와 오소리 떼로부터 해방시켰다. 그는 마구간의 일부를 개 사육장으로 개조했다. 운명이라는 것을 옛날 옛적에나 있는 일로 조롱하고 자기의 더러운 공중누각에서 편히 지내기만 한다면 어떤 일에도 개의하지 않는 사람들(대개 이런 사람들은 일주일에 한번은 만취가 되도록 술을 마시는데)이 늘 있는 법이다. 자크는 이런 사람 세 명을 쉽게 고용했다. 그들은 주인을 위해 열심히 일했다. 일꾼들과 사냥개들은 서로 잘 통하는 즐거운 무리를 이루었다. 그리고 위험스럽게까지 보이는 무리를 이루었다. 왜냐하면 이 무리는 단 한마디 말도 하지 않았기 때문이다.

나는 이 무리가 어떠했을지 거의 알듯하다. 개를 사육하는 일은 흔한 일이 아니다. 빈틈없는 이 세 사람은 그러한 일을 마치 공식문서라도 되는 것처럼 여겼음에 틀림없다. 아르타

방[7] 처럼 자부심이 강한 이 개 사육자들과 누가 감히 맞설 수 있으랴? 세 달이 지나니 자크는 일꾼들 속에 섞여 있으면 제대로 알아볼 수 없을 정도가 되었다. 그는 놀랄 정도로 원기를 얻은 것 같았다. 그는 여행을 했다. 순종 종견을 사기 위해 영국까지 가기도 했다. 그는 아무도 모르는 것을 일꾼들로부터 배웠다. 그는 몸소 일을 했다.

이제는 오르탕스 양이 지배하던 시절이었다. 섭정이 아니라 여왕으로서. 모든 것이 그녀가 지배하는 데 도움이 되었다. 심지어 늙음, 그녀를 행복하게 해 주는, 그녀를 행복하게 해 주는 것처럼 보이는 육체적인 쇠약까지도! 그녀는 폴란드의 풍차에서 군림했다. 그녀는 종종 코스트를 생각했을 것이다. 그녀는 불안에 떠는 그 그림자를 보고 이렇게 말했을 것이다. '나의 보증은 점점 더 효력이 있어요. 내가 고삐를 쥐고 있는걸요.'라고.

그녀는 물질적인 것을 멸시했다. 버터 수프와 물만 먹고 살면서 여전히 코스트가 살았던 시절에 입었던 낡아빠진 옷을 입고, 심지어는, 질서의 표시를 조롱하듯, 헌 옷에 오래된 인조 보석을 비스듬히 달고, 마디진 굵은 손가락에 커튼 고리를 끼는 계산되어 있는 유치함을 보여 주었다. 이러한 것을 보면 그녀가 얼마나 확고하게 자신의 왕홀을 쥐고 있는지 알 수 있다. 이것이 그녀가 사람들이 보아주기를 바라는 것이었다. 왜

---

7) 라 칼프르네드의 소설 『클레오파트라』의 주인공으로 그의 자부심은 격언으로 통하고 있다.

냐하면 그녀의 관심은 다른 데 있었기 때문이다. 운명과 결혼한 그녀는 남자와 결혼했더라면 남편을 학대했을 것처럼 운명을 학대했다. 그녀는 운명의 용돈을 깎고, 그 자유를 부인했으며, 운명이 하는 일을 방해하고 그 기쁨을 망쳤으며, 등에가 황소에게 하듯, 운명을 자기 손아귀에 넣을 때까지 끊임없이 못살게 굴었다. 만일 우리가 '사랑하다'라는 동사에 그 일반적인 가치를 부여한다면 오르탕스 양은 그러한 의미에서 자크를 사랑했다고는 말할 수 없다. 그녀는 늙은 부르주아 여자가 저녁을 사랑하듯(이 성스러운 시간에 카페에 가는 남편에게 불평하기에 좋은 이유가 되기 때문에) 자크를 사랑했다.

오르탕스 양은 남편으로부터 끝까지, 죽을 때까지, 죽고 나서까지 끊임없이 '바가지를 긁는' 늙고 못생긴 여자들의 그 돈주앙주의를 지니고 운명을 상대했다. 이 돈주앙주의는 가장 매력적인 남자라도 자기에게 몸과 마음을 완전히 바친 여자들을 가지고서 도달할 수 없는 완벽성이다. 이것은 그토록 장엄한 소유를 위해서는 빈틈없이 정확한 도구라서 남편들이 죽고 나서 뼈만 남았을 때라도 그 못생긴 여자들은 여전히 무덤과 묘지와 추억을 향유한다. 운명이 이를 허락했다면 오르탕스 양은 위엄있는 '운명의 과부'가 되었을 것이다. 그녀는 운명의 무덤 위에 군림했을 것이다. 그리하여 그 누구에게도 더 이상 운명은 존재하지 않았을 것이다. 그녀는 이 세상 끝나는 날까지 운명의 소유자가 되어 그 죽음 속에 자기 남편에 대한 추억 속에 남아 있을 일 밀리그램의 생명까지도 소진시키고 말았을 것이다. 아! 그녀는 마침내 자기 척도에 맞는 남편을 발견했던 것이다. 그녀는 당당하게 자기의 괴물 같은 남편의 자질을 발휘할 수 있었다. 어깨는 남자 어깨 같았지만 그럼에도 그녀는 젊은 시절엔 분명 남자들을 쳐다보고, 때로는 그 난쟁이들 중 어느 한 사람과 자기의 거인 같은 체구가 함께 산책하는 것을 열망했을 것이다. 하지만 이러한 열망은 자신의 커다란 체구를 보다 정확하게 자각하게끔 하는 데 도움이 되었을 뿐이다.

오르탕스 양을 생각할 때면 나는 즐겨 그녀가 아주 단순한 양자 택일의 문제, 즉 식인귀가 되느냐 아니면 모세가 되느냐 하는 양자 택일의 문제를 앞에 놓고 고민했으리라고 생각한다. 그녀는 분명 남자란 자기에게는 별로 위험한 존재가 아니기 때문에 남자를 열두 명 정도 먹으면 곧 물릴 것이라고 생각했을 것이다. (코스트가(家)의) 운명에 접하자 그녀는 벼락을 맞은 것처럼 전율을 금치 못했다. 마침내 그가 걸린 '알콜중독증에 의한 섬망증'을 두려워하고 궁지에 몰아넣는 것이 즐거운 일이 될 수 있는 그러한 사람을 만난 것이다! 손발이 자유롭지 못해 안락의자 속에 파묻혀 있지만 그녀는 그 어느 여자보다도 '손톱 끝까지 여자'라는 자부심을 맛보고 있었다.

내가 오르탕스 양과 자크에 대해서 모성적인 정열 (나는 결코 모성애라고 말하지는 않는다.) 운운한 것은 오르탕스 양이 새로운 감정을 만들어 내서 그런 것이 아니라 그녀가 자기의 예외적인 계획을 실행하기 위해 흔한 감정(우리가 늘 그럴 수밖에 없는 것처럼)을 이용했기 때문이다. 나는 비인간적인 것에 호소할 필요는 느끼지 않는다. 어쨌든 만일 이 이야기의 어떤 부분에서라도 (그리고 특히 이 부분에서) 내가 하나의 괴물 혹은 여러 괴물들과 관계하는 듯한 인상을 가졌다면 나는 아마 이 사건에 별로 흥미를 느끼지 못했을 것이다.

* * *

오르탕스 양이 자크를 사랑한다는 사실만큼 내가 보기에 자연스러운 일은 없다. 나는 이제껏 사랑 때문에 난처한 경우에 빠진 적은 없었다. 왜냐하면 나는 사랑이 무엇인지 모르기 때문이다. 나는 사랑을 위대한 것이라고 생각하지는 않는다. 아무튼 나는 다음에 이야기하는 것의 증인이 되기 전까지는 사랑을 위대한 것이라고는 생각하고 있지 않았다. 따라서 선입견을 배제하고 속는 일이 없도록 단단히 정신 무장을 하고 나는 오르탕스 양이 자크를 향유하는 방식을 내 코안경 아래 놓고 찬찬히 검토했다.

사랑이란 자신을 바치는 일인가 보다. 첫눈에 배운 것이 많은 것처럼 여겨지는 사람들은 내게 사랑이란 그런 것이라고 말했다. 만일 사랑이 진정 그러한 작용을 하는 것이라면 우리는 오르탕스 양이 자크도 그 누구도 사랑하지 않았다고 자신 있게 주장할 수 있을 것이다. 오르탕스 양은 자기 자신 외에는 그 누구에게든 자기를 털끝만치도 주지 않는 여자였다. 그녀에게는 자크가 필요했다. 아내가 남편을 '학대'하기 위해 자식을 필요로 하듯, 그리고 자식이 없으면 똑같은 용도로 종교를, 나아가서는 자기가 '주도권을 쥘 수 있게 하는' 것 일체를 필요로 하듯, 그녀는 운명을 '학대'하기 위해 자크를 필요로 했다.

이기주의는 그 극단의 순수한 상태에서는 사랑의 얼굴을 하고 있다. 이러한 이유로 우리는 오르탕스 양이 사랑 때문에 죽었고 그녀의 죽음은 자크의 탓이었다고 할 수 있을 것이다. 그녀는 자크가 그녀에게 자기는 결혼할 생각이라고 말한 직후 죽었기 때문이다.

오르탕스 양은 폭포처럼 쏟아지는 알아들을 수 없는 그녀의 말을 피해 달아나는 자크의 뒤를 쫓다가 계단에서 굴러떨어져 허리뼈가 부러지고 말았다. 자기가 섰던 보증을 울부짖으며 그녀는 마지막 절규를 마쳤다.

자크는 아무런 애도의 뜻도 표시하지 않고 곧 결혼을 했다. 그는 심지어 잔인한 말을 한마디 하기도 했다. "그녀는 우리 가족이 아니었다."라고.

자크는 그의 젖누이였던 조제핀과 결혼을 했다. 조제핀은 영지에서 가까운 한 조그만 농가에서 오빠와 함께 살고 있었다. 자크는 유모를 이륜마차에 태우고 그 집에 데리고 갔을 때 조제핀을 두어 차례 보았다. 그때는 언제나 아름다운 봄날 아침, 아니면 봄날처럼 아름다운 날 아침이었다.

유모는 막내딸을 극진하게 사랑했으며 "그 애는 나를 닮았다오."라고 말하곤 했다. 아울러 조제핀은 외딴 농가에서 우리가 알 수 있는 모든 것과 많이 닮았다. 조제핀은 아름다운 저녁나절 오랫동안 양들을 지키기도 했다.

자크는 곧 조제핀의 신이 되었다. 첫아이를 출산한 후 조제핀은 싱싱함을 잃었다. 사실 그녀에게는 마음만 남아 있었다.

하지만 그 마음이란, 얼마나 아름다웠던지! 그녀는 다른 사람들을 하루 종일 간호하면서도 정작 자신은 거의 돌보지 않았다. 하지만 어떤 일에도 그녀의 화사한 얼굴빛은 변하지 않았다. 그녀의 얼굴은 결코 아름답다고 할 수는 없었지만 사람들은 그녀의 얼굴을 바라보고, 또 그 얼굴을 보며 행복에 젖는 것을 억제할 수 없었다. 그녀의 얼굴에서는 모든 것이 평화롭고 선하게 보였다. 그 누구에게도 비난당할 수 없는 신의가 분명하게 나타나 있는 그녀의 얼굴은 드문 얼굴이었다.

자크가 처음 그녀의 작은 농가를 방문한 날 사람들은 조촐하지만 꽤 진솔한 파티를 열었다. 그날 조제핀은 후식 때 노래를 불렀다. 그녀는 사람들이 평상시에 하는 식으로가 아니라 온 영혼을 다 바쳐서 그리고 매우 정확한 목소리로 노래를 불렀다. 그 후 그녀가 말하는 방식이라든가, 다른 사람을 간호하기 위해 가져오는 치료제를 보면 그녀가 희생의 희열로 이루어진 매우 풍부한 낭만적인 마음씨를 지니고 있음을 쉽게 깨달았다. 영적인 가치를 담은 이러한 감정은 그녀의 내부에서 나날이 완숙해 갔다. 결혼 이후 행복에 푹 젖어 있는 자크는 부동의 상태에서 관조하는 옛 취미를 편안한 마음으로 되찾았다. 이렇게 해서 조제핀은 어디서든 남편을 좇아가기 위해 그녀에게서 가장 비밀스러운 것을, 그것도 점점 더 잘 바쳤다. 이 때문에 좋은 여자가 되고자 하는 그녀의 의지는 억제되었다. 사람들은 예기치 않은 순간에 정념에 대해 정통한 귀부인만이 말할 수 있는 그러한 말을 그녀가 하는 것을 들으면 곧 그 말이 드러내는 것이 뚱뚱하고 아무런 매력도 없는 그녀의 육체에 깃들여 있음을 알고서 돌연 그녀를 더 이상 있는 그대로 보지 않게 되었다. 아니 사람들은 차라리 그녀를 있는 그대로의 그녀, 즉 이 세상에서 가장 신비스럽고 가장 매력적인 여자로 보게 되었던 것이다!

조제핀은 당연한 일이지만 첫아이인 장을 미치도록 좋아했다. 이 사내아이는 첫 걸음마를 시작할 때부터 체격이 딱 바라지고 고집스러웠다. 아이는 역시 자기 엄마의 고운 마음을 지녔지만 쉽게 성을 냈다. 그것은 보통 아이들의 화를 넘어서는 것으로 아이는 그 자신도 몸을 부들부들 떨고 부끄럽게 여기는 분노를 터뜨리곤 했다.

장이 여섯 살 때 조제핀은 계집아이를 낳았다. 이름은 쥘리였다.

나는 쥘리를 잘 알고 있다. 쥘리가 어렸을 때 나는 이미 세상 걱정거리에 시달리는 키가 꽤 작은 젊은이였다. 나는 사람을 뚜렷이 구별되는 두 범주로, 즉 내게 도움이 될 수 있는 사람과 내게 도움이 될 수 없는 사람의 두 범주로 분류한다. 내가 관심을 두고 있는 것은 오직 첫 번째 범주에 드는 사람들이다. 따라서 내가 폴란드의 풍차에 대해 알고 있더라도 이것은 모든 사람이 알고 있는 것에 불과하다. 나는 봉헌(奉獻) 수녀원 부속 학교에 다니는 이 열살배기 계집애에 대해 전혀 관심이 없었다.

어느 날 오후 세시경 나는 학교 정원에 접해 있는 골목길을 가다가 조제핀이 쥘리를, 글자 그대로, '빼앗다'시피 안고서 작은 문으로 나오는 것을 보았다. 어린 소녀의 얼굴은 늑대 아가리에서 나온 것처럼 눈물과, 여전히 가시지 않은 깊고 검게 패인 주름으로 얼룩져 있었다. 나는 조제핀(지금은 요컨대 드 M…… 부인이 된)의 얼굴도 보았다. 단호하고 확고한 결심이 선 얼굴이었다. 그녀는 아무것에도 시선을 주지 않고 오직 자기 앞을 똑바로 보고 있었다.

문제는 장이 학교에 다니면서부터 시작되었다. 우리는 거의 동갑내기였다. 하지만 내가 그와 같은 반이 된 것은 일 년뿐이었다. 나는 일찍부터 내 손으로 생계를 꾸려 나갈 수밖에 없었다. 이 조그만 소년의 용기는 차치하더라도 그의 성격만을 말한다면, 그는 사자와 같은 성격을 지녔다고 할 수 있다. 그는 앞뒤를 생각하지 않았으며 어떤 적수든 가리지 않고 대들었다. 학교 남학생들이 장에게 그의 성(姓)과 그 성에 결부된 운명에 대해 비난을 하면 그런 비난을 듣자마자 그는 달려들어 그런 종류의 말썽에 대해 자기 나름대로 해결하는 방식을 적용했다. 나도 한두 번 개인적으로 그 일에 끼여든 것 같다. 나는 그 일에 대해서 별로 좋은 추억을 갖고 있지 못하다. 누구나 마찬가지다.

우리 학교의 학생들은 후에 서클을 만들었다. 우리 서클에서는 모독과 패배를 잊는 일은 결코 없었다. 우리는 정면 대결이 무서우면 여러 가지 우회적인 방법을 써서 복수를 하려고 애썼다. 우리는 꼬마 장 드 M……을 증오했다. 우리는 그에게 좋지 않은 여러 가지 별명을 만들고 그것을 벽에 썼다. 우리는 그를 '유령'이라고 불렀다. 하지만 그는 전혀 죽지 않았다. 그는 대포알 모양의 머리에 조제핀의 좁고 앞으로 불거져나온 이마, 코스트의 뿌루퉁한 입술, 즉 적지 않은 일과 싸운 그 입술을 가졌다. 그러나 그는 혼자였고 모든 학생을 대상으로 싸웠다. 이러한 상황은 불의에 민감하고 굽히지 않는 성격을 가진 사람들에게는 그 자존심을 자극하게 마련이다. 그는 자신이 혹독하게 대가를 치른 일에 대해선 남들도 모두 혹독하게 대가를 치르게 했다. 타고난 좋은 성격에는 전혀 어울리지 않는 이런 불가피한 사정은 그를 나쁜 길로 내몰았고 이 길에서 어떤 것도 그를 제지시킬 수 없었다.

쥘리는 사정이 전혀 달랐다. 아이가 아장아장 걷기 시작했을 때 폴란드의 풍차의 사람들은 귀여워서 어쩔 줄을 몰라했다. 더욱이 아이가 너무 예쁘기 때문에 사람들은 좋아서 미칠 지경이었다. 쥘리는 자기 아빠를 통해 아나이스 할머니의 얼굴 윤곽과 조제핀의 화사함을 모두 물려받았다. 나는 인도산 밤의 부드러운 빛깔의 매우 큰 두 눈과 역청처럼 까만 훌륭한 머리칼 그리고 놀란 얼굴을 한 그 조그만 소녀를 지금도 기억하고 있다. 나는 지금도 그 아이는 매우 즐겁게 애교를 부리며 모든 사람을 유쾌하게 하고 자기도 사랑받는 즐거움을 지녔었다고 생각하고 있다.

쥘리는 축제에라도 가듯 즐겁게, 그리고 유감스러운 일이지만 공주마마처럼 옷을 차려입고 봉헌 수녀원에 갔다. 쥘리는 사내아이들 속에서 장에게 일어난 일을 훤히 알고 있는 백 명이 더 되는 계집애들에 의해 받아들여졌다. 계집애들은 쥘리를 경멸하듯 아래위로 훑어보았다. 쥘리는 처음에는 애정을 통해, 다음에는 애교를 통해, 마지막에는 부득불 비굴한 짓을 통해 환심을 사려고 애썼다. 쥘리는 너무도 자기 어머니를 닮았고 조숙했던 터라 자기에게 강요된 이런 상황 때문에 괴로움을 겪지는 않았다.

계집애들도 쥘리를 '유령'이라고 불렀다. 그러나 여자들에게서 일어난 일이기 때문에 정도는 더 지나쳤다. 큰 애들은 즐겨 쥘리에게 수작을 걸었다. 쥘리는 그것을 짓궂게 생각하지 않고 그대로 받아들였다. 아이들은 쥘리를 구석진 곳에 데리고 가서 이 애에게 코스트가(家)의 내력을 미화해서 들려주었다. 계집애들은 마침내 자기들이 느꼈던 공포를 쥘리에게 심어 줌으로써 쥘리가 무서워하는 것을 보고 마음껏 즐겼다. 계집애들은 자기들 편에서 무서워했다. 쥘리는 이 아이들에게는 없어서는 안 되는 존재였다. 아이들은 이제 돌차기도 공놀이도 줄넘기도 하지 않았다. 그보다 열 배나 더 달콤하고 비밀스러운 놀이, 그러니까 자기들도 무서워하고 쥘리도 무섭게 하는 놀이를 하고 있으니 말이다. '유령'에게 겁을 주고 '유령'과 더불어 자기들도 겁을 집어먹는 것은 더할 나위 없는 기쁨이었다.

이런 즐거운 놀이를 배우는 것은 곧 더 많은 것을 요구하게 되고 재빨리 거기에 맞는 꾀를 발견했다. 이젠 말이 필요하지 않았다. 모든 일을 말을 통해 하려고 했기 때문에 즐거움은 정지된 상태에 있게 되고 아이들은 본질적인 것을 초조하게 기다렸다. 그러면 더 멀리 가지 않으면 안 되었다. 만사를 제쳐 놓고 그 절정에 접근해 가는 것은 더할 나위 없는 행복이었다. 이 소녀들이 그런 놀이를 즐겼던 봉헌 수녀원의 정원은 더없는 즐거움의 낙원이라서 그 학교를 졸업한 여자들(나도 잘 알고 있는)이 지금도 그 낙원을 회고하면 목소리는 꿈에 젖는다. 쥘리는 이제 벤치에 앉을 수도 없었다. 벤치에 앉자마자 그것은 갑자기 뒤엎어지고 말았기 때문이다. 길을 걸을 때면 아이들은 쥘리에게 딴지를 걸었다. 또 아이들은 쥘리의 귀에다 대고 느닷없이 종이 폭죽을 터뜨렸다. 쥘리는 점점 더 심한 신경 발작을 일으키고 어린 소녀들은 이것을 몰래 지켜보았다. 마침내는 너무나오랫동안 기절해서 수녀들마저 알게 되었다.

조제핀은 딸을 학교에서 빼왔다.

폴란드의 풍차에서 쥘리는 평온을 되찾지 못했다. 이제 조그만 소리를 들어도 펄쩍 뛰었다. 쥘리는 속을 드러내지 않고 모든 사람을, 심지어는 부모도 경계했다. 아빠의 품 안에서도 도망쳤다. 그리고 엄마의 단순하면서도 현명한 말도 이제 쥘리에게는 아무런 의미도 없었고 그 애가 알고 있는 현실과 관계가 없었다. 어느 날 누군가가 쥘리 생각을 하지 않고 개 사육장에서 고기를 훔쳐 날아가는 까마귀를 향해 느닷없이 총을 한방 발사했다. 총소리를 듣자 쥘리는 마치 총알이 자기 몸 한복판을 맞춘 듯 경련을 일으키며 땅에 쓰러졌다. 사흘 동안 경련에 시달렸고, 경련이 멈췄을 때는 사팔뜨기가 되었다.

하지만 쥘리의 얼굴이 참을 수 없을 정도로 망가진 것은 아니었다. 얼굴 한쪽은 여전히 예뻤다. 다른 쪽은 찌그러진 큰 눈과 끝이 뒤틀린 입술 때문에 끔찍했다. 조제핀은 목석이 되다시피한 자기 딸의 비위를 하염없이 맞추었다.

쥘리는 열다섯 살 때까지 폐쇄적으로 지냈다. 그녀는 멍하니 있다가도 깜짝깜짝 놀라며 그 세월을 보냈다. 그녀는 견딜 수 없는 소음들에 쫓겨다니며 살고 있었던 것이다.

쥘리의 오빠는 당시 스무 살의 키가 크고 건장하며 황소
같은 이마를 가진, 말하자면 아이아스[8]와 같은 청년이었다.
그에게는 사랑과 분노가 동시에 들끓고 있었는데, 거기에는
선함이라고는 티끌만큼도 없었다. 따지고 보면 쥘리도 자기 오
빠와 똑같은 성격, 즉 똑같은 용기를 지니고 있었다. 소음을
두려워한 나머지 (예민하게 소음을 두려워했으면서도 후에 쥘리가
음에 대한 신비한 능력을 가지게 된 것은 바로 그 두려움 때문이 아
닌가 내 나름대로 짐작해 보기도 한다.) 쥘리는 마침내 소음을 사
랑하게 되었다. 이제 때때로 쥘리는 개가 짖는 소리를 듣는 경
우도 있었다. 그녀는 늘 머리 주위로 스카프를 감아서 귀를 가
렸다. 이 스카프를 통해서 그녀는 자기를 가장 두렵게 만드는
것을 용감하게 접촉했던 것이다. 이때는 쥘리가 끊임없이 자신
에 열중하면서도 세계의 어떤 한 부분에 몰두했던 시기였다.

조제핀은 즉시 이를 알아차렸다. 총성 사고가 있고 난 후부
터 그녀는 쥘리에게서 눈을 떼는 법이 없었다. 그녀는 바람 부
는 날이면 자기 딸이 이층 복도에 앉아 있기를 좋아하는 것을
알았다. 이곳은 소리가 특히 부드럽게 들리는 공명이 잘되는
장소였다. 조제핀은 농부의 훌륭한 감각, 즉 사물을 순수하고

---

8) 호메로스의 『일리아드』에 나오는 그리스의 영웅이다. 그는 아킬레스 다음
으로 용맹을 떨쳤는데 아킬레스가 죽자 그의 무기를 요구했지만 다른 족장
들이 이를 율리시즈에게 넘겨주자 앙심을 품어 밤에 그리스인들인 줄 알고
숱한 사람들을 목졸라 죽였으나 새벽이 되어 자신이 죽인 것이 양떼임을 깨
닫자 자살했다.

곧바로 대하는 감각을 지니고 있었다. 그녀는 자기 딸이 일반적인 방식에 따라 세계를 이용하는 욕구를 잃어버릴 수 있음을 알고 있었다. 그녀는 그것을 오 년 동안 두려워했다. 그녀는 마을의 바보들이 어떤 인간들인지 잘 알고 있었다. 그녀는 곧 방법의 선택에 인색할 필요가 없다는 것을 알았다. 그녀는 쥘리가 그 애의 감수성을 가장 가혹하게 공격한 것에 관심을 갖는 것을 알고 충격을 받았다.

쥘리는, 물론 겁을 내긴 했지만 집요한 태도로, 숱한 시간 동안을 인내심을 갖고 접근한 덕에 소음에 익숙해졌을 뿐 아니라 친숙해졌다. 훌륭한 사람들이 늘 그렇듯 쥘리는 자기를 쓰러뜨린 것을 가지고 자신의 삶을 기쁘게 하는 데 이용했던 것이다.

쥘리는 노래를 부르기 시작했다. 한여름 조용한 집에서 한 음에서 다른 음으로 느리고 조심스럽게 옮겨 가는 억제된, 하지만 순수하고 매우 유연한 목소리가 들렸다.

도시에 오르간을 훌륭하게 다루는 수녀(게다가 잘 알려져 있지 않은)가 있었다.

나는 음악에 대해 완전히 문외한이라고 할 수 있다. 음악은 내게 가져다주는 것이 아무것도 없다. 나는 음악에 얽매어 있지 않기 때문에 이 수녀 음악가가 연주하는 어떤 즉흥곡이 이따금 미사를 지옥처럼 붉은빛으로 물들이곤 한다는 사실(살롱에서 하는 대화로 드 K…… 씨의 말에 따르면)에 더더욱 주목할 수 있었다. 조제핀은 자기 딸을 이 수녀에게 맡겼다.

쥘리는 음악에 미치다시피 되었다. 그녀는 세라핀 수녀가 종종 얼굴을 손에 파묻지 않을 수 없을 정도로 악기를 난폭하게 다루었던 것 같다(이것 역시 살롱에서 한 대화의 연속인데). R…… 부인의 말에 따르면 세라핀 수녀가 이런 행동을 보인 것은 쥘리가 악기를 연주하는 방식이 자기 영혼의 상태를 반영하는 것이라, 자신의 모습이 폭로되는 것에 부끄러움(심지어는 매혹되지 않았나 하고 부인은 덧붙이는데)을 느꼈기 때문이라고 한다. 그러나 쥘리는 어떤 규칙에도 얽매이지 않았다. 그녀는 자기의 기쁨 이외의 것을 믿기에는 너무도 깊은 어둠을 헤치고 솟아오르고 있었던 것이다. 자신의 본능을 통해 자신의 기쁨을 배가시키는 방법이 존재한다는 것을 예감하자마자 그녀는 이 방법을 억제하지 않고 야성적인 정열을 갖고 사용했다.

그처럼 정열에 휩싸여 있기 때문에 곧 쥘리는 오르간을 이용하는 게 아니라 그것을 지배할 줄 알게 되었다. 쥘리의 아버지는 그녀에게 피아노를 한 대 사 주었다. 그녀는 여섯 달 이상을 방에 틀어박혀 피아노를 쳤다. 그러나 그녀는 무엇보다도 자기의 목소리를 사용했다. 이제 세라핀 수녀의 지도로 훈련되고 정교하게 다듬어진 그녀의 목소리는 사람의 '피를 말리게' 하곤 했다(내게 말해 준 사람들 중 T…… 부인의 말을 따르면).

지금도 사람들의 화제가 되고 있는 (왜 그런지 모르지만 사람들은 빙 돌려서 말하고 있다.) 일이 있는데 어느 부활절 미사 때 쥘리가 그 미사에 '적합한' 노래를 몇 곡 부른 적이 있었다. 그것은 '이제 노래를 부르고 즐거워하자. 나는 평화와 환희에 젖어 나아가노니, 하늘에선 천사들의 무리가 내려온다'라는 가사로 제목이 「할렐루야」나 「감미로운 환희로」와 같은 노래였다. 주제도 절대 안전하고 신뢰할 수 있는 것이었다. 탓할 것이 있다면 이러한 목적에 그러한 목소리를 사용한 것이었다. 사람들 사이에서 소요가 일어났다. 당연히 소요는 곧 잦아들었지만 웅성거리는 소리와 분격한 얼굴들이 돌연 관람석을 향했다. 세라핀 수녀는 사람들의 손가락질을 당했다. 그녀의 동의 없이 이런 일이 일어날 수 있으리라고는 생각할 수 없었기 때문이다. 수녀는 이 사실을 인정했다. 그것도, 사람들의 말에 따르면, 너무도 침착하게 인정했다.

이런 추문을 가볍게 다루거나 이것을 단순히 평온하고 신앙심이 혼란된 영혼에서 비롯한 것이라고 생각해서는 안 된다. 우리는 기독교인이다. 그러나 이것을 누구에게도 지나치게 요구해서는 안 된다. 우리의 영혼은 해맑아서 (기질에 따라 오래가는 영혼도 있고 그렇지 못한 영혼도 있지만) 숲과 하늘을 비추는 거울로 이용되어 왔다. 우리의 영혼은 인식할 수 없는 것과도 친밀하게 놀았다. 그러나 영혼이 숲과 하늘을 비추고 인식할 수 없는 것과 노는 것이, 우리가 사회적인 지위를 얻고, 보존하고 개선하는 데 전혀 도움이 되지 않는다는 사실을 이내 깨닫지 않으면 안 되었다. 그런데 우리가 먹고 살게 해주는 것은 바로 사회적인 지위인 것이다.

그 추문이 있고 난 후부터 우리는 조직적으로 그리고 진지하게 쥘리에게 대항했다. 우리는 적어도 공공연하게 쥘리의 백안(白眼)과 일그러진 볼따구니에 대해 불쾌한 암시를 하는 것은 자제했다. 그러한 방식은 우아하지 못하고 특히 효과가 없는, 요컨대 정곡을 찌르지 않는 것으로 판단됐기 때문이다. 우리는 우리가 '괴성'이라고 부르는 그녀의 노래를 매우 가혹하게 비판했다. 감동은 '경계'해야만 하는 감동이었고 찬탄은 억지로 짜낸 찬탄이었기 때문에 우리는 악랄한 말을 찾아서 이를 가차없이 뱉어 버렸다.

나는 개인적인 정열보다는 정치적인 동기 때문에 일에 끼어드는 편이었다. 고백하지만 우리는 수치스러움을 느꼈다. 쥘리는 마치 우리의 존재도 우리가 내뱉는 말도 접근할 수 없는 세계에서 살고 있는 듯했다. 그녀는 여전히 자기 자신을 더없는 즐거움으로 삼으며 아무런 동요 없이 살고 있었다. 다른 한편, 그녀의 몸과 '한쪽 얼굴'은 너무도 아름다워 우리 자신의 상상으로 그녀가 빠져 있다고 생각되는 고독은 우리에게는 일종의 모독이었다.

이러한 사실만으로도 이미 쥘리를 증오하는 데 훌륭한 이유가 되었다. 또다른 이유도 있었다. 나는 앞에서 마음만 먹으면 그 집 지붕 위에 침을 뱉을 수 있을 정도로 벨뷰 산책장이 폴란드의 풍차 바로 위에 있다고 말한 바 있다. 저녁 나절이 되면 종종 무리를 지어 오거나 혼자 온 사람들의 실루엣이 느릅나무 그림자 아래로 슬그머니 들어가 성벽에 팔꿈치를 괴고 쥘리가 창문을 모두 열어놓고 나즈막하게 부르는 노래를 듣는 것을 볼 수 있었다. 내가 비록 나이도 먹고 세상 경험도 많이 해서 무감각해졌긴 하지만 지금 생각해 보더라도 그 목소리는 훌륭한 유혹의 도구였음에 틀림없었다.

내가 본, 산책장의 느릅나무 아래에서 한밤중에 미동도 하지 않고 입을 다물고 쥘리의 노래를 열렬하게 듣던 사람들이 누구였는지 말한다면!…… 대포 소리를 들어도 자기 집에서 나오지 않을 사람들, '소유할!' 권리를 얻기 위해서라면 영원한 구원도 코방귀나 뀔 사람들이 마치 도둑처럼 (실제로 그들은 그랬는데) 와서 어둠에 파묻혀 자기들의 높은 지위를 부끄러워하지 않고 오열하는 다른 그림자들 곁에서 성벽에 팔꿈치를 괴고 노래를 듣고 있다니! 내가 본, 그렇게 쥘리의 노래에 사로잡힌 사람들이 누구였는지 말한다면 이 젊은 여자를 우리 모두가 증오하고 야유한 다른 이유들도 납득이 갈 것이다.

바로 그러한 이유 때문에 자크 드 M……이 죽었을 때 우리는 마음을 놓았다. 쥘리도 이제 노래를 부르지 않게 될 것이기 때문이다. 우리에게는 적어도 죽음이라는 무기가 있었던 것이다. 모두 코스트가(家)의 운명에 마음을 푹 놓아도 되리라고 생각했다.

자크 드 M……은 어느 청명한 날 아침 단지 한 걸음 내딛다가 예고도 없이 급작스럽게 죽었다. 그는 개 사육장에 가기 위해 마당을 가로질러 가고 있었는데, 갑자기 얼굴을 땅에 처박으면서 푹 쓰러졌다. 그의 나이는 마흔두 살이었다. 한 걸음 내딛다가 죽고 만 것이었다.

조제핀은 실성한 채 두 달을 살았다. 살아 있는 것은 그녀의 두 눈, 억지로 감으려고 애쓰는 두 눈뿐이었다. 마침내 그녀도 어느 날 크게 한숨을 내쉬고 눈을 감았다.

나는 조금 앞에서 쥘리와 그의 오빠인 장을 비교했다. T…… 부인이나 R…… 부인의 재미있고 날카로운 지적이 없더라도 나는 이를테면 장을 음악가라고 말했다. 그는 광란의 음악가였다. '영감을 받은' 듯한 그의 분노는 힘들이지 않고 상승해서, 정열이 순수한 세계를 대신하는 높은 고음의 영역을 한없이 끄는 쥘리의 목소리와 흡사했다. 장 역시 현기증 속에서 살기 위해 만들어진 사람이었다. 모든 것에 대항해서 터뜨리는 그의 성난 공격과 휘몰아치는 바람은 쥘리의 목소리처럼 유혹적이고 사람의 마음을 끄는 데가 있었다. 그는 미남이었고 광채가 나는 우울에 젖어 있었다. 여자들은 그를 사랑했다. 그는 복수라도 하듯 여자들에게 달려들어서 모든 것을 파괴시키고 말았다. 사랑도 그 자신도. 그는 그러한 엄청난 정력을 갖고 사업을 했으며 일상적인 생활을 영위했다. 그러나 경기병처럼 행동해서는 은행 계좌도 수프도 얻을 수 없는 법이다. 광란의 불꽃은 풀 속에서, 숲속에서, 동산에서 그리고 진홍빛 하늘 아래서 일 년 동안 피어 올랐다. 폴란드의 풍차는 누더기가 되어 날아갔다. 또한 마음도, 장의 야성적인 부드러움도. 장은 멧돼지가 제 살을 물어뜯는 개들을 끌고 다니듯 자기 곁에 집달리들의 무리와 질투를 이끌고 이 도시의 길이며 농장이며 비밀의 정원을 휩쓸었다.

모든 사람은 장의 죽음을 반갑게 맞아들였다. 그는 금작화를 심은 숲속에 거의 총구를 들이대고 쏜 듯한 총알에 맞아 얼굴이 만신창이가 된 채 누워 있는 모습으로 발견되었다. 늘 고집스럽게 보이는 그의 턱과, 뒤범벅된 피와 뇌수와 뼈 조각 아래에 이젠 평화롭고 약간은 조롱하는 듯이 벌려진 입만이 온전한 형태를 띠고 있었다.

여러 법률인들이 폴란드의 풍차 일을 맡았다. 쥘리에게서 그들은 이야기할 상대를 발견했다. 아니 차라리 이야기할 상대를 발견하지 못했다고 말하는 편이 나을 것이다. 그녀는 법률인들에게 동화 같은 세계를 이야기했는데 거기에 대해선 이들도 어찌할 바를 몰랐다. 쥘리가 그들에게 얼굴의 예쁜 면을 보이는가 미운 면을 보이는가에 따라서 그들에게 돌아가는 몫이 늘거나 줄거나 했다. 마침내 그들은 그 몫을 늘였다. 그들은 무방비 상태의 재산을 둘러싸고 있는 그 혼탁한 물에 너무도 유혹을 느꼈던 것이다. 하지만 그들의 아가리가 무척이나 탐욕스러웠음에도 불구하고 그 먹이는 너무도 컸다. 그리고 장의 광란의 불꽃은 너무도 빨리 번졌다. 그들은 어쩔 수 없이 해골과 거기에 붙은 적지 않은 살덩어리를 남길 수밖에 없었다.

쥘리는 기탁 중인 드 M……의 연금을 갖고 있는 공증인과 여러 차례 만났다. 이 사람은 쥘리와 첫번째 접견이 있은 직후 내게 그녀에 대한 자신의 의견을 피력했다.

"그런 여자는 정말 자기 자신을 걱정하지 않는 여자입니다. 요컨대 당신이나 나 아니면 머리가 제대로 든 사람이 자기 자신을 걱정하는 것처럼 자기 자신을 걱정하지 않는다는 말이죠. 그녀는 어딘가 뻥 뚫려 있어요. 우리들이 자연스럽게 생각하는 것도 그녀는 도무지 생각하는 법이 없어요."

나는 그에게 쥘리에게 먹고 살 것이나 남아 있는지 물어보았다.

"돈 문제 말이군요."라고 그가 내게 대답했다. "이제 할아버지가 돌아가셨으니까 더 이상 요양소에 들어가는 돈은 없어요. 당신 말대로 삼촌의 유산이 남아 있는데 이것은 오 년이 지나야 상속받을 수 있지요. 파리에서 벌인 사업은 손익 결산이 같아요. 하지만 장은 그만큼의 부채는 지지 않았지요. 모든 것을 정리하고 원장(原帳)에 남아 있는 것을 합치면 쥘리는 매해 오백 루이 정도의 수입은 있을 거요. 그만하면 그녀에게는 충분한 돈이지요."

그는 특히 전(前)공증인들의 감정 때문에 당혹해 있는 표정이었다.

"쥘리에게 매우 적합한 것이 한 가지 있긴 있지요."라고 그가 내게 말했다. "그것은 요양소에 들어가는 일입니다. 그의 할아버지도 정신 병원에서 생을 마감했으니까 그녀도 거기서 여생을 보내는 편이 좋을 겁니다. 당신이 원하는 대로 상황을 미화하세요. 하지만 그것이 내 본심이랍니다."

이 사람은 특히 '장래가 촉망되는' 젊은이(그리고 그에게 필요한) 앞에서 미사여구를 써가며 말하기를 좋아했다. 하지만 우리가 쥘리를 특별하게 취급하고 있지는 않다는 점을 이해해야 한다. 우리가 그녀에게 행하는 악한 짓을 우리는 다른 어떤 사람에게도 할 수 있으며 또 우리는 그런 일에 대해 책임 의식을 느끼지도 않는다. 우리를 가볍게 판단해서는 안 된다. 그리고 우리의 행동 방식을 알기 전까지는 우리에게 돌을 던져서도 안 된다. 중요한 것은 사는 데 있는 것이 아니다. 사는 이유를 갖고 있는 것이 중요하다. 그리고 이것을 발견하는 것은 쉬운 일이 아니다. 나도 늘 '입으로 너그러움 운운하는' 사람이 있다는 것을 알고 있다. 하지만 너그럽게 사는 이유를 발견하기 위해선 너그러움을 이루는 요소들을 자기 속에, 아니면 자기 주변에 갖지 않으면 안 된다. 그런데 우리 내부 속에서 너그러움을 이루는 요소들을 갖기란 불가능하다. 나는 단지 왜 그런가 하는 이유만을 말하겠다. 우리가 살고 있는 시대는 물질적인 욕구를 충족시키는 것을 추구하는 데 혈안이 되어 있다. 다른 모든 사람보다도, 아니 이렇게 말해도 좋다면, 다른 모든 사람처럼 덕목을 갖추기 전에 우리는 먹지 않으면 안 된다. 열에 아홉 번은 우리의 입을 채우기 위해선 남의 입을 털어야 하는 것이다. 이런 체제 속에서 자기 내부에 너그러움을 이루는 요소들을 지니고 있는 자는 모름지기 약자들이 죽어야 하는 것처럼 굶어 죽을 것이다. 어쨌든 우리들 중 몇 가지 너그러움을 이루는 요소들을 갖고 있었던 사람들은 (그리고 유감스럽게도 아직도 이런 사람들이 존재하고 있는 것이다!) 서둘러 그러한 것들을 버렸다. 그렇지 않으면 자살하는 일 외에는 달리 도리가 없을 것이다. 본능적으로 우리는 우리의 생명을 보존해 줄 수 있는 것을 향해 간다. 그것이 우리가 하는 것이다. 그렇기 때문에 우리 내부에 있는 것이나 우리 주위에 있는 것이나 모든 것이 왜소한 것이다. 그리고 세상은 이런 방식으로 흘러간다는 것을 나는 장담한다. 그런데 이 세상에는 단한 가지 결점밖에는 없다. 즉 먹는 것만으론 삶의 이유가 되지 않는다는 점이다. 배고픔은 쉽게 충족되니까. 따라서 쉽게 만족시킬 수 없고 계속 새로워지는 이유를 발견하지 않으면 안된다. 이것이 자기 자신에 대해서 너그러운 사람들이 우리가 잔인한 짓을 하게끔 부추기는 감추어진 이유이다.

우리가 겸손한 것은 부득이해서 그런 것이다. 우리의 기쁨은 소박하다. 누구보다도 먼저 우리는 그것을 유감스러워하며 우리의 기쁨이 보다 풍요해지기를 원하고 있다. 하지만 그렇게 되기 위해서는 많은 시간과 대단한 노력을 기울이지 않으면 안 된다. 운 좋게 남을 사랑할 수 있고 후회 없이 남을 위해 피를 흘리고 괴로워할 수 있는 사람들은 남을 증오하는 데서 우리가 기쁨을 느낀다고 해서 우리를 비난할 자격이 없다. 왜냐하면 남을 증오하는 것이야말로 우리 마음이 할 수 있는 (혹은 우리에게 남아 있는) '유일한' 기쁨이기 때문이다. 요컨대 우리에게 거부된 영광을 우리의 희생자들에게 돌리는 경우도 이따금 있기는 있는 일이다.

이렇게 해서 우리는 쥘리를 '이용했다'. 이 여자를 갖고 달리 어떻게 할 수 있겠는가? 그녀는 반쪽만 아름다웠는데 이 반쪽은 우리가 저항할 수 없을 정도로 아름다웠다. 게다가 쥘리는 우아하게 허점을 내보였다. 이것은 우리가 하는 일에 대해서 그녀 자신도 우리에게 협력하고 있는 것이 아닌가 하는 추측을 낳게 했다. 그런데 희생을 당하는 편에서 자청하는 공모야말로 인간의 정념을 충족시키는 데 없어서는 안 되는 요소인 것이다. 우리의 희생자들에게 방금 내가 말한 영광 이외에도 우리가 생각해 볼 수 없었던 기쁨을 주지 않으리라고 우리는 확신할 수 있을까?

쥘리는 늙어 가고 있었다. 그녀는 이제 거의 삼십대에 이르렀다. 심지어 그녀의 얼굴의 예쁜 쪽(예전엔 제모습을 잃지 않았었는데)도 어두워지고 굳어졌다. 그 반면 그녀의 육체는 완전히 피어올라 그녀에게 심한 걱정을 끼치는 것처럼 보였다. 그녀는 신경이 쓰이기 시작한 자기 육체에 별난 주의를 쏟았다. 그녀는 집안에 내려오는 오래된 레이스와 모슬린과 알록달록한 빛깔의 야하게 반짝이는 옷으로 자기 몸을 치장했다. 그녀는 당장 할 수 있는 대로 그러한 치장을 즐겼다. 우리의 기질에 비추어 보면 별로 힘들게 생각하지 않더라도 그런 치장은 비난할 여지가 있었다. 여성의 경우 우리는 기질과 관련된 일은 대단히 좋아한다. 우리의 기쁨을 만드는 일은 이런 것을 소재로 힘들이지 않고 이루어진다. 오직 그녀의 백안(白眼)만이 쥘리를 보호해 주었다. 어렸을 적 쥘리가 당한 사고가 우리가 그토록 좋아하는 불꽃놀이처럼 화려한 종결(終結)을 우리에게서 빼앗아 갔기 때문에 우리가 그 사고를 얼마나 여러 번 애석하게 여겼는지 모른다. 그렇게 좋은 화약이 오랜 불로 못쓰게 된 것을 보고 우리는 원통해했다.

쥘리는 여전히 우리와 부딪칠 때마다 허리를 구십 도로 굽혀서 인사했다. 이제 우리가 오는 것을 보면 그녀는 보도의 가장자리에 가 서 있다가 우리가 지나가면 예의바르게 허리를 굽혔다. 장사꾼들은 모두 이 감미로운 광경을 구경하기 위해 가게 문턱에 서 있곤 했다. 우리는 마침내 쥘리에게 예의를 가르친 것이다. 그녀에게는 불행한 일이지만 예쁜 쪽 얼굴의 입술은 매력적이었다. 그리고 찌그러진 입과 어울리는 서글픈 미소는 그 누구의 미소보다도 화사했다. 그녀는 그나마 지니고 있던 약간의 감각도 잃어버리고 있었다. 그녀에게는 이제 어떤 일에서든지 절도를 지키는 일은 문제가 되지 않았다. 그녀는 길이나 골목에 서서 우리가 지나가는 것을 엿보고 있다가 우리 앞에서 허리를 굽히고 자신을 낮추는 일에 시간을 보내는 것 같았다. 이런 일은 마침내 우리에게 역습으로 작용했다. 그녀의 이 기묘한 행동에는 자기 오빠 장의 집요할 정도로 뻔뻔스러운 면이 있었던 것이다. 그녀는 얼굴에 쌀가루처럼 짙고 새하얀 분을 발랐고 이 지역에서 제일 먼저 새빨간 루주로 입술을 칠했다. 그녀는 '양털처럼' 머리를 볶고 거기에 여기저기 리본을 꽂았다. 일종의 악의가 그녀로 하여금 우리를 소름 끼치게 할 수 있는 방법을 선택하게 하지 않았나 하는 생각도 든다. 그녀는 우리뿐만 아니라 이 시대와도 아무런 관련이 없었다. 그녀는 마치 지구와는 다른 행성에서 떨어져나온 단편, 우리를 깜짝 놀라게 만들면서 우리 주위를 도는 혜성 같았다. 우리는 이제 훨씬 뚜렷한 이유로 쥘리를 증오하고 있었다. 요컨대 우리는 진심으로 그녀가 어둠 속에 재가 되어 사라지는 것을 보기를 염원했다.

이렇게 해서 우리는 내가 앞에서 추문의 밤이라고 불렀던 밤에 이르렀다. 나는 이제 이 밤에 대해서 이야기할 수 있게 되었다. 우선 나는 전혀 예기치 못한 일이 그날 밤에 일어났다는 말만 해 두기로 한다. 사람들이 받은 인상은 너무나 기묘해서 여러 해가 지난 지금도 모든 일이 대다수 사람들의 기대와 완전히 어긋나게 진행된 그 밤의 추억이 지금도 모든 사람들의 기억 속에 새겨져 있는 것이다.

3장

'나는 원한다'라는 풀은 왕의 정원에도 없다.

──피에몬테 지방의 격언

해마다 겨울이 한창일 무렵 우리 도시는 우애의 축제로 분주하다. 두 음악협회, 공제회, 소방소, 성당 부녀회 등 오락과 공공의 복지를 위해 창설된 온갖 종류의 자선 사업 단체들이 회원들(즉 도시 전체)을 모아 우애의 무도회를 열기 때문이다. 무도회의 날짜는 늘 사육제 전으로 정해진다. 사육제 기간 동안은 사람들이 들떠 있기 때문이다. 가면을 쓰고 변장을 하면 사람들은 의도가 불순한 엉뚱한 짓(이 때문에 사람들은 후회한 적이 한번 있었다.)을 할 수 있다. 이것은 각계 각층의 사람들의 우호적인 모임이라는 무도회의 정신에 위배되는 것이다. 화합과 우애라는 훌륭한 미덕에 대해 냉담하여, 눈살을 찌푸리게 하는 짓을 일삼는 사람들이 늘 있는 법이다. 내가 방금 암시한 불미스러운 일이 있었던 무도회는 사육제가 한창인 때에 있었다. 이때 몇몇 사람들은 상류 사회의 인사들을 풍자하는 희화적이고 심지어는 외설스러운 분장을 하고는 스스로 재치 있다고 생각했었다. 게다가, 반드시 말해 두지만, 그 자리에 있었던 상류 사회 인사들도 자기들이 그토록 증오하는 다른 사람들과 흉칙하게 닮은 모습으로 변장하고 있었던 것이다. 이렇게 해서 각자 자기의 뿔[9]이 옆에 있는 사람의 머리 위에 돋아나 있는 것을 보게 되었다. 이런 짓은 대단히 불쾌한 일이다. 속마음을 그렇게 보라는 듯이 내보이는 것은 우리가 '우애의 무도회'를 통해 실현하고자 하는 것과 완전히 상반된 것이다. 그래서 사람들은 무도회를 1월 세 번째 주에 열기로 확정했다. 절대로 그 주보다 늦게 잡지는 않았다. 이번 무도회는 18일이었다.

그 해는 무도회 날짜가 두 번이나 변경되었다. 이 의식의 진짜 모습을 파악하기 위해서는 이 일을 알아두어야 한다고 나는 생각한다. 우애의 밤은 처음에는 15일로 잡혔는데 17일로 연기됐다. '귀부인들'의 옷을 맡은 양재사가 옷을 다 만들지 못했기 때문이다. 누군가가 해결할 수 없는 문제 때문에 골치 아파하는 것을 보는 것만큼 재미있는 일도 없다. 특히 일이 엉망이 되어 돈은 돈대로 쓰고 신경은 날카로워질 대로 날카로워진 것을 볼 때면 말이다. 이 모든 일은 양재사 때문에 생긴 일이었다. 이런 일은 무도회가 끝나도 삼 주 이상 사람들을 즐겁게 해 준다. 무도회를 그대로 진행할 구실은 충분했다. 브라

---

9) 뿔은 오쟁이진 남편의 표시이다.

스 밴드도 시립 악대도 소방소도 그 외의 단체도 재봉틀 한 대에 좌지우지될 수 없다고 대답하면 그만이었다. 실제로 사람들은 그렇게 대답을 했다. 하지만 드 K…… 부인, 드 R…… 부인, M……의 영애, T……의 영애들의 옷이 아직도 재봉이 끝나지 않은 상태였다. 이 귀부인들은 머리부터 발끝까지 호박단이니, 새틴이니, 명주니 재봉틀로 만들어 내는 멋진 장식물들을 빈틈없이 뒤집어쓰지 않더라도 흥겨워했겠지만 그들 자신의 의상과 관계된 일이었다. 의상은 성스러운 것이다. 이 귀부인들은 막강한 힘을 갖고 있었다. 반대도 있었지만 이 여자들이 승리했다. 그래서 위원회는 꼭 필요한 만큼의 저항을 했다가 위원회의 명예를 걸고 날짜를 이틀 늦추었던 것이다.

그러나 새로운 사건이 일어났다. 양재사도 상류 사회를 맡는 양재사가 있었고 하류 사회를 맡는 양재사가 있었다. 이번에는 하류 사회를 맡는 양재사가 자존심을 세우려고 했던 것이다. 위원회는 무뚝뚝하고 단호하게 그의 요구를 거절했다. 그런데 우리의 '원로' 중 한 사람이 짤막하게 의견을 제시했다.

"늘 하는 것처럼 무도회 중간에 경품 추첨을 할 테지요?" "물론입니다. 당신도 아시다시피 그것이 제일 중요한 일이니까요. 무엇보다도 기증품을 모으는 일이 문제지요." "바로 그 점에 대해서 여러분들이 주목해 주셨으면 합니다."라고 '원로'가 말했다. "하류 사회는 하류 사회입니다. 그 점은 나도 여러분의 생각에 동의합니다. 하지만 그들은 수가 많아요. 게다가 한 사람이 복권을 대여섯 장씩 사니까 말이오." 원로는 여러 번 '수'라는 단어를 되풀이해서 말했다. 그렇게까지 할 필요는 없었다. 무슨 말인지 이해들 하고 있었기 때문이다. 공식적으로 날짜를 변경하는 것은 거부했다. 위원회는 아무렇지도 않다는 듯이 기술상(이 단어는 우리가 즐겨 쓰기 시작한 단어이다.)의 이유로 무도회는 18일에 열린다고 공고했다. 단지 그뿐이었다. 그리고 이번에는 제발 확정된 것이기를.

우리의 '우애의 무도회'가 개최되기 전의 열기가 어떤지 짐작이 가지 않을지도 모르겠다. 여러 상점의 진열창에는 경품 품목들이 전시된다. 예전에는 경품을 위한 기증품을 수집하려고 소년 소녀들이 이 집 저 집, 이 가게 저 가게로 무리지어 부산히 움직였다. 왜냐하면, 이 의식은 기증품으로만 유지되기 때문이다. 기증품을 수집하는 소년 소녀들은 주중에도 정장을 입고 대단한 열성을 보인다. 사람들은 이들을 다락방, 온갖 잡동사니들이 쌓여 있는 창고에 들여보낸다. 이러한 곳은 정장을 입고 돌아다닐 곳이 못 되지만 (그처럼 우리의 너그러운 사업 주변에는 알려지지 않은 숱한 헌신이 있다.) 매우 고무적인 일이었다.

그 해 사람들은 진열창을 들여다보며 이제껏 이렇게 좋은 경품이 나온 적이 없었다고 이구동성으로 말했다. 완벽한 성공이었다. 보도 위에 많은 사람들이 몰려들었으며 이들은 마지못해 진열창에서 눈을 떼고 다른 가게에 진열된 물건들을 보기 위해 그 자리를 떴다.

시(市)는 물론 시립 극장도 치장했다. 그것은 쉬운 일이 아니었다. 위치가 별로 좋지 않기 때문이다. 극장은 외곽으로 나가는 좁은 길가의 도축장 곁에 비스듬히 서 있었다. 여름에 이 구역은 시냇물에 떠내려가는 피와 내장 때문에 악취가 심했다. 하지만 1월에는 그래도 견딜 만했다. 건물 정면의 비스듬한 각도가 훨씬 까다로운 문제였다. 그곳을 정말 원하는 대로 멋진 장식으로 치장할 수 없었기 때문이다. 그래도 사람들은 회양목 가지를 엮어 만든 길쭉한 기(旗)와 베니스식의 등불로 그런대로 정면을 치장했다.

그 반면 극장의 내부는 어마어마하게 꾸며졌다. 극장 안은 꽤 넓었다. 예전엔 곡물 창고로 썼던 것을 당국이 헐값으로 시에 넘긴 건물이었는데 시는 밀라노의 라 스칼라 극장을 모델로 해서 건물 내부를 수리했다. 물론 훨씬 작긴 하지만 말이다. 무대에 쓰이는 커튼은 화려했다. 이 커튼은 수호 성인 축제일에 차륜 꽃불과 불꽃놀이용 포(砲)를 공급하는 꽃불 제조업자가 기증한 것이다. 커튼 위에는 신화에 나오는 장면이 솜씨 좋게 그려져 있다. 이 극장에서는 「코르느빌르의 종」, 「마스코트」 등 온갖 작품이 상연되었다.

1월 18일 오후 길에는 평상시에 보지 못하는 활기가 넘쳐흘렀다. 날씨가 풀려서 비가 내리고 있었다. 비가 내렸지만 경품이 진열되어 있는 상점들 앞에는 사람들의 행렬이 꼬리를 물고 이어졌다. 그중에는 사람들의 무리 속으로 들어와서 진열창을 탐욕스럽게 보는 쥘리도 눈에 띄었다. 쥘리는 팔꿈치로 사람 속을 헤쳐나가서 진열창 맨 앞 열에 서서 두 손으로 눈 가리개를 하고 넋을 잃고 경품을 구경했다.

이것은 그야말로 내가 말한 것처럼 이제까지 없었던 가장 훌륭한 수집품이었다. 메이앙 양(감히 이름을 댄다면)은 마침내 그녀가 소장한 유명한 촛대를 (삼 년을 계속 거절해 오다가) 기증했다. 나는 왜 사람들이 터놓고 이야기했는지 모르겠다. 내가 주목한 것은 잠수인형 모양의 표본병이었는데, 도시에 관한 모든 내 지식을 동원해도 그 출처가 누구인지 짐작할 수 없었다(후에 안 일이지만 그것은 우체국장이 기증했다고 한다). 나는 이런 조용한 놀이를 좋아한다. 나는 그 표본병이 무척 탐이 났다.

그러나 쥘리는 열심히 찾아보아도 찾고 있는 것을 발견하지 못한 것 같은 눈치였다. 나는 그녀가 내 곁을 지나 레위니 상점 진열창으로 가는 것을 보았다. 나는 그녀의 뒤를 쫓아갔다. 그녀의 행동에 흥미를 느꼈기 때문이다. 그녀는 매우 흥분해 있었다. 그녀는 아무도 개의하지 않고 모든 전시물 앞에서 오래 머물렀다. 마침내 군중들 속에서 나는 그녀의 초록색 베레모와 갈색 망토를 시야에서 놓치고 말았다.

나는 꾸물거렸다. 비를, 특히 겨울과 해질 무렵에 내리는 비를 대단히 좋아하기 때문이다. 나는 관리인과 부딪혔다. 그는 꽤 골치 아픈 기색이었다. 저녁에 켤 등불이 망가졌기 때문이다. 여러 개의 베니스식 등이 흘러내리는 물방울 때문에 철사에서 떨어졌다는 것이다. 그는 떨어진 초들을 주우러 가려고 했다. 시장은 놀라서 당황한 듯이 보였다. 무도회가 그에게는 정치적으로 상당한 중요성을 띠고 있었기 때문이다. 그는 램프의 불빛을 받으며 입구에서 뽐내며 서 있는 것을 좋아했다.

나로서는 무도회 저녁에 땅이 진창이 되어서 매우 기뻤다. 춤을 정말 못 추는 터라 망가진 의상과 물에 젖은 구두 바닥

이 내게 유리하게 작용하기 때문이다.

나는 나처럼 우산을 쓰고 거닐고 있는 드 K…… 씨와 부딪혔다.

"어떻습니까?" 그가 내게 말했다. "그 양반이 이번에는 나올까요?"

나는 엷은 미소를 짓는 것으로 대답을 대신했다.

"그렇게 자신하지 마세요."라고 '원로'가 내게 대답했다. "그 사람은 특별 근무차 올지도 모르니까요, 물론 양심이 명(命)해서 말이오."

그는 나와 함께 베니스식 등불에 문제가 생긴 것을 재미있어 했다.

"우리집 사람은……." 하고 그가 내게 말했다. "매력적인 콤비네이션을 발견했어요. 그 사람은 신데렐라처럼 행동할 거요. 유리구두를 신고서 무도회에 올 것이란 말이죠. 아니야, 내가 잘못 생각했군, 신데렐라식이 아니라 정반대지. 구두를 상자에 집어넣고 팔 아래 끼고서 올 거니까. 구두에 진흙을 묻히지 않으려고 말이죠. 나는 미셸에게 마차로 보도를 스쳐가라고 말해 둘 거요. 어때요, 재미있지 않아요?"

나도 그렇게 생각했다.

그래서 드 K…… 씨와 헤어지면서 나는 문득 예의 양재사들의 가게 근처나 한 바퀴 돌아볼까 하는 생각이 들었다. 비 때문에 사람들은 꽤 야릇한 절망 속에 빠져들었음에 틀림없다. 그 꼴을 봐야 했다.

별다른 것은 보이지 않았다. 작업실들은 커다란 석유 램프로 환하게 불이 켜져 있었고 아가씨들은 차분하게 바느질에 몰두하고 있는 것처럼 보였다.

나는 이제 집에 들어가야만 했다. 난로불은 꺼지지 않았다. 불을 살리려면 잔가지 몇 개만 교묘하게 올려놓으면 되었다. 나는 불을 잘 지핀다. 불을 지피는 일은 사랑하는 사람이니 시인들의 소관일 것 같다. 나는 혼자 사는 사람이 먹는 변변치 못한 음식을 데웠다. 그리고 달걀 반숙을 만들려고 물을 끓였다. 그 동안 장작 받침쇠 위에 발을 올려놓고 십오 분 동안 편안한 마음으로 휴식을 취했다. 나는 담배를 전연 피지 않지만 불꽃이 타오르고 장작에서 나는 냄새를 좋아한다.

나는 따뜻하게 데운 식사를 시간을 끌면서 먹었다. 나는 고독하지만 그렇게 서두르는 사람이 아니다. 나는 이런 상태를 늘 좋아했다. 내겐 하등 서둘 이유가 없었던 것이다. 그처럼 느릿느릿 행동하는 것이 내 최대의 기쁨이었다.

그런 연후에 나는 가야 할 무도회를 생각했다.

나는 검은 예복을 꺼내 솔질을 했다. 풀을 먹인 셔츠와 칼라와 커프스는 오후 네시에 세탁소에서 온 것이었다.

여전히 비가 내리는가 보려고 나는 커튼을 치켜올렸다. 비는 계속 내리고 있었다. 길에는 벌써 마차 여러 대가 비를 맞아 반짝거리며 지나갔다. 손님을 태우려고 네다섯 집 도는 삯마차임에 틀림없었다. 누가 모는 마차인지는 몰랐다.

내 집 창문 앞에 보이는 노트르담 광장은 시립 극장이 있는 도축장가(街)(이 거리 이름은 정말 바꿔야 했을 텐데)에서 꽤 멀었다. 하지만 이처럼 마차들이 지나가는 것을 보면 도시의 거의 모든 가정이, 비록 차이가 있겠지만, 우리 집 건물만큼이나 부산하게 움직이고 있다는 것을 알 수 있었다. 나는 밤마다 습관적으로 에나멜 구두에 버터를 칠하는 축은 아니지만 오늘은 칠했다. 광장 맞은편에 있는 집들의 창문에서는 커튼이 포개지는 부분을 통해 불빛이 스며 나왔다.

시간은 열시 십오 분 전이었다. 나는 준비를 마치고 외투를 입었다. 비는 여전히 내리고 있었다. 나는 드 K…… 부인을 생각했다. 우산을 들고 나갔지만 귀덮개 모자를 쓰고 오페라 모자는 신문에 싸서 소매 없는 방수 외투 속에 감춰서 가지고 갔다.

보도 위에서 채 몇 걸음 가기도 전에 마차 한 대가 내 앞을 지나갔는데 이 마차는 서너 바퀴 돌다가 멈췄다. 나는 미셸이 마부석에 앉아 있는 것을 알았다. 그러자 드 K…… 씨가 문으로 머리를 내밀며 나를 불렀다.

"당신인 것 같았소."라고 그가 말했다. "어서 타시오."

그리고 그는 디딤대를 내렸다. 마차 안에서는 오랑캐꽃으로 만든 향수 냄새가 진동했다. 나는 자리에 앉으며 대단히 죄송하다고 했다. 내 외투가 젖어 있었고 어둠 속에서 새틴과 회색빛 모피들이 번쩍거렸기 때문이다.

"지나가면서 당신 집 창문을 보았는데."라고 드 K…… 씨가 말했다. "불이 꺼져 있더군요. 불이 너무 이른 시간에 꺼져 있어서 나도 놀랐소. 당신은 제시간보다 먼저 도착하는 그런 실수를 범할 사람이 아니기 때문이죠. 그렇지 않아도 당신을 부를 참이었는데."

나는 그에게 감사하다고 말하고 곧 방어 자세를 취했다. 세상에 공짜로 친절을 베푸는 일은 없기 때문이다.

우리는 이제 시립 극장에 가는 사람들과 많이 부딪혔다. 사람들은 흠뻑 젖어 있는 것 같았지만 이를 개의하지 않고 즐거워하는 것처럼 보이기도 했다.

우리는 도축장가(街)가 완전히 어둠에 잠겨 있거나 아니면 거의 그럴 것이라고 예상하고 있었다. 하지만 그렇지 않았다. 드 R……가(家)와 드 S……가(家) 사람들은 베니스식 등불이 망가져서 어둠 속에 마차에서 내려야 한다는 생각에 참을 수가 없었다. 그래서 그들은 서너 명의 농가 아이들 손에 성 요한 축일에 쓰려고 남겨둔 송진을 칠한 라벤더 횃불을 마구 안겼던 것이다. 우리가 길모퉁이를 돌았을 때 이 귀부인들과 영애들은 마침 횃불로 밝혀지고 향기로 가득 찬 현관에서 내리고 있는 참이었다.

"웬 허세람." 하고 드 K…… 씨가 말했다. 그는 분명 자기 부인이 구두를 들고 있는 비좁은 마차 안을 생각하고 있었을 것이다.

그런데 그것은 매우 기묘한 광경이었다. 이 광경은 회랑에 있던 많은 사람들의 이목을 집중시켰고 심지어 큰 계단의 층계에 사람들이 모여들기도 했다. 드 R……가(家)와 드 S……가(家) 사람들은 의기양양하게 입구에 들어섰다. 그런데 우리가 탄 마차가 도축장가(街)를 평보로 들어서며 미셸이 우산을 쓴 사람들의 혼잡을 헤치며 지나가려고 애쓰고 있었을 때 다른 쪽 길 끝에서 드 L…… 씨의 유명한 마차가 들어오는 것이 보였다. 회색 빛깔의 암노새 여섯 마리가 방울을 울리고 있는 터라 마차는 우리보다 쉽게 길을 헤치며 나갔다. 이들도 역시 횃불을 든 소년들을 몰고 왔다. 귀부인들이 서로 짜지는 않았지만 서로의 동정을 살핀 게 틀림없었다.

"당신은 항상 소식에 늦는군요." 하고 드 K······ 부인이 팔찌를 딸각거리며 신랄하게 말했다.

드 K······ 씨는 주먹으로 유리창을 두드려 미셸에게 알렸다.

"서두릅시다, 서둘러요."라고 그가 말했다. 그리고 내게는 "우리는 드 L······ 씨네와 같이 도착할 거요. 그 사람들 등불을 같이 쓸 수 있을 게요."

사실 그랬다. 하지만 군중들이 보도를 가로막고 있었다.

"보도를 살짝 스쳐가세요, 스쳐가세요!"

마침내 그는 입구를 막고 서 있는 사람들에게 단호한 목소리로 외쳤다.

"길을 비켜 주세요, 아가씨들, 제발 길을 비켜주세요!"

사람들은 그의 말을 들어주었다. 그래서 우리는 횃불의 빛을 받으며 마차에서 내릴 수 있었다.

드 K······ 씨는 나와 악수도 하지 않고 헤어졌다. 게다가 나 자신도 우산을 안전한 곳에 둘 필요가 있었다.

춤은 얼마 전부터 시작되고 있음이 분명했다. 사람들은 왈츠를 추고 있었다. 복도에는 젊은 여자들밖에 없었다. 이들의 얼굴은 짙은 화장으로 광채를 발하고 있었고, 주변의 흥분한 시선들을 집중시켰다. 여자들은 활달하고 요란하게 몸짓을 해가며 서로의 말을 듣지 않고 모두 동시에 말을 했기 때문에 갑자기 뿔피리 소리를 들은 사슴들처럼 몸짓을 멈추거나 입을 다무는 일도 있었다.

나는 벌써 심심해하고 있는 오십대 남자들에게 맥주와 레몬 주스를 제공하는 식탁으로 가서 그 일을 주관하고 있는 남자에게 내 우산을 맡겼다. 이 사람은 상식이 있는 사람으로 예전에 내가 그의 일을 돌봐 준 적도 있었다.

나는 깜짝 놀랐다. 홀 안은 화려했다. 카르셀 등(燈)을 썼기 때문에 밝은 빛이 3층 관람석까지도 넘쳐흘렀다. 시장은 혁혁한 성공을 거두었다고 해도 과언이 아니었다. 예전에는 위층 관람석은 늘 어둠 속에 파묻혀 있어서 그곳에 있던 사람들이 '야당'으로 넘어간 일도 있었던 것이다. 카르셀 등 덕에 이번 시장은 적어도 스무 표는 벌어 논 셈이었다.

'하류 사회' 중 지위가 상승한 사람들은 이제는 환하게 밝혀진 삼층 관람석 앞에 부인과 딸들을 잘 보이게 앉혔다. 하류사회 사람들은 이층 관람석에 있는 사람들의 의상에 못지않게 돈을 들이고 공들여 만든 비단, 물결무늬가 있는 천, 새틴으로 만든 의상뿐만 아니라 더욱이 내가 좋아하는 달덩이 같은 얼굴을 과시했다. 소박하고 불그스레한 그 얼굴들은 약간은 겁먹은 듯한 새침한 표정으로 굳어 있었지만 대부분 균형잡힌 튼튼한 몸에서 보이는 대담한 표정을 띠고 있었다.

그렇다 하더라도 우리의 상류 사회는 과연 으뜸이었다. 그 속에는 다른 사람들이 자기도 갖고 있다고 자부할 수 없는 활기가 있었다. 미소는 순간적인 미소가 아니라 윤기가 흐르는 타원형의 얼굴, 낭만적인 볼, 가장 아름다운 정열의 그늘이 에

워싼 눈 속에 마치 태양처럼 오래 머무는 미소였다. 이 상류 사회 속에는 빈틈없는 지혜, 일의 자초지종에 대해 대대로 전수되는 지식, 다른 일에서나 마찬가지로 오랜 훈련이 필요한 일인데도 어떤 경우든 단 한 번에 손쉽게 성공하는 비결이 있었다.

나는 1층 뒤에 있는 칸막이 좌석 전면 가장자리에 있었기 때문에 그곳에서 벌어지는 일들을 모두 눈앞에서 훤히 볼 수 있었다. 옷들이 움직일 때마다 말 그대로 향수 냄새가 쏟아졌다.

춤 그 자체에 대해선 나는 아무런 주의도 쏟지 않았다. 나는 무도회가 있을 때마다 간단한 방법을 사용한다. 중요한 것은 사람들이 나를 본다는 사실이다. 심지어 보지 않을 수도 있다. 아니 차라리 나를 얼핏 본다는 사실이 중요한 것이다. 따라서 나는 대개 경품 추첨이 있기 전에 한두 곡의 카드릴(폴카라면 더 좋고)을 추는 데 끼였다. 경품 추첨이 있고 난 후 내 할일을 하면 자유의 몸이 되어 잠자러 갔다.

훌륭한 결과를 가져다주는 이런 좋은 원칙에 만족하기 위해서 나는 대수롭지 않은 '키 작은 아가씨'를 찾았다. 내가 고른 아가씨는 '가죽제품 및 구두제조 재료와 용구'상의 딸 알퐁신느 M……이었다. 우리 두 사람을 놓고는 사소한 억측이라도 불가능할 것이다. 그녀는 연금을 받는 부자도 아니고 매력도 없는 아가씨였다. 따라서 어떤 종류의 위험도 없는 것이다.

나는 춤을 잘 추지 못한다. 하지만 폴카는 스텝을 생각하

지 않더라도 그럭저럭 출 수 있다. 폴카는 '상류 사회' 사람들
이 추는 춤이 아니다. 하지만 팔짝팔짝 뛰면서 나는 알퐁신느
의 가게에서 일하는 키가 작은 기술자와 함께 역시 팔짝팔짝
뛰고 있는 B…… 부인 곁을 세 번이나 지나쳤다. 나는 두 사람
모두 재미있는 표정을 짓고 있다고 생각했다. 두 사람은 마치
숲속에서 길을 잃은 사람처럼 무척 겁에 질린 표정이었지만
서로 상대방에 열중하고 있는 듯했다.

　나는 능숙하게 한 발로 원을 그리는 동작을 하면서 알퐁신
느를 그녀의 어머니에게 넘겨주었다. 일층 뒤쪽 자리 주위를
채우고 있는 성공한 소상인들 한복판에서 사람들은 박수 갈
채 소리와 연주석에서 울리는 음악 소리에 아랑곳하지 않고
편안하고 요란스럽게 수다를 떨고 있었다. 그 사람들은 내게
는 마치 '용수철처럼' 살짝 지었다가 거두는 미소만을 던졌다.
그도 그럴 것이 나는 이른바 '오르페옹'이라는 음악협회의 회
원이고 이 사람들은 이른바 '시립 음악 협회' 소속이었기 때문
이다. 내가 도시의 귀족들과 저명 인사들이 운집한 첫 번째 협
회에 가입한 것은 당연한 일이다. 두 번째 협회에 속하는 '자
유당원'들이 나의 선택이 어쩔 수 없었다는 것은 이해했어야
한다.

　나는 훨씬 진한 미소를 거두기 위해 내 동지들이 있는 쪽으
로 갔다. 내가 말하는 동지란 '대단한 사람들'이나 심지어 드
K…… 씨와 같은 사람들을 말하는 것이 아니다. 나는 이들의
친절이 어느 정도인지 잘 알고 있었다. 내가 말하는 동지들은
먹고 사는 문제 때문에 오르페옹에 가입한 많은 수의 하급자

들이었다. 협회는 이들에게 무상이긴 하지만 명예스러운 갖가지 일들, 예컨대 연주석(여기서는 오르페옹과 시립 음악 협회가 번갈아 가면서 연주했다.)이나 여기저기서 사람들을 통제해야 하는 자원 경찰의 임무를 맡겼다. 이들은 우리 조직을 위해 금단추를 단 완장을 두르고 있었다.

방금 말한 대로 연주석은 오르페옹의 악사들이 차지하기도 하고 시립 음악협회의 악사들이 차지하기도 했다. 카드릴이 한 곡 끝날 때마다 서로 자리를 물려주었다. 이것은 '우애의 무도회'에 매우 특별한 활기를 띠게 했다.

우리는 특히 금관 악기(우리는 브라스 밴드였다.)를 사용했다. 악기는 트럼펫, 버글나팔, 트롬본에 심지어 호른도 있었는데, 호른은 일련의 무곡을 시작할 때 매우 감동적인 팡파르를 울렸다. 시립 음악협회(이들이 연주하는 곡은 그야말로 '음악'이었다.)는 금관 악기(우리보다는 실력이 좋지 않았다.)와 아울러 클라리넷, 플루트, 오보에와 같은 목관 악기를 사용했다.

호른 소리를 듣자마자 일층 칸막이 좌석이 술렁거렸다. 귀부인들은 모두 자리에서 일어섰다. 비단 옷들, 물결무늬가 들어 있는 옷들, 번쩍이는 보석들의 물결이 계단을 따라 내려왔다. 커다란 백조들이 검은 옷을 입은 풍뎅이들에 달라붙으니 관람석에는 파도가 치기 시작했다.

오보에인지 플루트가 룰라드[10]를 내지르자마자 맨 위층 관람석에서는 혼잡이 일어났다. 이 모든 것이 달음질치듯 흘러

---

10) 두 음 사이의 빠르고 연속적인 장식음.

내려오며 일층에 한꺼번에 몰려들었다. 심지어는 고함을 지르는 사람들도 있었다.

그러나 사태는 내가 말한 것처럼 명확하지는 않았다. 그러한 일이 있을 때마다 탈주병들이나 성미 급한 사람들이 상대편 진영 속으로 들어갔기 때문이다.

나는 원형 통로를 잠시 한 바퀴 돌았다. 거기에는 보통의 소란 때문은 아닌 듯한 흥분이 감도는 것을 느꼈다. 더욱이 모두 희색이 만면하고 쾌활한 얼굴 표정으로 보아 모든 사람이 똑같이 재미있어하는 농담을 누가 한 것 같았다.

나는 눈을 크게 뜨고 귀를 모았지만 휴게실에 들려오는 마지막 말밖에는 이해하지 못했다. 그러나 곧 눈을 비비고 봐야 했다. 쥘리가 와 있었던 것이다.

쥘리가 거기에 있는 것은 매우 특이한 일이었다.

그녀가 내 눈에 띄었을 때 그녀는 내게 얼굴의 못생긴 쪽을 보이고 있었다. 내가 이곳에 오기 전에 무슨 일이 있었는지는 모른다. 하지만 쥘리의 얼굴의 추한 쪽은 그날따라 유난히 못생기게 보였다. 입의 일그러짐은 볼 전체에까지 퍼져 거기에 주의를 끌려는 듯 두 줄의 굵고 검은 주름이 꼭 응고된 우유 수프를 떠먹는 숟가락처럼 생긴 눈 쪽으로 나 있었다.

쥘리는 벽에 기댄 의자에 앉아 있었다. 그리고 쓰러진 말이라도 보는 듯 적당한 거리를 두고 떨어져서 쑥덕거리는 사람들이 쥘리를 중심으로 반원을 이루고 있었다.

내 생각이지만 쥘리는 머리를 훌륭하게 땋았고, 증조부인 코스트로부터 물려받은 것이 틀림없는 초록색 돌로 된 큰 판들을 꿴 목걸이를 목에 걸고 있었다. 블라우스는 아주 진한 초록색이었다.

나는 쥘리가 왜 이곳에 나타났는지 제대로 생각해 볼 수 없었다. 내가 받은 충격이 채 가시기도 전에 쥘리는 자리에서 일어서서 마치 눈에 들어오지 않는 듯 자기를 둘러싼 사람들을 물리치고 일층 뒷좌석으로 향했다. 나도 다른 사람들과 함께 서둘러서 그녀의 뒤를 쫓아갔다.

오르페옹 악대가 연주하는 왈츠가 시작되고 있었다. 일층은 그야말로 화려함의 극치였다. 쥘리의 뒤를 따라 나와 동시에 들어온 남자 여자들은 곧 음악과 조명에 끌렸다. 이들은 즉석에서 '짝짓기를 했다'고 말해도 좋을 정도로 파트너를 잡아서 빙글빙글 돌기 시작했다. 나는 춤보다는 다음에 일어날 일에 더욱 흥미를 느꼈다.

쥘리는 두 팔을 흔들면서 잠시 그대로 서 있었다. 나는 계속 그녀의 못생긴 쪽만을 보아왔는데 내 추측으론 그녀의 예쁜 쪽은 무엇인가에 열중하고 있음에 틀림없었다. 잠시 후 그 예쁜 쪽 얼굴이 남자들을 '열심히 유혹'하고 있다는 사실을 깨달았을 때 나는 그야말로 졸도할 것 같았다.

설사 이러한 사실을 내가 눈곱만치 의심했더라도 사람들의 얼굴 표정이 곧 내 생각이 옳았다는 것을 말해 주었을 것이다. 사람들의 얼굴은 웃고 있었다. 남자들의 웃음은 냉혹한 (그리고 심지어 약간 유감스럽다는 듯) 악의를 띠고 있었고, 여자들의 웃음은 백 년은 갈 듯한 밝고, 의도적인 악의를 띠고 있었다. 겉으로 보기에도 쥘리는 춤을 추고 싶어 했고 파트너를 찾고 있었다.

감상벽이 있다는 비난을 받을까 봐 나는 신중을 기했다. 하지만 매우 거북했고, 나도 모르게 큰 목소리로 "저 여자가 추파라도 던질 모양인가?"라고 혼자말을 할 정도였다.

그녀는 몸을 돌렸다. 내게 돌린 것이 아니라 내가 있는 쪽으로. 그래서 이번에는 이쪽에서 웃음이 터지기 시작했다. 그녀는 이제 우리 쪽으로 보여 주었다, 자기의 예쁜 옆얼굴을, 강의 자갈처럼 매끈매끈한 볼을, 그토록 욕망을 불러일으키는 입술의 반쪽을, 어안이 벙벙한 상태에서 내가 추측했던 것처럼 추파를 던지는 것이 아니라 단지 서글프고 무거운 그리고 책망하는 듯한 시선을 담은 크고 맑은 눈을. 나는 사람들이 왜 웃는지 알았다. 그래서 나 자신도 엷은 미소를 지었다.

하지만 내가 동정심을 갖고 있었다 하더라도 쥘리는 내게 더 이상 동정할 수 있는 시간을 주지 않았다. 왈츠는 다시 시작됐고 훈련이 잘 된 춤추는 사람들은 쥘리를 염두에 두지 않고 점점 춤에 도취되어 빙글빙글 돌았다. 사람들은 너무 즐거워한 나머지 괴로운 듯한 표정을 짓고 있었는데 나는 왜 사람들이 그런 표정을 짓고 있는지 전혀 이해할 수 없었다. 쥘리는 이를 이해했거나 아니면 적어도 자세를 바꿔서 자신도 빙글빙글 도는 쌍들처럼 해야 한다고 생각한 것 같았다. 왜냐하면 나는 그녀가 마치 뱀에 유인된 한 마리의 새처럼 거의 눈에 띄지 않을 정도로, 활기가 넘치게 춤추는 사람들 무리에 살금살금 접근해 가고 있는 것을 보았기 때문이다. 마침내 사람들의 머리칼과 숄이 그녀의 얼굴과 몸을 스칠 정도로 쥘리는 그들에게 가까이 접근했다. 그러자 곧 그녀는 사라졌다. 그래서 나는 대개 여자들의 행동들을 볼 때마다 느끼는 경악심을 갖고 그녀가 어느 쪽으로 도망갔을까, 그리고 어떤 기적이 일어나서 그녀가 갑자기 내 시야에서 사라졌을까 하고 자문하며 관중들 속에서 찾고 있었는데, 예사스럽지 않은 웅성거림이 일었다. 나는 무언가 이상한 일이 벌어지고 있다는 것을 감지할 수 있었다.

왈츠까지도 뒤죽박죽된 것 같았다. 뱀은 이제 흥에 겨워 몸을 꼬지 않고 배에 통증이 있는 듯 여기저기 심하게 흔들었다. 내 곁에 있는 사람들은 발끝으로 일어서서 목을 앞으로 길게 내뻗었다. 관람석에 있는 사람들은 모두 다투어 몸을 앞으로 기울이고 무엇인가를 눈으로 쫓으며 서로 그것을 손가락질했다. 게다가 흥분해서 떠들어 댔기 때문에 그 소란한 소리가 악대의 소리를 압도하기 시작했다. 악사들도 나팔의 취구(吹口)에서 뗀 입을 뾰로통하게 내밀고 있었다.

갑자기 사람을 깜짝 놀라게 만드는 엄청난 소리가 들렸다. 본능적으로 나는 어깨를 움츠렸다. 극장이 무너지지나 않나 하는 생각도 들었다. '벼락 같은' 박수 갈채가 터졌던 것이다.

나는 마침내 사람들이 손가락질하는 대상을 보았다. 그것은 쥘리였다. 그녀는 왈츠에 실려 혼자 춤을 추고 있었는데 외따로 떨어져 있는 그녀의 끔찍한 얼굴 위에는 짝을 찾은 여자가 황홀해하는 표정이 그려져 있었다. 나는 내 자신에게서 여느 사람들과 흡사한 의견과 감정을 느꼈다. 그래서 모든 사람이 일제히 웃음을 터뜨렸을 때 똑같이 따라 웃었다.

내 자신이 판단해 보건대 그 웃음은 사람들에게는 일종의 축복이었다. 일그러진 얼굴에 자신의 욕망을 뻔뻔스럽게 드러내는 그 여자를 보니 나는 산(酸)에라도 데인 듯 몸이 타올랐다. 우리는 그 여자가 하는 대로 가만히 내버려 둘 수가 없었다. 그렇지 않으면 우리는 옷이며 살이며 그리고 치마의 주름 장식이며 치마며, 가슴장식이며 장식 소맷부리며, 심지어 뼈까지 헐벗게 될 터이기 때문이다. 절망이 없는 사람이 어디 있겠는가? 우리 역시 어쩔 수 없이 더 이상 희극을 연기하지 않게 된다면 어떻게 되겠는가? 폭포수처럼 터져나오는 웃음은 불에 데인 상처를 가장 간단하게 적시며 거기에 물을 붓는 방법이었던 것이다. 사람들은 이 일을 가벼운 마음으로 대했다.

왜 그럴까? 나도 왜 그런지 전혀 모른다. 천만다행한 일이지만 우리들에겐 못생긴 여자들이 없는 것도 아니었다. 쥘리는 사람들을 웃기게 할 정도로 못생긴 편은 아니었다. 천만의 말씀이다. 극장에서 그날 일어난 사건은 지금 뒤돌아보건대 우스꽝스러운 데라고는 조금도 없었다. 뭐 그리 예외적인 일이 일어났었나? 쥘리는 혼자 춤을 추고 있었을 뿐이다. 다른 사람이 그렇게 했다면 그것은 아마 변덕스런 행동쯤으로 여겨졌을 것이다. 그런 엉뚱한 생각이 조금 전에 나와 춤을 추었던 소녀인 알퐁신느 M……에게 들었다고 하자. 사람들은 미소조차 짓지 않았을 것이다. 쥘리의 춤을 보고 터진 웃음은 중학교 구내 식당에서 접시에다 대고 숟가락과 포크를 긁어서 내는 소리를 연상시키는 그런 규칙적이고 저속한 소리였다. 더 정확하게 말하면 사람들은 비웃었던 것이다. 쥘리는 짚처럼 쪽찌어 땋아 올린 머리들, 석탄처럼 까만 리본들, 타오르는 눈들, 탐욕스런 입술들 한복판을 파도 속에서 표류하듯 춤을 추고 있었다. 코스트가(家)의 운명이 각인된 그녀의 얼굴은 밀랍을 칠한 콧수염, 고급 여송연에 습관이 된 입 앞에서 헛되이 자신의 상품을 무상으로 제공하고 있었던 것이다.

하지만 무상으로 제공되는 것은 죽음밖에 없었다. 나는 이 사실을 오래 전부터 그리고 확고하게 알고 있다. 극장에 있던 관객들은 이 일에 대해선 나만큼 알지 못한다. 쥘리가 제공하는 것에 이름을 붙이는 일이 중요한 것이 아니었다. 하지만 관객들은 깨닫고 있었다. 쥘리가 정말로 보여 준 것은 '천국의 자리'[11] 였던 것이다.

쥘리의 행동이 웃을 만한 것이었다고 치자. 사람들이 목청을 돋우고 웃지 않은 것, 그 비웃음 소리가 접시를 긁는 듯한 소리였던 것은 우선 일상 생활(우리의 일상 생활)에서는 포복절도하고 웃을 만한 일이 없고, 또 우리의 몸이 그런 일에 익숙하지 않기 때문이었다(물론 사람들은 어떻게 비웃는지 알고 있다). 또한 쥘리를 바싹 마르게 만든 그 암울하고 인정사정없는 일들 때문이었다. 그녀의 사랑스러운 육체(육체를 사랑하는 남자들에게는 그녀의 몸이 통통하고 매력적이었기 때문에)가 어떤 순간에는 (다른 때보다도 왈츠를 추고 있을 때) 살이라곤 붙어 있지 않은 뼈와 치마와 블라우스를 부풀리고 지탱하는 버드나무 가지 같은 해골로 이루어지지 않았나 하는 생각이 들게

---

11) 죽음이라는 뜻.

했다. 그날 저녁에 그렇게 했던 것처럼 쥘리가 광장 한복판에서 춤을 추었더라도 사람들은 비켜섰을 것이다(그녀와 같은 시간에 춤추고 있었던 쌍들은 쥘리로부터 멀리 떨어졌기 때문에 그녀는 홀로 허공 속을 움직였다). 하지만 즐기기 위해서 그렇게 빈틈없이 준비하고 멋지게 옷차림을 하고 갖은 노력를 다 기울인 이 시립 극장에서 누가 파티를 포기할 생각을 하겠는가?

춤이 끝나고 기사들이 자기 파트너들을 제자리로 데리고 가는 동안 쥘리는 관람석을 버티고 있는 기둥 하나에 가서 거기에 등을 기댔다. 이층 박스에 있던 귀부인들은 쥘리를 보기 위해 난간에서 떨어질 정도까지 몸을 굽혔다. 쥘리는 숨을 헐떡이며 두 눈을 감고 있었다.

나는 쥘리가 오후에 입었던 검은색 치마 밑자락 장식에 물이 묻고 진흙이 달라붙어 있는 것을 알아차렸다. 진열창을 보러 돌아다녔던 시간과 극장에 들어온 시간 사이에 그녀는 무엇을 했을까 의아했다. 아직도 젖어 있는 그녀의 머리(우리에게는 거의 익숙하지 않은 취향이지만 정성을 들여 이삭 모양으로 꼰)는 그 시간 동안 거리를 쏘다녔음을 알려주었다. 그렇다면 입구 모퉁이에서 머리를 빗고 치장을 했단 말인가? 정말 그럴지도 몰랐다.

그녀는 이제 모든 사람의 호기심의 대상이었다. 위원회의 배려로 꽃을 왕관처럼 머리에 올린 젊은 여자들은 머릿기름을 발라 이마가 번들거리는 젊은 남자들의 팔짱을 끼고 쥘리를 바로 코 아래서 보려고 왔다. 심지어 오르페옹의 회원 중 몇몇 부인들은 쥘리가 여전히 눈을 감고 숨을 헐떡이며 등을 기대고 있는 기둥 가까이로 모여들었다. 완장을 찬 '위원들'은 매우 심각한 표정을 짓고 상의했다.

마침내 위원회는 카드릴 춤을 다시 추기로 했고 악대는 랑시에[12]를 연주하기 시작했다. 불그스레하고 보기 좋게 살찐 얼굴에 하얀 눈썹 그리고 주근깨가 나 있으며 매우 중요한 일을 맡고 있는 라울 B……라는 젊은이가 쥘리에게 가까이 갔다. 그는 '임무를 띠고' 있음이 분명했다. 나는 그가 실제로 그녀에게 말을 걸고 심지어 오랫동안 이야기하는 것을 보았다. 하지만 쥘리는 눈을 뜨지 않고 왈츠를 추려고 들인 노력 때문에 한없이 숨이 찬 것처럼 계속 숨을 헐떡이고 있었다.

입에 들어온 먹이를 놓친다는 것은 내게는 생각할 수 없는 일이었다. 나는 춤추는 것을 구경하고 있는 사람들 사이를 교묘하게 빠져나가 쥘리를 잘 볼 수 있고 또 사람들의 눈에 띌 염려가 없는 곳에 자리를 잡는 데 성공했다. 입술이 일그러져 있기 때문에 그녀가 웃고 있는지 아니면 울고 있는지 전혀 알 수 없었다. 그것은 매우 난처한 일이었다. 왜냐하면 스스로 자처한 비웃음 때문에, 그녀가 받아 마땅한 상처를 입었는지, 아니면 그녀는 지금 우리 앞에서 아이아스와 같은 강력한 파괴자가 되어 버린 것인지 알 수 없었기 때문이다.

아무튼 카드릴 춤은 별 탈 없이 계속 이어져 갔다. 사람들은 번갈아가며 춤을 추었다. 여전히 기둥에 등을 기대고 잠들어 있는 것처럼 보이는 쥘리는 이제는 음악에도, 특히 일부러

---

12) 제2제정기에 유행한 우아한 카드릴 무도곡.

그녀를 겨냥해 지르는 것처럼 보이는 날카로운 고함소리에도, 그녀의 뺨을 때릴 정도로 요란스러운 웃음 소리에도 무감각한 상태에 빠져 있는 것 같았다. 하지만 아시다시피 「랑시에」라는 곡은 꽤 사람의 마음을 끄는 곡이다. 정신이 멀쩡한 상태에서 터지는 고함이나 웃음은 엄격히 말해서 자연스럽고 순진한 것이라고 볼 수 있었다. 쥘리가 조금 전에 왈츠에 흥겨워 춤을 추었다면 지금 연주되는 카드릴 곡에도 마땅히 춤을 춰야 했다.

하지만 나는 주의를 집중해서 그녀를 바라보았다. 그리고 나는 곧 그녀가 활기에 찬 「랑시에」에는 거의 신경도 쓰지 않고, 사람들의 고함소리와 웃음소리에도 완전히 무감각해 있었으며, 오히려 '코스트가(家)의 싸움'에 치열하게 몰두하고 있다는 것을 알아차렸다. 그녀의 증조 할아버지, 할머니들, 할아버지들, 아버지, 어머니, 오빠, 삼촌들, 이모들, 사촌들이 파멸되고 무너진 어둠 속에서 벌인 그 신비에 싸인 싸움 말이다. 이 싸움은 지금까지는 우리에게서 멀리 떨어진 곳에서 일어났던 것이다. 하지만 이제 우리는 뻔뻔스럽게도 그것이 바로 우리의 눈 아래서 벌어지는 것을 보게 된 것이다. 나는 단지 '내' 눈(훈련이 되고 총명한) 아래서가 아니라 시립 극장을 위에서 아래로 환하게 비추고 있는 이기적인 즐거움(이 말 말고 달리 어떻게 표현할 수 있으랴.)을 만끽하는 축제일에 모든 사람들의 눈 아래서라고 말한다. 왜냐하면 나는 끊임없이 쥘리 쪽을 향해 돌아가는 시선 속에서, 점점 더 둔탁해지며 터지는 웃음소리 속에서, 이것은 모든 사람에게 해당하는 공포와 두려움의 문제이며, 사람들이 드러내 놓는 조롱은 일종의 가면이라는 것을 알고 있었기 때문이다. 그리고 사람들은 흐지부지하게 손으로 얼굴을 가리고, 귓속말로 소곤거리고, 춤추는 사람들의 동작의 변화를 눈으로 쫓으면서도, 잠들어 있는 것처럼 보이지만 여전히 숨을 헐떡이며 기둥에 등을 기대고 있는 쥘리에게 '시선을 떼지' 않았다. 사람들은 이층의 관람석과 일층의 뒷좌석에서 웅성거리고 야유함으로써 자기들은 눈앞에 방금 본 것을 대수롭게 여기지 않는다는 것을 나타내 보이려 했지만 실은 그렇지 않다는 것도 나는 알고 있었기 때문이다. 나는 예전에 이미 보도 위에 쓰러진 한 간질 환자(혼자 기둥에 등을 기대고 잠들어 있는 쥘리에 대해 품은 나의 이미지가 비록 역설적이게도 외설적인 색채를 띠고 있지만) 주위로 모여든 구경꾼들의 시선 속에서, 혹은 봄이면 교미하는 개들 곁을 지나치는 사람들의 슬그머니 피하는 눈짓 속에서 지금 경우와 유사하게 무서움과 혐오감을 느끼면서도 동시에 이를 탐욕스럽게 맛보는 태도를 본 적이 있었다.

카드릴은 사분의 이박자의 무곡으로 매우 훌륭하게 끝났다. 하지만 쥘리가 일으킨 소요의 충격이 누구에게도, 심지어는 '위원들'에게도 채 가시지 않은 것 같았다. 왜냐하면 계속 춤추는 사람들에게 흩어질 짬을 주지 않기 위해 위원회는 악대의 북을 치게 했기 때문이다. 그 소리를 듣자마자 나는 등줄기가 섬뜩해지며 일이 앞으로 빨리 진행되리라는 것, 그리고 사람들은 문제를 이 상태로 내버려 두지는 않으리라는 것을 느꼈다. 모두 나처럼 생각한 듯했다. 왜냐하면 북을 치는 사람도 마지막으로 구르는 소리를 낼 때 북채를 멈칫할 정도로 순간적으로 침묵이 장내에 퍼졌기 때문이다. 이번에는 젊은 라울 B……가 아니라 공증인 P…… 씨가 몸소 무대 앞에 화려한 제복(즉 연미복에 가슴장식에 불빛에 번쩍거리는 유리 단추를 단 복장)을 입고 나타났다. 그도 무척이나 당황해 있는 것처럼 보였다. 그는 잠자고 있는 쥘리에게 의도적으로 등을 돌리고 간단하게 경품 추첨을 하겠다고 알렸다.

(나는 간단히라고 말했다. 실제로 경품 추첨은 대개 카드릴을 네다섯 곡 춘 다음 피로가 느껴지기 시작할 무렵에 했는데 그날은 겨우 두번째 카드릴을 춘 상태이고 아무도 피곤해하지 않았다. 공증인 P…… 씨가 '간단하게 말한 것'을 알아차리지 못한 사람은 없었다.)

자연스러운 침묵보다 약간은 더 긴장된 침묵이 계속되었다. 그리고 본능적으로 사람들은 당첨 번호를 뽑는 주머니를 든 사람에게 자리를 내주기 위해 무대로부터 떨어졌다. 하지만 주머니를 든 사람은 움직이지 않았다. 그는 작은 계단의 발치에, 마치 화석이 된 것처럼 뻣뻣하게 굳은 채로 서 있었다. 연미복을 입은 공증인 P…… 씨도 우산 손잡이 같은 모양을 하고 꼼짝않고 있었다. 쥘리가 걷기 시작한 것이었!

나나 극장에 있던 사람들은 모두 한눈에 관리인, 공증인 P…… 씨, 쥘리를 보았다. 내 경우를 통해 판단해 보건대 우리 모두 쥘리가 무대 앞 반원형의 빈 공간의 중심에 도달하기 전까지는 등골에 쇠막대기라도 들어 있는 것 같이 느꼈을 것이다. 내 기억으로 그녀는 전혀 건방진 태도가 아니라 조용하게 걸어갔던 것 같았다. 그녀는 의자라도 하나 찾으려는 피곤한 사람처럼 보였다. 웅장한 몸짓은 소설에서나 있는 일이다. 일상 생활에서는 힘에 부쳐 겨우 움직일 뿐이다.

이 모든 일은 최대한 잡아서 삼십 초 동안 벌어졌던 것이다. 침을 채 삼키기도 전에, 이번에는 완전한 침묵 속에서 우리는 마치 외따로 떨어진 한 마리의 귀뚜라미가 우는 것처럼 찍찍거리는 소리를 들었다. 쥘리가 말하고 있었던 것이다. 그녀는 P······ 씨에게 말을 하고 있었고 P······ 씨는 그녀 쪽으로 허리를 구부리고 귀를 부채처럼 모으며 성난 어조로 "뭐라고요?"라고 소리질렀다. P······ 씨가 외치는 소리가 없었다면 우리는 귀가 먹었나 하고 생각했을지도 모른다. 그만큼 쥘리의 목소리는 가느다랗고 이해하기 어려웠다. (한편 나는 '행복'이란 말 비슷한 것을 들은 것 같았는데, 이것은 나중에 사실임이 확인되었다.) 그녀에게 계속 몸을 향하고 머리 주위로 손을 부채처럼 펼친 P······ 씨의 명령에 쥘리는 다시 질문인 듯한 말을 귀뚜라미처럼 '찍찍거렸다.' (이번에는 행복이란 단어를 분명하게 들었다.)

나는 그 상황이 지속되었더라면 어떤 일이 일어났을까 하고 자문해 보곤 한다. 하지만 이번 상황은 순진하고 점잖은 예의 규범을 파괴할 정도까지 지속되지는 않았다. 곧 P······ 씨는 몸을 일으켜세우고 웃음을 터뜨렸다. 이번에는 무뚝뚝한 비웃음도 아니었고 꾸민 듯한 킥킥거리는 웃음소리도 아니었다. 그 웃음은 평범하고 뱃속에서부터 울려 나오는 기름지고 힘차고 듣기 좋은, 그러니까 말 그대로 터지다라는 동사가 적절하게 어울리는 그런 웃음이었다. 기억을 더듬어 본다면 이제까지 P······ 씨가 한 번이라도 웃는 것을 본 적이 있는 사람은 아무도 없을 것이다. 하지만 이런 상황이 아니더라도 이 사려 깊은 공증인이 자두나무처럼 몸을 흔들며 웃는 광경을 보고 사람들은 따라 웃지 않을 수 없었을 것이다. 눈 깜짝할 사이에 웃음은 불이 붙듯 관람석을 번져 나가 천장에까지 퍼졌다. 이 웃음은 칸막이 좌석들에까지 순식간에 퍼져 나갔다.

비록 마음껏 이 웃음바다에 끼였어도 나는 쥘리에게서 시선을 떼지 않았다. 나는 극장에 있는 사람들이 모두 자기를 보고 웃고 있었던 그 순간 쥘리 역시 미소를 짓기 시작했다고 주장할 수 있는 유일한 사람이다(필요하다면 복음서에 손을 놓고서라도). 쥘리의 입술이 찌그러졌다고 하더라도 나는 쥘리가 미소 지었다고 맹세할 수 있다. 나는 명랑한 미소를 기대하지 않았다. 내가 기대한 것은 말하자면 절망적인 미소였다. 그리고 그것은 내가 본 것이기 때문에 대낮처럼 분명하다.

오랜 세월이 흘렀지만 나는 지금도 쥘리가 당시에 한 행위들을 모두 재구성할 수 있다. 그것은 내 기억 속에 영원히 새겨져 있다. 나는 우리가 보는 앞에서 운명이 움직이고 있음을 깨달았다. 오직 나만이 무덤 속에서 코스트가(家)가 움직이고 있는 것을 바로 눈앞에서 보는 이 예외적인 행운을 가졌다고 생각했다.

쥘리에게 주의를 기울이는 사람은 아무도 없었다. 그녀는 자기가 손가락질을 당했던 곳을 중심으로 반원을 이루며 몰려드는 사람들을 뚫고 갔다. 사람들을 밀고 나갈 수밖에 없었다. 그렇게 해서 그녀는 나를 제외한 모든 사람의 눈에 띄지 않게 문에 도달해서 극장을 빠져나갔다. 나는 그녀의 뒤를 재빨리 쫓아갔다. 나는 외투나 우산에 신경을 쓰지 않을 정도로 침착했다.

비는 그쳐 있었다. 이런 계절에는 늘 있는 일이지만 비가 그치면 살을 에는 듯한 바람이 불었다. 가로등은 대부분 꺼져 있었고 나는 앞에 걷고 있는 쥘리의 루이 15세식 구두 뒤축이 보도 위에 내는 소리를 들으며 그녀의 뒤를 쫓아갔다. 빵 굽는 곳에서 스며 나오는 희미한 불빛에 그녀의 모습이 눈에 들어왔다. 그녀는 확고한 걸음걸이로 걷고 있었지만 서두르는 기색은 없었다.

쥘리가 걷고 있는 방향은 폴란드의 풍차 쪽이 전혀 아니었다. 그녀는 대로를 거슬러올라가서 시청 광장을 대각선 방향으로 가로질러 거미줄처럼 밀집해 있는 구(舊)주택가로 가는 골목 중 하나에 접어들었다. 매서운 바람 때문에 뼈 속까지 얼어붙는 것 같았다. 나는 옷을 얇게 입고 있었는데, 풀을 먹인 가슴받이도 추위를 막아 주지는 못했다. 폐렴에 걸리지나 않을까 하는 걱정도 생겼지만 천금을 준다 해도 내가 있던 자리를 남에게 넘겨주지 않았을 것이다.

우리는 이제 생 소뵈르 주위로 얼기설기 섞여 있는 작은 골목 안에 있었다. 여러 차례 쥘리는 계속 걸을까 망설였다. 그녀는 장 자크 루소가(街) 안으로 들어간 다음 다시 돌아와서 내가 재빨리 몸을 숨긴 문 모퉁이를 오십 센티미터 정도의 사이를 두고 지나갔다. 그녀의 몸에서 물에 젖은 개의 냄새가 났다.

나는 이곳 지리를 훤히 알기 때문에 길을 몰라 머뭇거린 적은 없었지만, 그녀는 두어 번 머뭇거린 다음에 이제 자기가 갈 길을 확실히 안 것 같았다. 그녀는 옛 묘지의 광장을 건넌 다음 궁륭처럼 나뭇잎가지들로 덮인 길에 들어섰고 이어 클레베르가(街) 쪽을 따라가면서 생선 시장이 있는 왼쪽으로 돈 다음 옛 시장을 따라 걸어갔다. 그러는 사이에 노트르담 성당의 종각에서는 새벽 두시를 알리는 종이 울렸다. 그녀는 이제 어느 한 방향으로 너무도 분명하게 걸어갔기 때문에 나는 으스스 몸이 떨렸다. 추워서가 아니었다. 우리는 지금 로가시옹의 막다른 골목에 아주 가까이 와 있었던 것이다. 수도원의 헐벗은 나무에서 바람 부는 소리가 들렸다.

정말 그녀는 그곳으로 가고 있었다. 나는 어떤 일이 될지는 침착하게 생각해 보지 않았지만 좌우지간 무슨 일이 일어나고 있음을 느꼈다. 늦은 시간이었지만 조제프 씨의 창문에서는 빛이 흘러나오고 있었다. 카브로네 집 대문은 닫혀 있는 법이 없었다. 쥘리는 대문에 몸을 기대었는데, 문을 열려고 애쓰는 것처럼 보이기도 하고 숨을 돌리려는 것처럼 보이기도 했다. 이어 그녀는 집 안에 들어갔다.

당시를 돌이켜보면 나는 지금도 피와 힘이 쭉 빠져나가는 것 같은 기분이다. 하지만 이제는 알고 있다. 당장에는 그 자리를 뜰 생각밖에는 없었지만 어쨌든 나는 그 자리에 계속 있었다.

나는 단호하게 문을 두드리는 소리와 "들어오시오."라고 하는 목소리(조제프 씨의 목소리)를 들었다. 새벽 두시에 문을 두드리는 소리를 듣자마자 그처럼 확고하고 꾸밈 없는 태도로 사람을 들어오게 하는 것은 사람들이 생각하는 것 이상의 권력을 갖고 있는 자만이 할 수 있는 것 아닐까 하고 자문해 보았다. 다행히 나는 그 질문에 대해 오래 생각하지는 않았는데, 그만큼 전혀 예기치 못한 사건을 보고 정신을 빼앗기고 있었던 것이다!

나는 이내 정신을 차렸던 것 같다. 내 몸이 여러 개였으면 얼마나 좋을까 하고 생각해 보기도 했다. 그러면 시립 극장에 가서 모든 사람에게 이 소식을 소리쳐 알리고 동시에 여기에 남아서 일이 어떻게 진행되는지도 볼 수 있을 테니 말이다.

창문 앞에서 쥘리의 것인지 아니면 조제프 씨의 것인지 모르지만 그림자 하나가 얼핏 지나가는 것 외에는 아무것도 보이지 않았다.

위험이란 그 안에 몸을 담그면 젊어지는 청춘의 샘이라고 생각하지 않으면 안 된다. 이것이 나의 지론이다. 왜냐하면 그때 내가 느닷없이 나이보다 더 젊어지지 않았다면(풀을 먹인 와이셔츠를 입고 등에는 가장 좋은 옷을 걸치고서) 옛 수도원의 담을 기어 올라간다는 생각 같은 것은 하지 않았을 테니 말이다. 하지만 나는 그렇게 했다. 몇 시간 전만 하더라도 누군가가 내가 버터를 꼼꼼하게 발라 윤을 낸 구두를 신고 이런 종류의 체조를 할 것이라고 점쳤다면, 나는 정신나간 사람이라고 여겼을지도 모른다. 이것은 청춘의 샘 운운해서는 안 된다는 것을 잘 입증하고 있다.

담 꼭대기(폭이 넓어서 다행이었는데)에 올라갔지만 이렇다 할 만한 것은 보이지 않았다. 나는 조제프 씨의 창에서 흘러나오는 등잔 빛에 내 모습이 보일까 봐 감히 몸을 일으켜 세울 수는 없었다. 하지만 나는 충분히 보았다. 쥘리의 머리칼이 있는 높이로 미루어 보건대 그녀는 의자에 앉아 있었음에 틀림없었다. 조제프 씨는 그녀를 마주 보고 서 있었기 때문에 그 상반신이 보였다. 조제프 씨는 쥘리를 주시하고 있었지만 아무 말도 하지 않고 있었다. 그녀는 말하고 있는 중이었고 그는 듣고 있음에 틀림없었다.

나로서는 그것만으로도 충분했다. 하지만 그 광경을 눈앞에 두고 나는 필요 이상 머물러 있었다. 정상적인 시간으로 따지면 일 분 정도 될 테지만 오 분이나 머물러 있었던 것 같았다. 추위 덕분에 내가 해야 할 일이 생각났다. 이 사실을 한시라도 빨리 드 K…… 씨에게 알려야 했던 것이다.

그때 내가 뛰어갔는지는 기억이 나지 않는다. 아마 그랬을지도 모른다. 내 기억에 남아 있는 것은 오로지 극장 안에 들어갔을 때 느꼈던 야릇하고 공허한 느낌뿐이다. 나는 계속 경품을 추첨하고 있는지 아니면 행사가 이미 끝났는지 알 수 없었다. 큰 계단을 오르고 이어 휴게실을 건너면서 내가 안 것은 다만 사람들이 춤을 추고 있지 않다는 사실뿐이었다. 음악은 더 이상 들리지 않았다.

드 K…… 씨가 있는 이층 관람석의 칸막이 좌석으로 가기 위해서는 일층 뒷좌석을 통과해야 했다. 그곳으로 가는 문을 밀자 나는 돌연 다시 카르셸등으로 밝혀진 우리의 아름다운 극장과 더불어 제각기 신분에 맞는 층에 자리잡은 우리의 아름다운 사교계 속에 있게 되었다. 그런데 더 이상 춤도 카드릴도 추지 않는 것은 분명했다(적어도 그때만은 그랬다. 왜냐하면 후에 안 일이지만 새벽 네다섯 시쯤 시립 음악협회 악단(오르페옹은 기권을 선언했다.)의 제안으로, 명문가는 없었지만, 여기저기 흩어진 관객을 앞에 두고 그럭저럭 다시 춤을 추기 시작했기 때문이다). 곧 알게 되었지만 이제는 끼리끼리 모여서 매우 활기 넘치는 대화에 열을 내고 있을 뿐이었다. 이제는 웃는 사람도 없었다. 사람들은 흥분해서 이야기하고 있었다. 나는 '참을 수 없는 일'이라는 소리를 여러 차례 들었다. 드 K…… 씨가 있는 칸막이 좌석에 가기까지는 무척 힘들었다. 복도는 옹기종기 모여 열띤 토의를 벌이고 있는 사람들의 무리로 꽉차 있었기 때문이다.

여기에는 '원로들'도 적지 않았다. 사람들은 쥘리의 운명에 대해서는 눈곱만큼도 불안해하지 않는 눈치였지만 그녀가 자살할 것이라는 둥, 그러한 추태를 벌였으니 이제 코스트가(家)는 완전히 끝났다는 둥, 아마 쥘리는 이 자리에서 떠나자마자 자살하러 갔을지도 모른다는 둥, 자살 외에는 달리 해결책이 없을 것이라는 둥 하고 떠들고 있었다.

드 K…… 씨는 자기가 있는 칸막이 좌석에서 완전히 여유를 되찾은 태도로 이야기를 독점하고 있었다. 나는 그가 허세를 부릴 때면 습관적으로 취하는 느긋한 몸짓을 바라보았다. 그는 드 T…… 씨와 드 S…… 씨 앞에서 말하고 있었는데 부인들은 더이상 그의 말에 귀를 기울이지 않고 있었다.

드 K…… 씨는 내가 있는 것을 보았다. 내 얼굴 표정에서 무엇인가 이상한 기색이 엿보였던 것 같다. 그는 하던 말을 멈추고 단호하게 심문하는 듯한 태도로 나를 보았기 때문에 거기에 있던 사람들은 모두 나를 향해 몸을 돌렸다. 나는 어떤 경우에도 감정을 폭발시킨다거나 드러내서는 안 된다는 것을 잘 알고 있을 정도로 이 사교계의 습관에는 익숙해 있었다. 게다가 나는 목이 꽉 잠겨 있었다. 내가 입을 다물고 있는 것이 답답했는지 그는 내게 질문했다.

"그 여자가 어디 있는지 알고 계시는지요?" 마침내 내가 입을 열었다.

나 자신이 이것이 내 목소리인지 분간할 수 없을 정도였다. 내 말은 장작불에 기름을 부어 넣는 격이었으나 기름이 타오르는 것을 보기도 전에 나는 말을 이었다(이번에는 무척 자연스러운 목소리로). "그 여자는 지금 조제프 씨 집에 있습니다." 라고.

사람들은 질그릇으로 만든 개처럼 아무 말도 하지 않고 나를 쳐다보았다.

나는 쥘리를 쫓아간 것, 그리고 심지어 담을 올라간 것도 이야기해 주었다.

"당신은 자신이 훌륭한 식견이 있다는 것을 보여 주셨소." 라고 드 K······ 씨는 몸을 일으키면서 내게 말했다. (온갖 결함을 갖고 있지만 이 남자는 결정을 내릴 줄 아는 사람이었다.)

드 T······ 씨와 드 S······ 씨는 분명 낙담한 표정이었다. 그들은 (신이여 나를 용서해 주시기를!) 내가 그런 소식을 전한 것을 원망하는 눈치였다. 그리고 내게 등을 돌려 환히 밝혀진 극장에 던지는 시선을 통해 판단해 보건대 그들은 사람들 모두를 원망하고 있는 것 같았다.

"내 외투!" 하고 드 K…… 씨가 말했다.

그러나 그의 외투는 안락의자의 등받이 위에 있어서 누구도 그것을 넘겨줄 수 없었다. 그는 자기가 손수 외투를 들었다.

"신중하세요, 조르쥬."라고 부인들이 말했다.

그는 걱정하지 말라는 뜻의 몸짓을 우아하게 했다. 드 T……씨와 드 S…… 씨는 우리가 지나갈 수 있도록 비켜섰다.

이번엔 나는 기어코 내 레인코트와 우산을 찾으러 갔다.

"이 일은 사실 우리의 능력을 넘어서는 일이오."라고 드 K…… 씨가 말했다.

길은 음산했고 바람은 더욱 거세게 불어댔다.

"그 여자가 아까 무엇을 물어보았는지 아시오?"라고 드 K…… 씨가 말했다.

나는 전혀 이해하지 못했다고 실토했다.

"그 여자가 행복이라는 말을 한 것 같기도 한데요."

"뭐 이해하고 자시고 할 것도 없어요."라고 그가 내게 말했다. "그런데 그 여자는 사실 공증인 P…… 씨에게 (그 사람 입에서 내가 직접 들은 것인데) 경품에서 '행복에 당첨될 수 있는지' 물어봤다는 거요."

우리는 로가시옹의 막다른 골목에 당도했다. 길에서는 창문에서 흘러나오는 빛 말고는 아무것도 보이지 않았다. 나는 드 K…… 씨에게 무동을 태워 주어야 했다. 그는 상당히 무거웠다. 그리고 담 꼭대기에 빨리 올라가려고 서둔 나머지 그는 구두 뒤축으로 내 팔에 찰과상을 입혔다.

"꼭 잡으시오."라고 그가 말했다.

나는 그가 그처럼 흥분하고 있는 것을 본 적이 없었다.

우리는 담 위에 오래 머물러 있지는 않았다. 드 K…… 씨 말에 따르면 그곳은 너무 춥고 또 볼 만한 것도 없다는 것이었다. 저 위에 있는 두 사람은 사실 위치를 바꾸지 않고 아까와 똑같은 자세를 하고 있었다.

"이거 뭐가 뭔지 통 알 수가 없군." 하고 드 K…… 씨가 말했다. "그 여자는 대체 그 사람에게 무슨 말을 하고 있을까. 당신은 상식으로 똘똘 뭉쳐 있는 사람이니까 내 물어보지만 오늘 저녁 우리가 그 여자를 심하게 다룬 것 같소? 몇 가지 별로 대수롭지 않은 유감스러운 표현을 사람들이 했다는 것은 나도 당신과 마찬가지로 인정하지만, 글쎄 워낙 다양한 계층의 사람이 한데 섞여 있으니 그건 피할 수 없는 일이 아니겠소? 내 당신한테 자신 있게 말하지만 내 처와 나는 거의 웃지도 않았소. 그 점은 나도 말해두어야 할 일이지요."

나는 그에게 정말 그 점은 주목해야 할 사실이라고 대답했다.

"당신은 조제프 씨와 어떤 관계지요?" 하고 그가 내게 물었다.

"나도 당신처럼 그 사람을 잘 알지 못합니다."라고 나는 대답했다.

"내가 당신에게 묻는 것도 바로 그거요." 하고 그가 내게 팔짱을 끼면서 말했다. "왜냐하면 나는 당신이 사교에 능하고, 다른 사람들과의 친분 관계를 결코 과시하지 않을 만큼 조심스럽게 행동하고 있다고 생각하기 때문이지요. 게다가 나는 당신의 그 점이 훌륭하다고 생각하고 있소."라고 내가 침묵을 지키고 있는 것을 보자 그가 내게 말했다.

그는 내게서 팔짱을 풀었다.

우리는 막다른 골목의 입구로 되돌아갔다. 그런데 놀랍게도 우리는 거기서 그림자 셋이 어른거리는 것을 보았다. 가까이 가보니 공증인 P…… 씨와 그의 부인 그리고 이 부부와 매우 친하게 지내는 드 S……의 조카였다.

"나도 소식을 들었소."라고 공증인 P…… 씨가 말했다. "그리고 당신들이 여기에 있다는 것을 알자마자 곧 이리로 왔지요. 다른 사람들은 이곳에 오는 것을 꺼려서 중앙시장 근처에 머물러 있어요. 대체 무슨 일입니까?"

드 K…… 씨는 알쏭달쏭한 말을 하면서 사소한 일을 가지고 '대중'들이 이곳에 오게 할 수는 없다는 말을 덧붙였다.

"대중이 아니에요."라고 공증인 P…… 씨가 말했다. "친구들이에요. 또한 당신 친구들이기도 하지요. 그리고 다시 말하지만 용기를 내 올 수 없거나 아니면 요령껏 오지 않은 사람들이지요."

"그런 문제로 다투지 맙시다, 앙드레."라고 드 K…… 씨가 말했다. 그는 앞으로 나섰고 두 사람은 수군거리며 이야기하기 시작했다.

"무슨 일이에요?"라고 P…… 부인이 내게 물었다.

"저도 무슨 일인지 전혀 모릅니다, 부인." 하고 나는 대답했다. "정말입니다."

"이리 오시오."라고 드 K…… 씨가 수군거리며 이야기하는 것을 끝내고 말했다.

우리는 다시 막다른 골목 안에 들어섰다. 그리고 족히 십오 분 가량을 그곳에서 꼼짝않고 서 있었다. 다른 사람들은 떠났다. 추위는 매서웠다. 삼십 분을 알리는 종이 울렸다. 우리는 이리저리로 매우 불안한 추측들을 하고 있었다. 이제 카브로네 부부의 창도 밝혀졌다. 나는 귀가 예민하고 현세의 재물에 관심이 많은 터라 비록 바람소리가 요란했지만 커피 가는 기계가 내는 소리를 들을 수 있었다.

춥지만 않았더라면 나는 이 세상이 끝날 때까지 기꺼이 그 자리를 지키고 서서 무슨 일이 일어날지 구경하고 있었을 것이다. 그러나 사정이 여의치 않았기에 나는 같이 있던 사람들에게 내 생각으론 지금은 집에 가서 잠이나 자는 것이 상책일 것이라고 말했다.

드 K…… 씨는 나와 의견이 달랐다. 그는 자기 의견을 소란스럽게 말했다. 나는 그에게 신중해야 한다고 간청했다. 그때 카브로네 집 대문이 열리면서 램프를 든 카브로 영감이 나왔고, 그 뒤에 조제프 씨가 따라 나왔다.

조제프 씨는 마치 우리가 거기에 아까부터 있었다는 것을 알고 있다는 양 곧바로 우리가 있는 쪽으로 급히 다가왔다. 그는 우리에게 두 팔을 벌리고 말했다.

"하느님께서 당신들을 이리로 보내 주셨군요. 그렇지 않아도 여러분에게 크게 부탁할 일이 하나 있었습니다."

조제프 씨가 그 말을 분명히 드 K…… 씨 쪽을 보고 했기 때문에 나는 매우 기뻤다. 드 K…… 씨는 꾸르륵 하는 소리를 내며 곧 조제프 씨의 부탁을 겸손하게 수락했다.

"내가 알기로⋯⋯." 하고 조제프 씨가 말했다. "당신은 마차를 임대해 주는 그로냐르 씨로부터 대단한 존경을 받고 계시지요. 나와 함께 가 주셔서 그 사람에게 나를 가능한 한 친절하게 소개해 주시겠습니까? 나는 지금 제일 빠르고 가장 안락한 이인승 마차가 필요합니다. 당신이 아니라면 지금 같은 시간에는 일이 안 될지도 모르고 공연히 필요 없는 말만 하고 말게 될 테니까요. 나는 지금 급합니다. 그렇게 해주시면 정말 감사하게 생각하겠습니다."

다른 경우라면 드 K⋯⋯ 씨가 나를 안심시켰을 것이다. 글자 그대로 엉덩이를 찼을 테니까 말이다.

조제프 씨는 내게 몸을 돌렸다.

"당신 집에도 갈 생각입니다. 낮쯤에 말입니다. 당신에게도 크게 부탁할 일이 있으니까요."

그는 드 K⋯⋯ 씨의 팔을 잡고, 내가 보기에는 마치 경찰이 죄인을 끌고 가듯, 꽤 빠른 속도로 끌고 갔다.

두 사람 곁을 종종걸음으로 걸어가는 카브로 영감은 내게, 왜 그런지는 몰라도, 과격한 공화주의자를 생각나게 했다. 아마 그 영감이 쓰고 있는 무명으로 된 챙 없는 모자 때문인지도 몰랐다.

나는 무척 쓸쓸한 마음을 안고 집으로 돌아왔다. 잠을 이룰 수가 없었다. 조제프 씨가 내게 약속한 방문건이 내 머리를 떠나지 않았기 때문이다. 이렇게 고약한 상황에 말려들게 된 것에 대해 나는 자신을 탓했다. 이런 사소한 일(얼마나 우스운 일인가 말이다.)에 끼어들지 않고 지금 침대에 누워 편히 잠들고 있는, 나를 제외한 이 도시의 사람들이 부러웠다.

나는 조제프 씨를 기다리고 있었다. 그런데 우리 집에 온 사람은 드 K…… 씨였다. 그것도 아침 여덟시 종이 울렸을 때 말이다. 그는 노크도 하지 않고, 바지를 입고 있을 동안 잠깐 참아달라는 내 부탁도 아랑곳하지 않고 자물쇠를 쉴새없이 흔들어댔다. 그의 눈은 퉁퉁 부어 있었다. 그도 잠 한숨 못 잔 기색이 역력했다.

나는 아무런 질문도 하지 않는 차분함을 보였다. 그렇게 함으로써 나는 그에 대해 우위를 점할 수 있었다. 나는 깊은 침묵을 지키면서 불을 다시 살리는 일에 몰두했다. 나의 이런 행동은 뜻밖의 결과를 낳았다.

"당신과 커피라도 한잔 나누고 싶소."라고 드 K…… 씨가 다 죽어 가는 목소리로 말했다.

이것은 멋진 승리였으나 나는 불안한 약속이 있었던 터라 그 승리를 제대로 만끽하지는 못했다.

나는 드 K…… 씨를 마주 보고 앉아서 아무 말 하지 않고 커피를 갈기 시작했다.

"그 사람은 고소를 할 작정이라더군요."라고 마침내 내 손님은 입을 열었다.

"무엇에 대해 고소를 하겠다는 말입니까?"라고 나는 멍청한 태도로 물었다.

"모두 다 말이오."라고 드 K…… 씨가 말했다.

"아!" 하고 그는 하던 말을 계속했다. "이 가엾은 친구! 당신이 지금 커피 가는 기계의 크랭크를 돌리고 있는 동안 이 도시에 있는 선량한 사람들은 두 주먹을 쥐고 꾹 참고 있단 말이오! 나는 누구 누구 집에서 나왔는데 그 사람들은 지금 무서워서 덜덜 떨고 있단 말이오.”

나는 별로 기분이 좋지 않았다. 어떤 경우든 결백함은 증명하기가 불가능한 법이다. 다시 말하면 우리는 재판관으로 자처하고자 하는 사람들에 대해서 반감을 갖고 있었던 것이다. 이런 말을 나는 드 K…… 씨에게 수줍은 태도로 조심스럽게 말했다. 그는 고위층에 있는 사람들은 그런 것은 아랑곳하지도 않는다는 뜻의 몸짓을 해 보였다.

나는 물을 불 위에 올려놓고 단호한 목소리로 사람들이 모두 의기소침해 있는 이유가 무엇이냐고 물었다. 극장에서 일어난 사건들은 넘어가더라도 (지금이라도 그 사건들이 어떤 가치를 띠고 있는지 제대로 따져볼 수는 있지만) 우리가 확신할 수 있는 사실이 무엇인지, 다시 말해서 상식 있는 사람으로 하여금 희망을 갖게 하거나 두려움을 지니게 하는 사실이 무엇인지라고 나는 그에게 물었다. 그 사람은 빠르고 편안한 이인승 마차를 부탁하지 않았던가. 나는 ‘편안한’이라는 단어에 힘을 주어 말했다. 그 단어는 내 생각으로는 끔찍한 단어가 아니었기 때문이다.

“당신은 상황을 전혀 이해하지 못하고 있어요.”라고 드 K……씨가 말했다.

그리고 그는 길게 숨을 내쉬었다.

“어제저녁.” 하고 그는 말했다. “아니 정확하게 말해서 조금

전에, 왜냐하면 그 일이 일어난 지 불과 몇 시간밖에 지나지 않았으니까, 당신은 내가 그 무시무시한 사람과 한밤중에 떠나는 것을 보았지요. 나는 당신이 나에 대한 우정상 그걸 보고 걱정했으리라고 믿고 싶소. 하지만 당신이 빅토르 위고 같은 사람의 재능이 있었다 하더라도 내가 곧 어떤 시련을 겪었는지는 도저히 상상할 수 없었을 게요. 우선 그 사람을 추종하는 광신자는 내 구두 뒤축에 대해 시종 호랑이처럼 으르렁거리는 소리를 내며 불평을 해 대는 게 아니겠소. 강철 같은 팔목에 붙잡혀 내 팔은 지금도 시퍼렇게 멍이 들어 있소. 그리고 당신이 보는 앞에서 그 사람이 예의 바르게 행동했어도 곧 나는 그 사람이 가자고 하는 곳으로 가지 않으면 안 되었던 거지요. 나는 내 손으로 그로냐르의 집 대문을 두드리고, 이웃 사람들이 다 듣고 알아볼 정도로 내 자신이 직접 사람들을 불러야 했고, 그 추위에도 구경하려고 열린 창문이 스무 개는 되었는데, 좌우지간 사람들이 보는 앞에서 나는 그 말투가 상스러운 마차 임대업자의 거절을 몸소 당하지 않으면 안 되었던 거요. 그런데 이 자는 나를 보고는 그렇게 소란스러웠다가도 조제프 씨의 이름을 듣자마자 곧 조용해지더군요."

"그 정도였기에 다행이라고 말할 수 있을지 몰라도 내게는 정말 좋지 않았소. 하지만 나는 어떤 곤란한 일도 끝까지 참고 견디지 않으면 안 되었소. 그러니 당신을 놀라게 할 일이 아직 끝난 것은 아니랍니다. 나는 사람들을 따라 마구간에 가서 도저히 피할 수 없는 권유에 떠밀려 내 자신이 이인승 마차를 선택하지 않을 수 없었소. 그리고 내가 어떤 것을 선택해야 했는지 당신이 알기라도 한다면! 그 마차라는 것이 엄숙한 견진성사 날 면(面)의 경계에 예하를 만나러 갈 때 타는 마차였단 말이오. 그렇소! 나는 지옥 같은 권력을 나타내는 가장 명백한 표시들에 짓눌렸던 거요. 그 권력이라는 것이 그 사람이 갖고 있는 권력이 아니라 그가 속해 있는 조직, 아마 그 사람이 그 속에서 우두머리일지도 모르는 조직의 권력이란 말이죠. 나는 이 모든 것이 미리 빈틈없이 짠 계획이라는 것을 분명히 느꼈다오. 비록 내가 우리 모두를 위협하는 위험을 겪었고 지금도 겪고 있지만 그 와중에서도 내가 털끝 만큼도 냉정함과 판단력을 잃지 않았다는 것을 당신이 제발 믿어 주었으면 하고 나는 바라고 있소. 우리는 망했소! 이건 내 입으로 하는 말이오."

숨이 찼는지 그는 잠시 쉬었다. 나는 특히 그 사람이 바로 오늘 내게 방문하겠노라고 한 약속을 생각하니 정말 매우 난처했다.

드 K…… 씨는 하던 말을 계속했다.

"내 고통은 아직 끝난 것이 아니었소. 이인승 마차는 세 필의 말을 달고 나왔지요. 이 때문에 포도 위에 소리가 났는데, 내가 아까 창이 스무 개나 열려 있었다는 말을 했던가요? 오십 명도 더 되는 사람들이 창가에서 무슨 일이 일어나고 있는지 보고 있지 않았다면 나는 그 자리에서 움직이지 않았을 것이오. 그런데 그로냐르가 팔을 뻗어 들고 있고 그 광신자가 내 코 밑에다 대고 흔들어 대는 등 때문에 주위가 환하게 밝혀져 있는데 그들이 나를 마차에 태우는 것이 아니겠소? 이봐요, 당신에게 말한 그대로 모든 사람들이 보고 있는 자리에서 말이오. 그 악마는 내 옆에 앉고, 우리는 출발했다오. 다시 말하지만 별의별 생각을 다하고 있는 오십 쌍도 넘는 눈들 앞에서 말이오. 카브로와 마부는 좌석에 앉아 끔찍한 소리를 냈다오. 그리고 새벽 네시에 사람의 그림자라고는 하나도 보이지 않는 길 위에서 그 조잡한 포도 위에서 새 편자를 박은 세 마리의 말이 시종 앞발로 땅을 걷어차면서 마치 북처럼 울려대는 그 '믿기 어려운' 말발굽 소리는 당신은 생각도 할 수 없는 것일 게요. 바로 우리는 그렇게 있었던 것입니다!"

"그것으로 끝난 것이 아닙니다. 물론 말하기는 무엇하지만 말입니다. 당신에게 털어놓지만 나는 경계표처럼 꼼짝않고 있었소. 그런데 살다 보면 기묘한 순간들이 지나기도 하는 법이지요. 문화와 지성이란 중요한 경우에는 쓸모없고 결점이 되기도 하지요. 내가 무엇을 생각했는지 말할까요? 그래요, 내가 생각했던 것은 피네롤,[13] 철가면, 이프의 성채, 바스티유 감옥이요. 아! 그들은 당신을 틀에 박힌 단조로운 일에서 떼어 놓는 재능을 갖고 있어요. 그러나 내가 기대하고 있었던 것은 아름다운 일은 아니었지요. 바로 그때 그 악마 같은 자가 말을 하더군요. 그 일이 지금 내가 당신에게 말한 바와 똑같이 일어나지 않았다면 나는 당신 의자에서 지금 당장 죽어도 좋소. 그 사람은 자기 손을 '다정하게' 올려놓으면서 당신이나 물론

---

13) 이탈리아 북부에 있는 요새 도시로 16세기와 19세기 초에 여러 차례에 걸쳐 프랑스의 영토가 되었는데, 이곳의 감옥에는 국사범이 감금되었다. 푸케, 로쟁, 철가면 등이 이곳에 투옥되었다.

나 같은 사람을 제외하고는 거기서 완전한 명령조의 어조를 느끼지 못할 터이지만 그러한 명령조의 목소리로 말했는데 그 말 하나하나는 내가 숨을 거둘 때까지 내 넋 속에 영원히 새겨져 있을 것이오. 그 자는 이렇게 말했소.

'나는 내 곁에 상식 있는 사람이 하나 있었으면 하고 바라고 있었습니다. 앞으로 여론을 흥분시킬 일이 생길 텐데 이 일에 대해서 여론이 제멋대로 지껄여서도 안 되니까 당신이 이 일이 도덕적으로 어긋나지 않는다는 것을 보증할 수 있는 증인이 되어 주십시오. 당신이 그 일에 수고를 해 주십시오. 나는 곧 매우 훌륭한 젊은 여자 한 사람을 '납치'해서 나를 든든하게 지지해 주는 사람들이 있는 도청 소재지로 데리고 가서, 이런 일에는 통상적으로 있는 유예 기간을 기다리지 않고 곧 결혼할 작정입니다. 당신은 이 자리에서 이 모든 일이 더할 나위 없이 품위 있게 이루어졌다는 것을 보증해 주십시오.' 그리고 그는 이렇게 덧붙였습니다. '내가 당신에 대해 품고 있는 신뢰를 잃지 않으면 좋겠소.'라고 말입니다. 그 말 그대로요! 내가 말을 다 하지 않아도 당신은 내 말을 이해하겠지요."

나는 드 K…… 씨에게 내 자신의 생존이 관련될 때는 말을 다 듣지 않아도 잘 이해할 수 있다고 단언했다.

"물론이죠."라고 그는 말했다! "당신도 어떤 사람 일인지 이해하셨지요. 바로 그겁니다. 우리는 로가시옹의 막다른 골목에 갔습니다. 카브로 할멈이 마치 성골함(聖骨函)이라도 되는 듯 드 M…… 양을 모시고 나왔소. 드 M…… 양이 마차에 오르고 있는 동안 그 사람들은 나를 다른 쪽 문으로 내리게 하더군요. 솔직히 말해서, 밤의 조화였든지 아니면 어떻게 꾸몄는지 몰라도 언뜻 보기로 드 M…… 양은 매우 매력적으로 보이더군요. 게다가 나는 침착하게 그녀에게 몇 마디 말을 슬쩍했지요. 내가 착각한 것이 아니라면, 그 여자는 행복의 절정에 있더군요. 내가 그 여자를 그렇게 대하니까 그 남자에게도 아주 좋은 효과가 일어나더군요. 이 남자는 우리가 결코 그의 계획을 방해하지 않는 신중함을 갖는다면 아마 위험한 인물은 아닐 것 같더군요. 그는 내게 이렇게 말했습니다. '축하합니다 부인 하고 말해 주십시오.'라고요. 나는 전적으로 그렇게 했습니다."

"그들은 떠났습니다. 카브로와 그 여편네는 자기 집으로 들어가고 마치 더러운 속옷 꾸러미라도 되는 양 내 코앞에 대고 문을 쾅 닫더군요. 그러고 나서 나는 이렇게 여기에 와 있는 것입니다."

4장

그다음 날 바다가 실컷 들이켜고는
모래 위에 게워 놓은 부하들의
시체가 즐비한 숙명의 해안을 거닐며……

—키릴 터너 『무신론자의 비극』

드 K…… 씨가 커피를 다 마신 다음 코트를 걸치고 다른 곳으로 도망치듯 가버리자마자 나는 서둘러 옷을 입었다. 더 이상 자고 있을 때가 아니었다. 상상력의 나래를 펼치지 않더라도 사건은 중대했다. 그 '교활한' 남자가 그날 나와 면담하러 온다는 사실을 잊어서는 안 되었던 것이다.

나는 꽤 냉정한 사람이었다. 나처럼 어쩔 수 없이 빈손으로 재산을 모아야 하는 처지가 되면, 귀족이나 영지를 상속받은 사람들과는 달리, 영혼은 굳어지게 마련이다. 나는 평소 부엌 살림을 두고 있는 설거지 하는 조그만 방에 가서 선반을 쭉 둘러보았다.

나는 누구에게도 거짓말이라는 꼬투리를 안 잡히고도 설탕, 쌀 심지어는 계피가 떨어졌다고 안심하고 말할 수 있는 형

편이었다. (날씨가 추웠던 터라 데운 포도주를 만들어 마시고 싶었다. 보다시피 나는 아무것도 소홀히 하는 법이 없었다.) 이러한 이유로 나는 아침 이른 시각부터 두 곳의 식료품점과 약국을 갈 수 있었다. 물론 나는 어느 가게를 가야 할지 알고 있었다. 주위를 돌아보기 위해서 그리고 빈틈없이 일을 처리하기 위해서 나는 우유 통을 버리기로 했다. 나는 우유 통을 물 버리는 곳 가장자리에서 부순 다음 그 조각들을 신문지에 쌌다. 그리고 이 조각들을 증거품으로 가지고 갔다.

그날 아침 마을이 밝은 모습을 띠고 있었다고는 말할 수 없을 것이다. 겨울을 통틀어 가장 암울한 낮이 준비되고 있었기 때문이다. 밤새 분 바람 때문에 하늘에는 석탄같이 시커먼 구름이 쌓여 있었다. 거리에는 인적이 없었다. 이 때문에 마을의 황량함이 한결 더했다. 그 후 안 일이지만 무도회는 이럭저럭 새벽 다섯시까지 끌었다고 한다. 마을 사람들 반은 족히 여전히 자고 있었을 것이다.

문을 연 상점 몇몇은 석유 램프를 켜놓고 있었다. 나는 우선 마르슬랭 씨 상점으로 갔다. 나는 어떻게 처신해야 할지 잘 알고 있었다.

찬바람 때문에 딱딱하게 굳은 진흙에는 색종이 조각과, 벌레처럼 꿈틀거려 눈에 거슬리는 색종이 테이프 조각들이 여기저기 박혀 있었다. 보도 위에는 사람들이 버린 온갖 종류의 코티용[14]의 소도구, 즉 가짜 코, 후작이 쓰는 모자 그리고 그

---

14) 네 사람 또는 여덟 사람이 함께 추는 춤의 일종, 혹은 무도회 마지막에

안에 숨을 불어넣으면 한 뼘 되는 긴 혀가 낼름 튀어나오는, 시어머니 혀라고 부르는 수염 난 갈대피리 등이 난잡하게 흩어져 있었다.

마르슬랭 씨는 카운터에 있었다. 특히 그런 날 아침에 그가 나와 있지 않았더라면 나는 놀랐을 것이다. 그는 짐짓 예의바르게 내게 설탕이 떨어진 것을 믿는 척하면서 큰 망치를 들고 설탕 한 덩어리를 깨뜨렸다.

마르슬랭 씨는 죽을 때까지 (나는 적어도 이십오 년 동안을 그와 알고 지내며 그의 가게를 드나들었다.) 여론의 대변자였다. 말하자면 그는 여론의 진원지라고 할 수 있었다. 아침 아홉시에 마르슬랭의 의견을 듣는 것은 내게는 참모의 훌륭한 보고를 듣는 것과 다름없었다.

나는 마르슬랭으로부터 그 소식이 벌써 도시를 세 바퀴나 돌았다는 말을 들었다. 아울러 나는 대수롭게 보이지 않던 내 생각 중의 하나가 옳았음을 확인했다. 사람들은 특히 (그리고 거짓없이 순수한 동의로 기울어지는 듯한 신중함을 지니고) 그 사건의 처음부터 끝까지 드 K…… 씨가 현장에 있었다는 사실과 거기서 그가 보인 행동이 '적절한' 것이었다고 논평했다. 물론 이 문제에 대해서 서민들이 보인 놀라움은 거의 문제가 되지 않았다. 나는 머지않아 사람들이 그 일의 공을 드 K…… 씨에게 (그리고 어쩔 수 없이 그의 파에 속하는 몇몇 사람들에게) 돌리리라는 것을 예측했다.

모두 함께 추는 춤.

나는 조제프 씨의 노련한 솜씨에 탄복하며 가볍게 휘파람을 불었다. 나는 그의 수완에 감탄해마지 않았다. 그것은 제일급에 속하는 일이었다.

이런 말을 해도 믿을지 모르겠지만 앞으로 있을 면담에서 내가 바야흐로 그처럼 운이 좋고 탁월한 수완을 가진 사람을 만나게 된다는 사실이 힘을 붙돋워 주었던 것이다. 나는 좀처럼 지지 않는 사람이다. 나를 가장 냉담하게 만드는 것은 평범함(드 K…… 씨의 허장성세와 쉽게 겁을 집어먹는 태도)이라고 나는 생각한다.

"우리 집에서 산 이 설탕 덩어리……."는 하고 마르슬랭이 말했다. "좀 크기는 큽니다. 이런 질문을 드려도 실례가 안 된다면 물어보아도 되겠습니까? 당신은 이 설탕 덩어리를 무엇으로 부수지요?"

"나무로 된 절구공이로 부수지요. 겨울밤에 심심파적으로 칼로 깎은 것입니다."라고 나는 그에게 대답했다.

"그건 정말 불편한 일입니다."

나는 그에게 숨쉴 틈을 주었다.

"조그만 망치를 하나 사 두시는 게 좋을 겁니다."라고 그가 계속 말했다. "후회하시지 않을 겁니다. 쥘르 집에 가 보세요. 그 집에 그런 망치들이 있습니다."

나는 그의 말을 명심해 들었다.

쥘르는, 내가 이내 알아차린 것처럼, 여러 가지 일을 알고 있었다. 그는 늘 마르슬랭보다는 훨씬 더 솔직한 데가 있었다. 그는 세련되지 않은 빈정거리는 어투로 나와 내 조그만 망치를 놀려 댔다. 하지만 나는 천사와 같은 인내심을 지니고 있었기 때문에 그는 내게 그 일에 대해 자신이 원하는 것보다 훨씬 더 많은 것을 가르쳐 주었다.

모두가 이젠 쥘리라 부르지 않고 드 M…… 양이라 부르는 (이것은 의미심장한 일이었다.) 여인을 납치하는 자리에 드 K…… 씨가 있었다는 사실을 강조했다. 그로냐르와 그의 이웃들은 이 사실을 나발 불고 다녔으며 카브로 부부도(이 점에 대해서는 여러분들도 나처럼 주목해야 하는데) 아침 여섯시부터 술집이며 길거리에서 이 사건을 떠들고 다녔다. 아울러 한 가지 지적해 둘 것은 카브로 부부는 에퀴나 루이가 아니라 기껏해야 사십 수짜리 동전이나 왕왕 프랑이나 십 상팀짜리 동화(銅貨)로 술값을 치렀다는 사실이다. 이 모든 일에는 송진 냄새가 역력하게 풍겼다. 카브로 부부가 이 일 때문에 사람들한테서 술을 얻어먹었다고 주장할 수도 없었고, 아니면 적어도 그러한 사실을 증명할 수도 없었다. 사람들 말로는 이때 드 M…… 양은 여왕처럼 옷을 차려 입었으며 드 K…… 부인이 '정성스럽게'(나는 이 표현을 강조하겠다. 쥘르가 이 표현에 힘을 주어 말했기 때문이다.) 거들어 주었다는 것이다. 쥘르는 사륜 마차가 출발했을 때 그 귀부인들(여기에는 P…… 부인과 드 S…… 부인이 끼여 있었는데)이 어떻게 비장한 감정을 토로했는지도 생생하게 그려 보이기도 했다. 그리고 이 귀부인들은 감동에 북받쳐서 집에 돌아가서도 코르셋을 풀지 않은 채 침대 위에서 계속 흐느껴울더라는 것이다. (이 말은 믿어도 된다. 만일 이 귀부인들이 그 소문을 들었다면 말이다.) 쥘르는 이 사실을 미셸에게서 들었다고 한다. 미셸은 완전히 제정신이 아닌 드 K…… 부인만을 집에 데리고 간 다음 새벽 다섯시가 되어서 야 마차에서 말을 푼 것 같았다. 쥘르는 내게 주인공인 조제 프 씨와 드 M…… 양에 관한 일을 언급하기 전에 상류 사회 인사들 전체에 관한 소문을 전해 주었다. 이에 따르면 상류 사 회 인사들은 이 일에서 저마다 가장 중요한 역할을 했다고 하 며, 쥘르는 그들이 실제로 한 말을 인용하기도 하고, 부정할 수 없는 증거들을 제시하기도 하면서 그 사건이 이들이 보는 앞에서 진행되었다고 덧붙였다. 믿지 못할 것을 믿어야 하고 '아멘' 하고 말할 도리밖에 없었다.

진상을 완벽하게 알기 위해 약국과 그릇 가게에 갔지만 나 는 더 이상 들을 것이 없음을 깨달았다. 우유 단지를 깨뜨리 지 않아도 됐을지도 몰랐다. 하지만 후회하지는 말자. 필요한 것은 필요한 것이니까 말이다.

나는 집에 돌아와 방을 조금 정돈했다. 그러나 꼭 필요한 만큼만 정돈했다. 이것은 여자들에게는 이해시키기 힘든 일이 다. 여러분들이 이런 종류의 사람처럼 행동한다면 여러분들 의 재산은 언젠가는 한 조각의 검(劍)처럼 생긴 치즈, 한 자루 의 깃털비 아니면 필요 없는 빗자루 때문에 거덜 날지도 모른 다. 빈틈없는 살림은 일종의 가면, 게다가 투명한 가면이다. 홀 륭한 적수는 늘 이것을 가지고 당신을 멸시하는 꼬투리로 삼 을 것이다. 여러분들은 이렇게 해서 적수에게 여러분들의 거 짓 행위의 의미를 송두리째 드러내 보이는 것이다. 이보다는 태만함을 해석하기가 훨씬 어렵다. 그런 데까지 생각이 미치는 사람이 어디 있겠는가?

조제프 씨는 분명 내 책상 위에서 법률 서적 몇 권쯤은 보고 싶어할 것이다. 나는 솜씨 좋게 책 두 권을 놓았다. 세 권이라면 그를 자극할지도 몰랐기 때문이다. 압지 위에는 진행 중인 일감은 아무것도 올려놓지 않았다. 그는 이런 날 내 관심은 다른 데 있다는 것을 잘 알고 있었다. 그는 틀림없이 나의 철철 넘치는 성의를 살필 것이다.

책상을 정돈한(심지어는 오래된 잉크병까지) 다음 내게 남은 것은 조제프 씨를 위해 그가 기대하고 있는 예의를 차리는 일이었다. 그러한 일에 대해 서로 굳이 이야기할 필요는 없었다. 그가 언젠가 나를 간파했음은 의심할 여지가 없었다. 어제 저녁에 (아니 정확히 말하면 오늘 새벽 한시에) 그가 한 말은 내게 시사하는 바가 있었다. 그리고 그도 알고 있었다. 그가 그 말을 한 것은 나를 알고 있다는 사실을 알리기 위해 고의로 한 것이었다.

조제프 씨는 분명 내가 스페인식으로 사랑을 고백해 주기를 기대하고 있었을 것이다. 나도 그러고 싶었다. 그렇기 때문에 나는 벽난로 위에 깨끗한 접시 하나를 올려놓고 그 안에 약간의 잔돈, 단추, 불을 붙이는 데 쓰는 짧은 심지 몇 개, 가난하지만 점잖고 소박한 욕구를 충족시키는 거추장스러운 생필품들을 담는 수고를 했다. 나는 어렵지 않게 서랍 속에서 의심스럽기는 하지만 구멍이 또렷하게 난 양말 하나를 찾아냈다. 나는 구멍 곁에 적당한 길이의 무명실을 꿴 바늘 하나를 꽂아 두는 재능도 발휘했다. 나는 이 양말을 서랍장 구석 추시계의 추로 사분의 삼 정도 가려지게 놓았다. 이 추는 투명하기 때문에 양말은 약간 흐리게 보일 것이다.

나머지 부분에 대해서는 군대식으로 살림을 꾸몄다. 하기야 사각형의 침대는 거기서 잠자는 일 이외의 다른 일을 하리라곤 생각할 수 없는(과연 그런지!) 것이었다. 그리고 나는 이 년 동안 굴뚝 소제 한번 하지 않은 벽난로를 정성스럽게 다루면서 한 시간 이상을 들여 아궁이에 조금씩 조금씩 불을 '활활 타오르게' 지폈다(나를 사람들이 냉혈한이라고 여기고 있으니까). 그다음 나는 매우 인상적이고 훌륭한 숯 꾸러미를 하나 갖다놓았다.

나는 조제프 씨가 저녁이 되기 전에 오리라고는 기대하지 않았다. 과연 그는 저녁 다섯시에 내 문을 두드렸다. 비를 맞아 무겁게 보이는 그의 외투에서는 김이 피어올랐다. 그는 편안한 상태가 되기 전까지는 한마디 말도 하지 않았다. 그는 내가 내놓은 안락의자에 앉고서는 불 쪽을 향해 두 다리를 쭉 뻗었다. 그는 내가 이제껏 보지 못한 훌륭한 장화를 주목할 수 있게끔 시간을 끌었다. 이 장화는 외국에서 제조된 것이 틀림없을 듯한 세련되고 부드러운 가죽에 진흙 하나 묻지 않은 번쩍거리는 구두였다.

"당신은 놀랐을 겁니다."라고 그 교활한 사나이는 말했다. "당신에게 기꺼이 의견을 구하러 이런 을씨년스러운 날씨에 십 리 길을 온 것을 보고 말입니다."

그는 잠시 쉬었다가 다시 입을 열었다.

"……당신은 방금 내가 한 말이 무엇을 의미하는지 알 겁니다. 그 말을 우리의 대화의 제사(題詞)로 삼읍시다. 사실 자만심이 강한 사람들은 대부분 이런 일을 보고도 놀라워하지 않겠지요, 안 그렇겠습니까? 나는 당신 아버지뻘이 될 수도 있고 또 내가 이곳에 오기 전에 있었던 곳은, 당신도 아시다시피, 외풍을 막아 주는 안락한 거실들이 없지도 않은 집입니다 (더욱이 그 거실들 중의 한 곳에서는 지금 드 M…… 양이 나를 기다리고 있지요). 당신이 놀라워하는 것을 다행스럽게 생각합니다. 그리고 나는 당신과 갖는 이 면담을 당신의 통찰력에 대한 경의로 여기고 있습니다."

그는 내게 드 M……에 대해 이야기해 달라고 부탁했다.

"모든 사람이 알고 있는 것이 아니라……." 하고 그는 덧붙였다. "'당신'이 알고 있는 것을 말입니다. 사실이 아니라 그 사람들이 당신에게 가르쳐 준 것을 말이죠. 내가 원하는 것은 당신이 지니고 있는 견해입니다."

나는 그에게 우선 앞에서 내가 한 것과 거의 똑같은 코스트가(家)의 내력부터 이야기하기 시작했다. 이 이야기를 하면서 나는 내 자신이 품고 있는 몇몇 감정과 당시 이해하기 어려웠던 감정, 그러니까 이른바 '좋은' 감정이라 할 수 있는 (만일 코스트를 모른다면) 그런 감정을 감추려고 애썼다. 하지만 이른바 '나쁜' 감정에 대해서는 아주 분명하게 말했다.

"당신을 불시에 습격하는 것은 불가능한 일일 겁니다."라고 그는 내게 말했다. "그래서 나는 기쁩니다. 왜냐하면 나로서는 당신을 습격하는 것이 중요한 게 아니라 내 자신이 다른 사람들이 당신을 습격하지 못하도록 대비하는 것이 중요하니까 말

입니다. 당신 책상 위에는 당신이 뒤져 보지 않아도 되는 법률
책이 놓여 있군요. 나는 당신이 베르사이유 열차 사고로 기사
령의 드 M……이 사망했을 때 그 유산을 귀속시키는 방식에
대해 충분한 여유를 갖고 보고 있다고 생각하고 있습니다."

나는 그에게 실상 드 M……의 유산의 귀속 문제는 파리의
행정관들이 결정한 것이며, 이들은 당시의 상황을 아주 세심
하게 살핀 다음 사망자의 연령과 특성에 관해 법률이 정한 것
과 달리 클라라의 시신의 반이 부서진 문 사이에 끼여 있었으
므로 그 여자가 마지막으로 죽은 것으로 간주되어야 한다는
결론을 내렸다고 대답했다. 나는 확고하고 내가 특히 좋아하
는 토대 위에 서 있었다. 아울러 나는 파리에 있는 기사령의
채권자들이 지금은 아무것도 남아 있지 않은 영지에 대해 한
다행스런(그들의 관점에서 보면) 계획에 대해 말해 주었다.

"청렴 결백한 변호사 P…… 씨." 하고 그가 말했다.

그는 잠시 말을 멈췄다. 그래서 내가 어리석게도 대답하려
고 하는데 그는 다시 말을 이었다.

"나는 질문한 게 아니라 사실이 그렇다는 말을 한 겁니다."

그의 말은 나 같은 죄인에게 무죄 방면을 선고한 것과 다름
없었다.

"나는 대단히 좋아합니다." 하고 그는 말했다. "금전 문제가
걸리면 객실에서 나온 시체까지 생각하게 만드는 정직성을 말
이죠. 지금 시체에 대해 이야기하고 있으니까 계속 이야기해
봅시다. 당신 집 층계에서 부는 바람이 문 아래를 지나면서
음산한 소리를 내고 있지만 말입니다."

나는 문으로 가서 문틈을 행주로 막았다.

"당신 고장 사람들은 확실히 평범하지요?"

당시 불쑥 꺼낸 이 질문을 듣는 순간 나는 숨이 막히는 것 같았다.

나는 그에게 빠른 말로 우리 고장 사람들은 어떤 경우든 그야말로 손안에 들어온 것만을 이용할 뿐이라고 분명히 말했다.

"이른바 은총이라고 하는 것이군요. 다행입니다. 따라서⋯⋯." 하고 그가 말했다. "만일 사람들이 내가 내 성을 버리고 내 아내의 성을 취한다면, 그건 내가 칭호에, 즉 귀족 성 앞에 붙는 '드'에 끌렸기 때문이라고 생각하겠군요."

"달리 어떻게 생각할 수 있겠습니까?"라고 나는 말했다.

"내가 당신에게서 찾아낼 것, 즉 사람들이 생각해서는 안 되는 것은 생각하지 않겠지요."

나는 그런 비밀은 지킬 수 없다고 항변했다.

"그렇다면 당신 혼자서 찾아낸 것이라고 해야겠군요."라고 그는 얼굴색 하나 변하지 않고 덧붙였다. "나는 그것을 당신이 내 편에서 지니고 있는 비밀이라고 생각해 주기를 바랍니다."

나는 방어하기가 매우 힘든 진지 속으로 밀려 들어갔다. 나는 다른 사람의 의견에 전적으로 동의를 표할 수밖에 없었다.

"게다가⋯⋯." 하고 그는 말을 계속했다. "우리는 지금 본론에 이르렀습니다. 나는 조금 전에 정당한 권리가 있는 사람에게 분명히 말했습니다. 당신에게 내 일을 맡기고 싶다고 말이지요. 그 사람은 처음에는 이해하지 못하더군요. 하지만 조금

지나선 내 선택이 잘된 것이라고 나를 치하해 주었습니다. 그러니 내 요구를 법무장관에게 제출해야 할 사람은 바로 당신입니다. 어떤 서류를 갖추어야 할까요?"

나는 구명 튜브에 달려들듯 내 직업에 달려들었다. 나는 부부의 호적 초본과 결혼 증서를 열거했고 경솔한 사람인 듯한 인상을 주지 않기 위해서 시기 적절하게 그가 드 M……이라는 성만을 취할 것인지 아니면 거기에 자신의 성을 덧붙일 것인지 물어보았다.

"내 성을 덧붙이면 혼란을 줄 우려가 있습니다. 그러니 그것은 떼어 버리죠."라고 그가 말했다.

그렇게 해서 나는 십 분가량 그리고 법에 의지해서 (나는 법이 과연 안전을 보장해 줄 수 있는지에 대해선 꽤 회의적이었다.) 말할 기회를 얻었다. 나는 일체의 일을 떠맡겠노라고 그에게 말했다. '법적인 고시'라든가 '관보'와 같은 것은 내가 몹시 좋아하는 것이었다. 그는 최고 행정재판소도 예고를 받았고 장관의 판결은 의심할 바 없다고 말했다.

"청원서에는……." 하고 나는 말했다. "내세울 만한 이유가 들어 있어야 합니다."

"그 이유를 내세우세요."라고 그가 말했다.

그리고 그는 내가 눈을 둥그렇게 뜨고 한마디 하려는 것을 보자 덧붙였다.

"자유롭게 살고 싶어서 그렇다고 하시지요. 말을 조심스럽게 써서 제시하면 꽤 적절하게 보일 겁니다."

나는 그가 그리 쉽지 않은 일의 일부를 내게 맡기면서 나에게 책임을 지우고 싶어 한다는 것을 눈치챘다.

그는 몸을 일으키고는 내게 손을 내밀었다.

"우리는 이렇게 해서 공범이 된 거요."라고 그가 말했다.

그의 부드러운 눈은 내 시선을 몹시 끌었다.

나는 무척이나 얼떨떨한 상태에서 그가 외투를 입는 것을 도와주었다. 비에 젖은 모직 외투는 여전히 무거웠고 손에 들어 보니 꽤 무게가 나갔다. 그의 어깨까지 외투를 덮어 주기 위해서 나는 발끝으로 서지 않으면 안 되었다.

5장

내 아들아, 하느님은 알고 계신다.
어떤 우회로를 통해서,
어떤 우여곡절을 겪고 나서
내가 이 왕관을 쓰게 됐는가를.

─셰익스피어, 『헨리 4세』

조제프 씨, 법률상으로는 드 M…… 씨의 전체적인 성격을
아는 데 내게는 여러 해가 필요했다.

나는 방금 말한 시기부터 조제프 씨의 생활에 깊이 관여했
다. 설사 그와 헤어지고 싶어 했더라도(그런 일을 생각해 본 적
은 한번도 없었지만) 그가 끊임없이 나에게 맡긴 온갖 일에서
손을 떼었더라면 나는 분명 금전적으로 커다란 손실을 당했
을 것이다. 그가 내게 맡긴 일은 이곳 말로 하면 사 수짜리 일
이었지만 그는 십 수를 지불했고, 특히 그의 보수에는 한결같
이 정신적으로 사람의 힘을 북돋는 것이 있었다.

그는 내게 끔찍한 사고로 죽은 자들, 정신병자들 그리고 실
종자 투성이의 드 M……가(家)의 복잡하게 얽힌 유산의 종
적을 좇는 일을 맡겼다. 나는 말하자면 상근 직원이었다. 아니

정확하게 말해서 그는 내게 늘 '흡족할 만큼' 정기적으로 급료를 지불했다. 왜냐하면 비록 처음에 내가 그에게 제출한 보고서에는 희망의 기미가 조금이라도 엿보였지만 나는 그가 나를 자기 사무실에 맞아들이는 방식에서나 내 말을 듣고 나를 돌아가게 하는 방식에서나 그로 하여금 무엇인가 희망을 품게 할 필요가 없다는 것을 이내 깨달았기 때문이다.

나는 인간의 본성을 잘 알고 있는 터라 처음에는 나의 복종을 통해 그가 얻는 이득을 생각하지 않을 수 없었다. 이 남자가 여전히 아주 교묘한 솜씨로 상류 사회를 위협하고, 서민들의 사랑을 받기 위해서 풍부한 미덕을 베풀고, 사랑하는 마음을 일으키거나 두려움을 일으키는 그의 힘 앞에서도 당당한 나를 보고 돈을 쓸 수밖에 없게 되었다는 그런 생각을 할 때마다 나는 자부심이 솟구쳐 오르는 것을 느낀 적이 한두 번이 아니었다. 그러나 그는 나의 착각을 깨우쳐 주기 위해서 결코 아무짓도 하지 않았다. 나는 혼자서 내가 착각하고 있다는 것을 조금씩 조금씩 깨달았다.

나는 이렇게 해서 폴란드의 풍차의 가족의 일원이 되었다. 그런데 그것은 내게만 해당되는 일은 아니었다. 여기서는 일종의 외교적인 면담과 같은 것이 이루어졌다. 즉 처음에는 사람들이 이 괴물의 호감을 사고 명령을 받기 위해서나 아니면 안식처를 구하기 위해서 왔다. 그다음 사람들은 취향이나 정신적인 흥미 때문에 이곳을 계속 찾아왔다. 그렇게 하다 보면 습관이 들게 되어 결국 사람들은 완전히 그에게 예속되고 마는 것이었다.

내 형편은 완전히 안정되었다. 이것은 조제프 씨 덕분이었고 누구에게도 의심할 여지가 없는 일이었다. 드 K…… 부부도 결국은 내 지시에 따랐고 나는 내 등뒤에서 사람들이 이빨가는 것을 느껴도 대수롭지 않게 여길 수 있었다. 이제 폴란드의 풍차에 도착할 때마다 더할 나위 없이 감미로운 자부심의 감로주를 맛보기 위해 나는 큰 거실 안으로 들어서기만 하면 되었다. 훌륭한 사교계가 송두리째 거기에 있었고, 사람들은 서로 앞을 다투어 이 집 주인들의 마음에 들도록 행동했으며, 그 여파로 내 마음에도 들도록 행동했다. 이때는 조제프 씨가 "자 안에 들어 갑시다, 친구여." 하고 나와 팔짱을 끼는 시절이었다. 이것은 결코 가볍게 보아서는 안 될 일이었다.

조제프 씨는 그야말로 눈부실 정도로 세련된 예절로 사람들을 대했다. 정말 그렇다. 사람들의 눈은 모두 여기에 현혹되었다. 그러나 나는 그가 이 사람들을 별로 높게 평가하고 있지는 않다는 것을 알고 있었다. 그가 그렇게 한 것은 단지 사람들이 자기 아내를 존경하게끔 하기 위해서였던 것이다. 그는 그들을 손발이 꽁꽁 묶인 상태로 자기 아내의 무릎 앞에 데리고 갔다. 그들은 마치 끈끈이에 달라붙듯 지금 이 땅과 이 벽들에서 풍기는 기막히게 훌륭한 분위기에 사로잡혀 있었다. 이들에게 폴란드의 풍차에 오지 않는 것은 유형(流刑)의 삶을 사는 것과 다름없는 일이었을 게다.

폴란드의 풍차에서 이루어진 역사(役事)는 기적과 같은 일이었다. 조제프 씨는 자신에게 필요한 갖가지 선의를 지니고 있었다. 그는 믿을 수 없는 술책을 써서 고장 전체를 통해 가장 이름난 농부 한 사람이 폴란드의 풍차에 정주하기로 결심하도록 만들었다. 조제팽 뷰를르가 심지어는 소작료가 아니라 '절반 값으로' 땅을 경작했을 때 사람들은 지구가 지금도 둥근지 아닌지 의아해했던 것이다! 나는 머리 위에서 커다란 단장이 내는 획획 거리는 소리라도 들은 듯 어깨를 굽혔던 사람들을 알고 있다. 사람들은 즉시 뷰를르가 평소에는 하지 않았던 (물론 생각해 보지도 않았던) 공사를 하는 것을 보았다. 이 모든 것 위에는 예의 우두머리가 군림하고 있다는 사실을 모르는 사람은 없었을 것이다.

내가 이틀 이상 계속해서 폴란드의 풍차에 오지 않는 일은 한번도 없었다. 그리고 올 때마다 그 외관이 놀라울 정도로 변한 것을 보았다. 코스트도 피에르 드 M……도 자크도 배경을 생각해 본 일은 없었다. 조제프 씨는 자작나무 숲속에 오솔길을 내게 했다. 그렇게 해서 연못은 오솔길 끝에서 반짝거리며 빛나기 시작했다. 그는 빨리 자라는 나무들, 특히 이태리 포플러나무를 심게 했다. 그러나 이런 나무들은 이 고장에서 그렇게 하듯 길가에 듬성듬성 심긴 게 아니라 조그만 숲을 이루게끔 심겼다. 이러한 일은 물론 장시간을 요하는 작업이었다. 하지만 나는 그와 동시에 땅의 어떤 부분들이 뷰를르의 수고로 여러 그루의 포도며, 밀이며, 호밀이며, 자두며, 귀리로 걷게 되거나 초록빛으로 변하는 것을 보았는데 이 때문에 나는 이곳을 처음 찾을 때마다 삽으로 엎어놓은 새 잔디밭이나 쇠스랑으로 광주리처럼 쌓아놓은 풀 더미들을 피해 돌아가야 했다.

집은 우윳빛 같은 석회로 눈부시게 단장되었다. 외벽의 나무벽은 약간 진한 초록빛 페인트로 칠해졌고, 둥근 기와를 쌓아올린 소벽(小壁)은 다시 톱니모양이 나게 정비되었으며, 테라스에 여러 해 동안 방치해 두어 양탄자처럼 쌓인 낙엽은 말끔하게 치워졌다.

하지만 조제프 씨가 그처럼 사람들을 유혹하는 함정을 만든 것을 그의 너그러움 때문이라고 생각해서는 안 된다. 그가 카브로네 집 자기의 작은 방을 우리의 '원로들'로 채우려고 마음을 먹었더라면 힘들이지 않고 그렇게 할 수 있었을 것이다. 핀셋을 들 필요도 없었다. 그는 새끼 고양이를 잡아채듯 할큄을 당하거나 물리지 않고 그들의 목덜미를 덥석 잡아 자기가 원하는 곳에 놓았다. 내가 그에 대해 알고 있는 지식은 너그러움이 그의 약점이 아닐까 하는 생각을 불식시킨다. 그가 그처럼 치밀하게 유혹의 함정을 파놓았던 것은 도시의 원로들을 위해서가 아니었다. 그것은 쥘리를 위해서였다.

조제프 씨가 새처럼 빽빽 지저귀고 머리칼을 반대 방향으로 컬지게 하는 이런 사교계를 만든 것은 자기의 개인적인 이해 때문이 아니라는 것은 분명했다. 이 점에 대해 추호의 의심이라도 갖고 있는 사람이 있다면 이 집 주인이 한 주에 성대하게는 세 번, 그리고 매일매일 간소하게 여는 손님 초대에서 어떻게 행동하는가를 주의 깊게 보기만 하면 될 것이다.

조제프 씨는 눈에 띌 정도로 쾌활하게 웃음을 터뜨렸기 때문에 그의 손님들의 자만심(그들이 그토록 열망하는)을 완전히 만족시킬 수 있었다. 나는 그가 모든 것을 완벽하게 연기할 수 있다는 것을 잘 알고 있다. 희열이며, 분노며, 관심이며, 만족이며, 우아함이며, 심지어는 너그러움까지도 그는 모든 것을 착각할 정도로 연기했다. 그가 커피를 대접하듯 의식적으로 우아함을 과시할 수 있으며, 고의로 약점을 내보이는 계산도 할 수 있는 사람임을 나는 잘 알고 있다. 그러나 그가 그러한 외교적인 사업에 보이는 열성과 그의 수완의 발휘에 대해 이야기하면 할수록, 우리는 그가 왜 그러는지 그 이유를 이해하기가 점점 더 어려워진다. 그가 쥘리를 사랑하고 있으며 그녀에게 가능한 최상의 것, 특히 그녀가 이제까지 가지지 못한 것을 베풀고 싶어 한다는 사실을 받아들이지 못한다면 말이다.

따라서 조제프 씨의 그러한 행위는 사랑(이러한 감정은 나를 놀라게 하는데)의 일종이라고 생각하지 않으면 안 된다.

어느 날 저녁 (만삭이 다 된 때였는데) 쥘리는 우리 앞에서 그러한 상태에 있는 여자라면 으레 겪는 사소한 몸의 불편함을 보였다. 우리를 불안하게 한 것은 전혀 없었다. 지금 생각해 보니 갑자기 열이 오르고 몸을 조금 뒤틀었던 것 같다. 우리들은 나가 달라는 말을 들을 틈도 없이 모두 한꺼번에 문밖으로 쫓겨났다. 조제프 씨는 필요하다면 우리에게 커피 스푼이라도 삼키게 할 수 있었을 것이다. 그는 그런 일을 능숙한 솜씨로 해치웠다. 나는 아연실색했다. 재미있는 것은 이 우발적인 사건을 통해 무엇인가를 깨달은 사람이 나 한 사람밖에 없었다는 사실이다. 심지어 우리 같은 사람은 전혀 중요하지 않다는 뜻이 담긴 행동을 하면서 그가 보인 그 거리낌없고 무례한 태도를 주목한 것은 나 한 사람밖에 없었다는 것이다.

하지만 그가 무례하다고 탓한 사람은 아무도 없었다. 나도 물론 마찬가지였다.

우리는 지름길로 오르는 오솔길로 가기 위해 정원을 통과했다. 그중에는 마차로 가는 사람들도 있었고 나와 두서너 사람은 걸어서 시내로 올라갔다. 카브로(그는 이제는 폴란드의 풍차에서 상근하고 있었는데)와 세 명의 시종이 화려한 횃불을 들고 일행을 마중했다. (나는 이 수행의 의식이 이미 오래 전부터 규칙처럼 자동적으로 행해져온 것이라는 사실을 지적하련다. 따라서 그것은 예의나 친절의 표시와는 전혀 거리가 먼 것이었다. 수행은 단지 수행일 뿐이었다. 조제프 씨가 그렇게 하기로 결정한 것이었다. 횃불이든, 커피든 하등 다를 바가 없는 것이었다. 따라서 그러한 일로 일꾼들이 아첨하는 것이라고 생각했다면 완전한 오산이다.) 타오르는 불빛을 받으니 정원은 그 경계들이 사라지고 어두운 밤의 공간 전체를 차지하는 것처럼 보였다. 매 순간마다 정원은 어둠 속에서 튀어나와 화려한 광채를 발하며 이제껏 본 일이 없었던 풍요로움을 드러내었다. 모닥불이 피어오르듯 사향 향기 나는 자줏빛 장미 꽃송이들이 우리가 가는 길을 불 밝혀주었다. 싱그러운 저녁 공기는 하얀 장미나무에서 나는 복숭아 향기를 한결 더 짙게 했다. 우리들 발 아래에는 양탄자처럼 깔려 있는 아네모네, 미나리아재비, 양귀비, 붓꽃이 이해할 수는 없지만 아무튼 경이로운 그림을 펼쳐내고 있었다. 그도 그럴 것이 이제 파란색과 붉은색을 뒤섞은 갈색 횃불의 빛이 양탄자처럼 깔려 있는 이 꽃들을 그 표면이 회색빛을 발하는 노란색, 흰색 그리고 초록색으로 어우러진 화단의 한복판에 어두운 덩어리처럼 보이게 했기 때문이다. 이렇게 해서 내 자신은 스페인산의 라일락으로 이루어진 레비아땅, 수령초와 스위트피로 이루어진 맘모스, 문장(紋章)에서나 나옴직한 상상을 초월한 온갖 종류의 환상적인 동물들을 보는 듯했다. 우리들 머리 위에는 단풍나무들이 긴 가지를 좌우로 움직이고 있었고, 꽃들의 무게로 흔들거리는 아카시아나무들은 꿀로 빚은 술보다 더 사람을 취하게 하는 짙은 향기를 우리를 향해 내뿜고 있었다. 바람이 숲을 스치며 내는, 조용하긴 하지만 우리의 구두 밑에서 자갈들이 내는 소리보다는 큰 소리 때문에 나는 유순한 커다란 개들이 주위에서 우리를 경호하고 있는 것이 아닌가 하는 생각이 들기도 했다. 구두 수선공의 그 작은 키에 어울리지 않게 카브로도 무척 근엄하게 보였다(이 자가 자신의 행동에 멸시하는 듯한 태도를 섞지 않는다면 말이다. 하기야 이 자는 능히 그럴 만한 인물이었다).

나는 이 '상류 사회'를 바라보았다. 우리는 남자, 여자 합해서 스무 명가량 되었는데 모두 침묵을 지키고 있었다. 그들은 그렇게 갑작스럽게 내쫓기고 이어 횃불과 나뭇가지와 꽃의 매혹 속에 느닷없이 빠져든 것은 무엇 때문일까 하고 자문해 보고 있음에 틀림없었다. 이들이 그 모든 것을 찬미하는 이유를 자신의 내부에서 발견하는 데 그렇게 긴 시간이 필요하지 않았을 것이다. 거기에는 무엇인가 최상의 것이 있었다. 시골티가 전혀 나지 않고 귀금속으로 치장한 몇몇의 꽤 아름다운 여자들은 진정 쥘리를 부러워하고 있다는 것을 나는 알고 있다. (이것은 섬세한 문제였다. 이 점에서 나는 늘 여자들을 부러워했다. 여자들은 마치 포도 넝쿨처럼, 사람들이 그림자라고 생각하지만, 곧 이 세상에서 가장 튼튼한 뼈대임이 밝혀지는 것 둘레를 감으려 가는 매우 예민한 감각을 지니고 있기 때문이다.) 여자들은 자기네들끼리 속삭였다. 반지와 목걸이들을 압도하는 횃불은 여자들로 하여금 쥘리에 대한 조제프 씨의 꿋꿋한 애정을 선망하게 만들었다.

심지어 커다란 정문의 원형 광장에서 기다리고 있는 마차들이 눈에 들어왔을 때도 우리는 서두르지 않고 계속 말없이 그곳을 거닐었다.

가파른 비탈길을 올라가면서 나는 내 아래쪽 후방에 시선을 던졌다. 마차들은 질투와, 격해진 않지만 애달픈 선망을 품은 사람들을 싣고 좋은 땅 위에 당당하게 세워져 있는 영지를 향해 등불을 위아래로 흔들면서 어두운 길을 터벅터벅 달리고 있었다. 카브로와 시종들은 정원을 가로질러 집 쪽으로 향하고 있는 중이었다. 그들이 걷는 모습은 마치 나무 밑에서 인광을 내듯 반짝거렸다.

조제프 씨가 코스트가(家)의 운명에 대해 이야기한 적은 전혀 없었다. 우리가 처음 대면한 날 저녁 나는 그에게 자세하게 말했다. 당시 나는 다른 사람하고라면 몰라도 귀머거리에게 말을 한 것은 결코 아니었다. 하지만 후에 나는 그가 내 말 한마디 한마디에 대단히 커다란 중요성을 부여했었다는 사실을 깨달았다.

그렇지만 나는 아무리 달리 생각하려 해도 한 여자에 대해 그와 같은 방식으로 행동하는 것을 매우 유치한 짓이라고 생각하지 않을 수 없었다. 다른 곳이라면 훨씬 더 잘 쓸 수 있을 돈을 조제프 씨는 그런 식으로 쓰고 있었던 것이다. 똑같은 의지를 가지고 좋은 방향으로 나간다면 그는 이 고장의 왕도 될 수 있었다. **폴란드의 풍차**는 이제 이 지방에서 가장 많은 추천을 받는 영지로 여겨지게 되었다. 밭의 배치는 전문가들마저도 혀를 내두를 정도였다. 처음 몇 해부터 투자를 위한 막대한 금액이 내게 맡겨졌었다. 나는 감히 이 돈을 미심쩍은 사업에 투자할 수는 없었다.

조제프 씨가 나를 휘어잡아 마음대로 다루듯 어떻게 그토록 쉽게 걸핏하면 반항하는 우리 상류 사교계를 휘어잡고 마음대로 다룰 수 있게 되었는지에 대해 여러분들은 의아해할지도 모르겠다. 내가 일종의 애정을 갖고 이 사람의 뒤를 좇은 것은 그의 결점, 심지어는 악덕에 대해서조차도 가장 열렬한 찬탄(커다란 선망)을 가졌기 때문이다. 이 결점은 우리가 우리의 성공과 행복을 맡기는 그러한 약점과 아무런 관계가 없었다. 나는 그를 교활한 사람으로 여겼다. 왜냐하면 힘과 어느 정도 자기 자신에 대한 신뢰는 교활함과 흡사할 수 있기 때문이다. 그가 하고자 한 일에서 그는 늘 승자였다. 사태가 그가 바라는 것과 일치하지 않으면 그는 그것을 받아들이지 않았다.

그를 두려워하고 이어 그를 존경하게 되자마자 사람들은 그의 손아귀에 휘어 잡히고 말았다. 하지만 그에게서 무엇인가 좋은 것을 기대할 만한 것은 전혀 없었다. 이 지구상에 진정 이기주의자가 존재했다면, 그것은 조제프 씨였다. 그는 사람들의 욕구에 대해선 눈곱만큼의 관심도 가지지 않았다. 나의 욕구에 대해서도 마찬가지였다. 돈 문제라면 물론 그는 지나칠 정도로 너그러웠다. 그렇지만 그것은 단지 그가 돈을 별로 중요하게 여기지 않았기 때문이다. 그러나 지배하고, 자신의 의지를 강요하고, 분별력 있는 한 남자가 할 수 있거나 아니면 하고자 원하는 모든 것을 향해 가고자 할 때, 그는 모든 것을 거부했다. 당신이 돈이나 햄, 포도주나 감자, 심지어 별로 대수롭지 않은 것이 필요했다고 하자. 당신은 그것을 얻기 위해 기다릴 필요가 없다. 그는 수중에 가지고 있는 것이 아무것도 없었다. 당신은 그에게서 원하는 것을 갖고 그러면 당신이 그를 기쁘게 했다는 것을 깨닫는다. 그 반면 당신이 그를 이기고 싶어 했다면, 그를 '누르고' 싶어 했다면, 그는 너그러운 마음을 베푸는 데 비열할 정도로 인색했을 것이다. 나는 아주 사소한 일을 놓고 그를 어떻게 해서든 양보시키고야 말겠다는 마음을 먹은 적이 있었다. 내가 보기에 그는 나의 그런 마음을 눈치챈 것 같았다. 나도 이제 명성을 쌓았던 터라 설사 아무리 보잘것없는 일이라도 그에 대해 조그만 승리라도 거두고 싶어 못 견딜 지경이었다. 하느님도 아시겠지만 내가 택한 것은 그야말로 아주 보잘것없는 것이었다. 그러나 나는 즉시 후퇴하지 않으면 안 되었다.

나도 그런 결점을 갖고 싶어 했는지 모른다.

언젠가 우리는 정말 꾸밈없이 서로 말을 주고 받으며 흉금을 터놓고 이야기한 적이 있었다. 그때 내가 말할 차례가 되어 나는 조제프 씨가 도시 전체를 위협하던 때에 대해 짐짓 태연하게 말했던 것 같다.

"나는 그 밖에도 다른 방법들을 많이 갖고 있었지요."라고 그가 내게 말했다. "하지만 당신에게 다 털어놓고 말하지만, 나는 그 방법을 써먹지 않기로 했지요."

나는 깨달았다. 당시 그는 늘 자신의 공적(功績)을 보고 우리가 보인 반응에 대해 아무리 사소한 것이라도 끈기 있고 빈틈없이 엿보고 있었다는 것을. 그리고 그러한 일에 대한 완벽한 목록을 만들어 모두 기억하고 있었으며 한시도 놓치지 않고 자기 특유의 방식으로 우리의 코를 잡아서 끌고 다녔다는 것을.

"습관의 문제지요."라고 그가 덧붙였다. "그리고 그건 단지 패를 계속 잡기 위해서지요."

내가 어떻게 그가 자기 시간을 온통 그런 연극을 하는 데 바칠 수 있는지 놀라워하고 있는 것을 보고 그는 말했다.

"하지만 이봐요, 그게 바로 내 직업 아닙니까? 당신이 무슨 생각을 하는지 알 수 없군요."

나는 그 새로운 사실을 듣고 어리벙벙했다(그보다 더 작은 일로도 사람들은 어리벙벙했을 것이다). 그의 시니컬한 어조는 특히 사람을 불안하게 만들었다. 그의 변한 음성까지도! 나는 '사회의 쓰레기들'의 소굴에서 경찰관이 내는 그러한 음성, 그와 유사한 시선, 조롱기 섞인 입술을 이미 보고 들은 적이 있었다. 물론 조제프 씨의 경우 그의 말은 일 미터 팔십의 키로부터, 수염과 자랑스러운 순백의 백발 사이에서 나온 것이었다. 그러나 바로 그런 이유 때문에 그의 말은 훨씬 더 위협적인 것이었다.

"당신의 직업은……." 하고 그는 말을 이었다. "요컨대 무엇입니까? 당신의 주머니에 내 주머니에 있는 것을 옮기기 위해 합법적인 수단을 발견하는 것이 아니고 무엇이겠습니까? 이 세상에 그것 말고 다른 직업이 있습니까? 그건 당신이 나보다 더 잘 알고 있을 텐데요."

나는 자만심 때문에 그에게 대항하고 싶어 말을 하려고 했지만 때에 맞게 입술을 깨물었다(그만큼 나는 그 사람 앞에서 뛰어날 필요가 있었던 것이다). 나는 그렇게 해서 역시 마지막 공격을 피했다. 나는 다시 매우 민첩하게 자세를 가다듬어, 비록 약간 비틀거리긴 했지만, 막기 어려운 칼을 들이대었다. 그는 매사에 보이는 경솔한 태도로 관대하게 자신의 약점을 드러내 보였다. 하지만 나의 공격은 그를 맞추지 못하고 모두 빗나갔다고 할 수 있다. 그는 기분이 좋은 것처럼 보였다. 내 몸은 땀투성이가 되었다. 그는 혹 다른 도청 소재지에서 이따금 나타난다고들 하는 그 유명한 사기꾼 중 하나가 아닐까? 사실 정말 그런지 알기 어려웠다. 우리는 그가 취한 것보다 열 배 이상을 그에게 주지 않았던가? 그것도 여러 차례에 걸쳐서 말이다.

나는 당시 그르노블의 한 고참 검사와 친분이 있었다. 그는 삼십여 년 전에 반은 비공식적으로 그리고 반은 공식적으로 시골에서 일어난 매우 어두운 범죄를 담당한 적이 있었다. 이 검사는 자기와 친하기도 하고 겨울에는 그 집에 와서 지내기도 하는 드 S…… 씨의 집에서 그 사건에 대해 내게 이야기해 주었다. 이 사람은 너무 뚱뚱해서 안락의자의 두 팔걸이 사이의 길이도 이 몸에 맞추어 늘렸는데 그의 몸은 여기에 거의 빈틈이 없이 꽉 들어찼다. 하지만 그의 정신은 여전히 활발하게 움직였기 때문에, 그에게는 '인간의 심정을 깊이 헤아리고 영혼을 사랑하는 사람'이라는 이름이 붙여졌다.

우연히도 예의 '흉금을 터놓은' 대화가 있고 난 다음 며칠 후 나는 그를 만날 수 있었다.

"다 가능하지요." 하고 그는 내게 친절하게 말했다. "그리고 중요한 것은 아무것도 없습니다. 그 사람은 사업을 하나요?"

나는 검사에게 그가 말하는 사업은 어떤 종류의 사업을 의미하는가고 물어보았다.

"그 사람은 당신을 혼내줄 수 있고 또 그렇게 하는지요? 만일 그렇다면 힘들게 생각할 것 없소이다. 하느님의 은총을 비십시오, 당신 모두들 말이죠. 그것은 자비의 표시입니다."

나는 그 사람이 던지는 농담에 익숙해 있기 때문에 그가 불 곁에서 즐기는 낮잠도 개의하지 않고 그의 입을 열게 하려고 그를 더 부추겼다.

"그 사람이 자기를 당국이 전적으로 지지하고 있다고 자랑할 때 그 말이 거짓이 아니었는지요? 아니라고요. 최고 행정 재판소가 그의 요구 사항을 이러저런 방식으로 거절한 적이 있었나요? 없었다고요. 그가 장관에 대한 영향력을 과대 평가한 적이 있었나요? 없었다고요. 그가 자기 입으로 말하듯 고위층의 지지를 받고 있다고(아니면 당신들이 내 귀에 못박힐 정도로 말한 것처럼 복종을 받고 있다고) 생각해도 될까요? 아니라고요. 그렇다면 그 사람은 당신이 생각한 것처럼 공권력과 관련된 범죄자일지도 모릅니다. 하지만 당신의 추적을, 특히 당신의 추적의 욕망을 늘 피할 수 있는 거물급 범죄자일지도 모릅니다."

나는 당연히 아무 말도 하지 않았다.

"그가 당신에게 체면 말고 다른 것을 빼앗았나요?" 하고 그는 말을 이었다.

이제 우리들 중 조제프 씨를 예수회 회원이라고 생각하는 사람은 아무도 없었다. 그것은 지난날의 케케묵은 생각으로 폐기 처분되었다. 그의 그 직분은 이제 드 K…… 씨의 속을 다시 뒤집기 위한 경우에만 사용되었다.

그래서 친한 사이에서 하는 말이지만 우리는 '가엾은' 쥘리를 동정하는 것으로 만족했다. 이 때문에 그녀의 행복은 거칠 것이 없는 것처럼 보였다.

쥘리는 정말 '여신처럼' 옷을 입었다. 심지어 임신 기간 중에도 그녀는 모든 귀부인들이 '기적'이라고 부르는 것을 이루었다. 그녀의 옆 얼굴이 찌그러진 적은 단 한번도 없었다. 몸을 제대로 움직일 수 없는 상태에서 눈을 반쯤 감고 있을 때에도 그녀는 매우 귀엽게 보였다. 우리는 서로 시선을 주고받으며 의아해한 적도 있었다.

쥘리에게 옛날의 노골적인 행위 중 무엇인가 남아 있다면 그것은 그녀가 조제프 씨에게 애정을 표시할 때였다. 그때는 앞에 누가 있던 그녀는 도를 지나치기도 하고 수줍음도 보이지 않았다. 자기 남편을 제외하고 그녀에게는 누구도 중요하지 않았던 것이다.

쥘리는 결혼 후 한참 지나서야 애를 가졌다. 손가락을 세서 날짜를 계산할 필요가 전혀 없었다. 그것은 아무런 숨김없이 장부에 기재된 것이었다.

쥘리는 자기 남편보다 이십 년 연하였지만 연령상의 차이는 한갓 달력상의 문제에 지나지 않았다. 조제프 씨라면 얼마나 많은 우리의 아마존 여인들이 자기 애인을 팽개치고 그에게 달려갔을까! 쥘리가 사람들 앞에서 지나칠 정도로 사랑의 표시를 해대더라도 조제프 씨는 사랑을 표시하는 데 정확했고 모호함이 없었다. 그는 수많은 기회를 포착해서 자기 손을 아내의 어깨 위에 올려 놓았다. 어떤 때는 자기가 그러한 기회를 유발시키기도 했다. 또 그는 손등으로 쥘리의 뺨을 어루만지기도 하고 집게손가락으로 관자놀이 근처에서 그녀의 머리칼을 쓰다듬기도 했다. 결혼 후부터 그는 쥘리의 곁을 단 한번도 떠난 일이 없었다.

애가 태어난 후 어디에선가 쥘리는 새로운 목소리를 띠었다. 그녀는 그 목소리를 아기와 남편에게 말하는 데 사용했다. 그것은 흡사 비둘기가 구구하는 소리 같았다. 그녀는 기도를 드릴 때도 그 목소리를 사용했다.

나는 평일, 즉 손님 초대가 없는 날에 이따금 붙들려서 폴란드의 풍차에서 저녁을 먹은 적이 있었다. 식탁이 차려지면 곧 쥘리는 말했다. "하느님께 기도합시다."라고. 그러면 우리는 모두 코를 냅킨 쪽으로 숙였다.

쥘리는 주기도문, 성모 마리아에게 드리는 기도를 암송하기도 하고 폭풍우 속에서 길을 잃은 여행자들, 임종하는 사람들을 위한 기도를 드리기도 했다. 이따금 조제프 씨는 부드러운 어조로 "짧게 끝내요, 여보."라고 말하기도 했다. 그러나 그녀는 늘 기도를 해주어야 하는 사람들을 찾아내곤 했다. 그녀의 영혼 속에는 자기 보존 본능이 없었던 것이다.

어느 날 저녁 우리 세 사람, 그러니까 쥘리와 조제프 씨 그리고 나는 한담을 나눈 적이 있었다. (쥘리가 몸을 풀기 바로 얼마 전이었다. 나는 그 후 곧 가지게 된 불안 때문에 그때를 정확히 기억하고 있다.) 때는 여름이라 우리는 테라스에 있었다. 조제프 씨와 나는 거실의 열린 문으로부터 흘러나오는 빛 속에 있었고 쥘리는 그녀의 안락의자를 뒤의 어두운 곳으로 옮겨 놓았다.

어떤 주제 때문에 그런 말이 나왔는지는 모르지만 그녀는 "난 다른 사람들보다 더 행복해지고 싶지는 않아요."라고 말했다.

그것은 너무도 경솔한 행복의 고백이라 나는 단풍나무들 깊은 곳에서 지옥이 휘파람을 부는 소리를 듣는 듯했다.

아이는 사내였고 이름은 레옹스라고 했다. 아이의 유년 시절은 아주 빨리 그리고 좋게 지나갔다. 사실 나는 당시 조제프 씨가 기사령을 차지하고 있었던 파리의 회사에 건 소송에 전적으로 매달려 있었다. 우리는 승소와 패소 판결을 번갈아 가며 받았다. 사방에 공격의 펜을 휘두르며 나는 엉뚱한 여행을 하느라 대부분의 시간을 길 위에서 보냈다. 지금 노후의 내 몸을 짓누르는 모든 병은 이 여행 때문에 생긴 것이 틀림없다. 게다가 나는 이미 이때부터 나를 몹시 괴롭히는 중이염을 앓았다.

나는 키가 이 피트나 되고 건장하게 자란 레옹스를 보고 매우 놀랐다. 엊그제 태어난 것 같은데, 아이는 벌써 다섯 살이 되었던 것이다.

우리는 재판에서 아무것도 얻은 것이 없었다. 나는 이 일로 내 시간과 아름다운 청춘을 잃었다. 나로서는 몇몇 사람들과 인맥을 맺기도 하고 소송을 거는 방식에 대한 지식(이 지식을 나는, 비록 신중을 기하긴 했지만, 이따금 내 자신의 일에 활용하기도 했다.)을 얻긴 했지만 말이다.

아무튼 우리에게 남은 것은 고작해야 빈약한 목장으로 사용할 수 있는 한 뙈기의 땅과 동산 둘레에 있는 양 우리 하나뿐이었다. 모두 다 해서 약 이백 에퀴 정도의 가치밖에는 되지 않았다. 이것을 제외하고 기사령은 연기처럼 날아가고 말았다. 하지만 이 일은 도시에 적지 않은 인상을 남겼다. 농부들은 조제프 씨를 보고 '호인'이라고 했다.

만일 조제프 씨가 레옹스를 애지중지하는 것을 보지 않았더라면 나는 이 아이에게 오 분 정도의 주의도 주지 않았을 것이다. 레옹스는 '비를 내리게 하는 신'이었다. 나는 이 아이를 여러 각도에서 면밀히 관찰하는 수고를 아끼지 않았다.

정열과 증오에 차 있고 대단한 활동가인 조제프 씨는 매일매일 천사와 같은 인내심을 가지고 자기 아들을 도야시켰다. 이 일은 오래 전부터 시작되었기 때문에 나는 이 모든 것이 어떻게 귀결되는가를 보려고 애썼다.

레옹스는 아주 잘생긴, 그리고 슬픈 표정을 짓는 소년이 되었다.

레옹스는 세월이 흘러감에 따라 감정이 쉽게 기울어지는 것에 자신을 맡겼다. 그는 끊임없이 자신의 감정을 아주 가파른 곳에 놓았다. 그는 다른 사람들은 부드러운 장화와 비단 양말을 신고 편안하게 달리는 곳을 헐떡거리고 땀을 찔찔 흘리며 제 몸에 상처를 입히면서 힘들게 갔다. 그것은 그의 아버지의 무모함이자 자기 어머니의 낭만적인 기질이기도 했다. 그밖의 많은 것은 여전히 코스트가(家)로부터 물려받은 것이었다. 그것은 무엇보다도 은폐하는 데 있어서 단연 뛰어난 재능이었다. 물론 레옹스가 이득을 얻고자 그러한 재능을 발휘한 것은 결코 아니었다. 그는 이 재능을 단지 자기 자신의 대단히 많은 부분, 즉 가장 좋은 부분을 감추는 데 이용했을 뿐이었다. 이 때문에 레옹스와의 관계는 늘 비뚤어진 관계였으며 그것은 회복할 수 없는 것이었다. 왜냐하면 그는 지독한 소심함(그 대부분은 자부심으로 이루어진) 때문에 그에게 유리하게 작용하거나 아니면 남을 현혹시키는 것을 보여 주느니 차라리 '제 목을 칠' 터였기에 말이다.

레옹스는 자신의 삶을 이 세상에서는 대개 실현시킬 수 없는 형식적이고 공식적인 이상(이 이상은 사람을 놀라게 할 정도로 순진한 관념에 불과했다.)에 송두리째 맡겼다. 그리고 그는 어떤 손해도 어떤 위험도 고려하지 않고 자신이 결심한 것을 끈덕지게 해내려는 의지력과 인내 그리고 용기를 완전히 갖고 있었다.

그의 성격은 전력을 다해 실현시키고자 하는 꿈에 대해 단호하기 짝이 없었는데, 그의 이런 성격 때문에 만사가 그에게 수월하지 않았다. 단 한 가지만 수월했는데, 그것은 고독에 빠지는 일이었다. 이것은 그의 기질에 잘 맞는 일이었다. 그는 영원히 혼자 살 수 있었다. 하지만 소심함 때문에 겉으론 감추고 있는 사랑에 대한 자신의 갈증을 인정하지 않기 위해 보잘것없는 지성도 지니고 있으면 안 되었다.

레옹스의 상상력은 아주 활발해서 여러 차례 나를 깜짝 놀라게 만들었다. 이 젊은이(왜냐하면 나는 그가 아직 젊었을 때 그의 성격을 알고 있었으니까.)는 실제 세계를 보지 않았고 결코 본 일도 없었다.

그는 자기가 필요한 모든 것을 창조했다. 즉, 순수함이라든가, 신뢰라든가 너그러움을. 그가 계속 빠져 있는 절대적으로 고독한 상태에서는 그것은 쉬웠다. (쉬운 것을 그토록 혐오하고 자기 자신에게 그토록 많은 것을 요구하는 그가 고독한 상태에서 가장 쉬운 방법을 취하고 있다는 것을 어떻게 모를 수 있겠는가?) 혼탁하고 신뢰할 수 없고 좀스러운 세상에서 살기 위해서는 크나큰 난관을 극복하지 않으면 안 된다.

뛰어난 장점을 갖고 있고 널리 알려져 있고 잘생기고 부유한 한 젊은이가 처음으로 이 세상(이 세상에서는 누구든 눈을 감으면 이길 수 있는데)과 치러야 하는 결투에서 그는 번번이 지기만 했다. 그는 자기 아버지로부터 힘과 정확성, 그리고 폭력(그의 삼촌 장이 지니기도 한)을 물려받았으며, 찬란한 승리에 대한 열망, 화려함에 대한 욕구, 마음껏 베풀고 싶어 하는 군주다운 너그러움을 지녔다(아울러 말이 나왔으니 말이지만 그로 하여금 돈뿐만 아니라 여기에 사랑과 우정, 희생, 아낌없는 자기 헌신을 베풀게 하는 그 과도함은 자기 어머니로부터 물려받은 것이었다). 하지만 그는 눈을 상하게 할 정도로 죽음을 정면에서 본 가문의 후예였으며, 쥘리는 그에게 쏘아야 할 과녁의 위치를 흐리게 만드는 근시안적인 심정을 물려주었다. 그가 한 공격은 매번 목표를 빗나갔다. 자기 아버지와 어머니처럼 질투를 한 몸에 받는 그는, 구원을 청하기에는 지나치게 자존심이 강해서, 오랜 시간이 걸려야 낫는 그런 숱한 상처를 입었다(그중 가장 깊은 상처에는 고름이 생기기도 했다).

곰곰이 생각해 보면 레옹스의 그런 면은 물론 극히 자연스러운 성향이었으며 그 모든 것은 잘 결합되어 있었다. 그는 자신이 결코 지각하지 못했던 진짜 과녁 곁에 가짜 과녁을 '만들어' 놓았는데 이 과녁은 정확하게 맞혔다. 아름다운 것을 사랑했기 때문에(이 점은 나로 하여금 쥘리가 노래부르는 방식을 기억나게 하는데) 그가 온갖 조각들로 창조한 세계는 아주 사소한 부분도 아름다웠다. 그리고 레옹스에게는 악한 점이 없었기 때문에 그가 교제한 사람들은 무엇보다도 매우 드문 장점들로 치장되어 있었다. 그래서 그는 '환상을 깨뜨리는 데' 세월을 보냈다. 그러나 그의 아버지의 정신은 그를 거침없는 태도로 그리고 남을 멸시하는 용기를 지니고 위험에 직면하게 했으며, 거의 절망적일 정도로 남을 개의치 않는 쥘리와 코스트가(家)의 기질은 그를 자진해서 자신을 가장 잔인한 함정에 빠뜨리게 했고 그 함정의 물림 장치가 자기 자신의 가장 민감한 곳에서 삐그덕거리는 것을 느끼는 것에 어두운 행복을 발견하게 만들었다. 이러한 점은 그의 적수들을 당혹하게 했다. 그는 습관적으로 패배에서 승리의 기쁨을 맛보았던 것이다.

만일 그가 구원을 받도록 운명 지워졌다면 그가 저지른 과오는 얼마나 훌륭한 것이었을까! 나는 예컨대 내 경우를 생각해 본다. 레옹스와 유사한 경험을 하고 난 다음 계산을 해 본다는 것은 약점을 잡히지 않고 잔인할 수 있는 절대적인 권리를 싼값으로 사는 것과 다름없는 일이었다.

그러나 레옹스는 결코 어떤 종류의 계산도 하지 않았다. 지금 내가 그 점에 대해 경악하는 것은 나 자신은 나름대로 겪은 세상 체험을 갖고 사고하기 때문이다. 하지만 레옹스는 어떤 종류의 계산도 할 수 없었다. 그도 그럴 것이 그는 결코 단한 사람의 참된 남자도 참된 여자도 본 일이 없었기 때문이다.

설혹 그가 매우 날카로운 일격의 상처를 입고 그에게 이 상처를 가한 사람을 아주 가까이에서 바라보려고 전념했더라도 그는 완전히 반대로 해석하여 당신이나 나 같았으면 환멸을 느낀 듯한 너그러움으로 대했을 결점이나 악덕을 가지고, 분노(너무도 격렬한)를 터뜨리기 위한 목적으로, 가장 파렴치한 괴물을 만들었던 것이다. 그런데 이 괴물은 극히 일반적이고 자연스러운 우리의 비열함의 가증스러운 희화였다.

나는 레옹스가 제정신이 아닐 정도로 분노에 사로잡혀 있는 것을 여러 차례 보았다. 그것은 자기 자신을 게걸스럽게 먹는 장작불과 흡사했다.

그의 분노는 그 자신의 상상력을 통해 맹렬하게 타올랐다. 실상 그의 분노는 정신의 과도함(이승에서 일어나는 일에 대한 어떤 건전한 판단도 이 과도함을 멈출 수 없었다.)이 그의 근육과 신경을 지배하는 순간에만 일어나는 일이었다. 그가 유감스럽게도 여러 차례 될 대로 되라는 듯이 자신을 맡긴 그 상태는 열여덟 살에 그로 하여금 매우 중대한 결정을 내리게끔 했다. 그는 한 남자를 죽일 뻔했던 것이다. 사실 그것은 대단한 일도 아니었고, 그런 일을 가지고 후회하는 사람도 없지만 사나이인 레옹스에게는 사정이 달랐다. 그는 자신을 지배하려고 애썼다. 그리고 그는 그 일에 성공했다. 그러나 그것은 자신을 소비하는 또다른 방식에 지나지 않았다. 이렇게 말할 수 있다면 '이성을 잃고 투신하는' 방법이었다. 왜냐하면 장터에서 많은 사람들이 보는 앞에서 그는 단호하고도 눈 깜짝할 사이에 싸움을 치렀고(그는 심지어 자신의 커프스조차 깨뜨리지 않았다.) 이 때문에 그는 모든 사람의 마음과 연민을 사로잡았던 것이다.

레옹스는 열네 살 때 폴란드의 풍차에서 베푸는 손님 초대에서 자랑거리였다. 그는 누가 말하든 열렬하게 믿었기 때문에 귀부인들의 인기를 독차지했다. 나는 귀부인들이 이따금 그의 곧은 성격 때문에 약간 당혹해하는 것을 느끼곤 했다. 하지만 귀부인들은 자기네들 편한 대로 그의 성격에 익숙해졌다. 그런데 남자 사냥하기를 몹시 좋아하는 여인들과 꽤 섬세한 여인들 중에는 주의를 하는 여인들도 있었다.

쥘리는 레옹스를 빨려들어가듯 바라보았다. 이 낭만적인 여인은 레옹스에게 자기가 늘 그렇게 살고 싶어 했던 영웅적인 삶을 자기 대신 살도록 일종의 위임장을 주었던 것이다. 하지만 그것은 세상만사를 처리하기 위해 만들어진 것은 아니었다. 그녀는 레옹스와 머리를 맞대고 수심에 잠긴 듯한 대화를 나누곤 했는데 이 대화에서 그녀는 자기 아들에게 결코 어머니로서 말하지는 않았다. 자기 아들을 자존심이 강한 사람으로 만드는 것이 가능했다면 그녀는 그렇게 했을 것이다. 레옹스는 젊은이라면 겪는 온갖 사건들을 겪었다. 이런 사건들은 하찮은 것이나 그는 여기서 늘 자기 인생의 목적을 보았으며, 따라서 매번 정신적으로나 물질적으로나 비싼 대가를 치렀다. 쥘리는 기뻐서 어쩔 줄 모르면서 레옹스를 '자기의 우울한 미남자'라고 불렀다. 하지만 쥘리는 레옹스가 그런 일에서 능란한 사교술과 기지를 얻기는커녕 풍부한 감정을 잃었다는 것을 모르고 있었다.

조제프 씨는 당시 예순다섯에서 일흔 사이였는데 그의 지력이 감소하고 있다고 생각할 만한 것은 아무것도 없었다. 그러나 나는 그 중 몇 가지를 알고 있다. 단지 그는 그 능력을 사용하는 데 실수를 저질렀을 뿐이다. 그는 자신의 포대(砲臺)를 드러내었다. 그것은 결코 적이 가는 길을 향해 조준되어 있지 않았다. 그는 하나의 왕국을 건설했던 것이다!

6장

성대한 잔치를 위해 빈틈없이 준비합시다.

다 폰테──모차르트 : 「돈 지오반니」

　조제프 씨는 레옹스를 눈에 넣어도 아프지 않을 만큼 애지
중지했다. 그는 레옹스를 위해 하나의 왕국을 건설했다. 나는
이 왕국의 총사령관이었다. 따라서 나는 내가 동업자로서 혹
은 그가 예의 겨울 어느 날 저녁에 말했던 것처럼 공범으로서
힘을 기울였던 그 정열을 잘 알고 있다. 그는 나를 가장 격렬
한 이해 관계의 충돌에 몰아넣었고 나는 보호를 받았다.
　그런데 우리 모두를 눈 깜짝할 사이에 옭아맨, '비록 말랐
지만', 이 위풍당당한 거물을 생각하면, 장화를 신고 채찍을
들고 토지 대장의 복사물에 파묻혀 한 주에 이 수짜리 연필
을 네 자루씩이나 쓰면서 자기가 노리는 조그만 농토들에 동
그라미와 별표와 화살표를 그리는 그를 다시 머릿속에 그려
보면, 나는 당시 이 사람이 운명의 꼭두각시가 아니었나라는

느낌이 들며 아울러 그는 늘 그러지 않았던가 하고 자문해 보기도 한다.

여름이나 겨울이나 나는 매일 아침 다섯시에 그의 서재에 나타나야 했다. 그는 거기서 나를 기다리고 있었으며 이미 커피는 마신 상태였다. 우리는 목록과 서류를 검토했다. 목록에는 폴란드의 풍차를 둘러싼 모든 땅들, 우리 밭 구석에 들어와서 더 이상 파종을 할 수 없게 하는 삼각형 모양의 땅, 오리 부리처럼 생긴 땅, 숲 기슭, 경사지, 공터 등 온갖 종류의 자투리 땅들의 시세와 등급과 페이지 수가 매겨져 있었다. 서류에는 이 조그만 농토들의 소유자들, 우리가 '둥그렇게 둘러앉아 경작을 방해하는 사람들'이라고 부르는 자들에 대해 경찰서에서 한 조사가 들어 있었다. 그러나 오해는 하지 말자. 조제프 씨가 땅에 그토록 열을 내는 것은 노동을 위한 것도 아니고 경작을 위한 것도 아니었다. 나는 농부의 열정을 알고 있다. 조제프 씨에게는 그러한 열정이 없었다.

사람들은 조제프 씨가 여기서 좋은 사업거리나 좋은 수를 찾으려 한다고 착각했었다. 나도 처음에는 그렇게 생각했었다. 나는 무슨 영문인지 알지 못했다. 그는 아낌없이 그리고 흥정을 하지 않고 비싼 값으로 땅을 사들였다. 그가 되는 대로 부르는 금액은 늘 즉시 그리고 아무 거리낌없이 받아들여졌다. 이런 성급함 때문에 그는 다행히 파는 사람의 멸시(우리 사회에서는 견디기 무척 힘든)를 피할 수 있었는데, 파는 사람은 그의 제안을 받아들이고 나서는 자기가 속았다는 사실을 곧 깨달았다. 여기에 조제프 씨의 비웃는 듯한 미소는 그런 생각을 더 부채질했다.

폴란드의 풍차가 손질되고, 솔질이 되고, 판판해지고 고랑이 파지고 양탄자처럼 포도 나무가 깔리고 과수원의 꽃들도 만발하여 완전히 새로운 모습을 띠게 되자 조제프 씨는 이웃 땅들을 마구 사들이기 시작했다.

조제프 씨의 분위기 속에는 일체가 생동하고 빛이 넘쳐 있었기 때문에 코스트가(家)의 운명도, 쥘리가 결혼 지참금으로 가져와 후일 레옹스의 유산에 보태질 저당물도 내 시야에서 사라졌다. 조제프 씨는 쥘리의 저당물을 잊지 않고 있었다. 그는 이것을 늘 생각하고 있었다. 그는 채권자의 선의에 대해 환상을 품기에는 세상 만사를 너무나 잘 알고 있었다. '너그럽지' 않은 사람과 뜻이 맞아 타협을 할 수 있다고 상상한다는 것은 불가능한 일이었다. 그는 심지어 내심 '기한이 되기까지는 빚이 없는 것과 같다'라고 말할 수도 없었다. 그는 '일람불(一覽拂)' 어음의 채무자였으며 이 어음은 그를 어떤 순간이라도 베고 잘 베개 하나 남겨두지 않고 완전히 파산시킬 수 있는 것이었다. 사람들은 저마다(나도 그를 보통 사람과 같다고 생각했던 시절에는 그랬었는데) 그가 비옥해지고 통통하게 살찐 폴란드의 풍차 덕에 부유하다고 생각했지만 사실 그는 다만 쥘리와 레옹스 때문에 부유했던 것이다. 이 여인(게다가 한 남자의 사랑을 받게 되어 이제는 추하게 보이지 않는)을 사랑하는 일은 끊임없이 위협하는 그 운명 때문에 분명 쉬운 일이었을 게다.

나는 자기보다 강한 경쟁자의 존재를 알고 나서 '사랑의 영원한 운동'을 발견한 질투자들을 안 적이 있다. 그들의 아낌없이 베푸는 행위는 마치 '암'처럼 고칠 수 없는 병이 되고 말았다.

물론 조제프 씨의 경우는 진부한 것은 아니었다. 그가 베푸는 것은 마차니 보석이니, 장방형의 비스킷이니, 새틴이니 비단 같은 것도 아니었고 진부한 부정(不貞)도 아니었다. 이런 평범한 선물은 결국 그것이 야기시키는 정신적인 가치와 아무런 관계가 없을 경우 단순한 물질로 속일 수 있는 것보다 더 완벽하게 부정을 속인다. 조제프 씨의 경우 상대자는 피곤한 전쟁으로 이미 사람들의 멸시를 받은 쥘리였고 조제프 씨가 베푸는 정도는 저항할 수 없는 지옥의 돈주앙 앞에서는 아무리 지나쳐도 결코 충분할 수 없는 그러한 것이었다.

아무튼 조제프 씨는 마차와 제복 입은 급사와 어깨걸이, 모피에 돈을 써서 파산한 것이 아니었다. 그는 희망을 품을 이유 때문에 파산했다. 그는 이 희망을 품을 이유를 모든 상점에서 샀다. 그는 그것을 우리에게서도 샀다. 쥘리에게 희망을 품을 이유를 주기 위해 그는 드 K…… 씨를 때려눕혔고 동시에 이 도시의 원로들을 굴복시켰다. 똑같은 목적으로 그는 이 고장의 모든 명문가를 휘어잡아 이들이 일주일에 한번 그의 거실에서 급사처럼 몸을 빙그르르 돌게 하거나 아니면 스페인식 걸음으로 자기 아내의 안락의자 주위나 자기 아들 곁을 지나게 만들었던 것이다. 또 똑같은 목적으로 그는 주위의 그 엄청난 땅을 사들였던 것이다.

내가 그때까지 봉사해 왔던 왕국은 마침내 광활한 땅의 혹은 시간의 어떤 지점에서 그 한계를 발견했다. 이 왕국의 경계는 어느 아름다운 날 넘어갈 수 없는 버드나무 울타리인지 아니면 휴한지인지 그러한 곳과 마주쳤다. 하지만 조제프 씨의 세계는, 그것이 어떤 종류의 것이든, 지평선으로 끝나지 않았다. 왜냐하면 그가 사용한 것은 사물의 범속함이 아니라 단지 그것이 띠고 있는 외관이었기 때문이다. 멀리서 보면 동산들은 푸른빛을 띠고 있다. 그런데 손에 닿을 듯 가까이 가면 이 동산들은 척박한 땅 덩어리와 황량한 휴한지에 불과하다. 조제프 씨는 자기 '소유지'에 가까이 가지 않았고 쥘리와 레옹스도 이 소유지에서 멀리 떼어놓았다. 소유하고 싶어 하는 토지들을 모두 소유했지만 그는 단지 '현실을 초월한 높은 관점'만을 즐기고 싶어 했던 것이다.

모든 공증 증서와 그 지방의 가장 훌륭한 농부들의 쟁기와 쇠스랑이 튼튼한 토대 위에서 눈에 아득할 정도로 곧게 그은 토지였지만 이 농부들이 건설한 왕국은 결코 이 세계에 속하지 않았다. 그것은 쥘리와 레옹스 주위로 세워지고, 이 쫓겨다니는 종족의 후예들 주위로 지상의 희망을 위해 조직된 둥근 공간을 마련한 순수하고 순박한 창공이었다.

곰곰이 생각해 보면 조제프 씨가 세운 왕국은 그가 운명에 대해 던질 수 있는 가장 아름다운 멸시였다. 그를 보면 사랑하는 사람은 자기가 '사랑하는 대상 앞에서 그리고 이 대상을 위하여' 아낌없이 베푼다는 것을 잘 이해할 수 있다. 특히 조제프 씨, 쥘리 그리고 레옹스가 처해 있는 상황에서 보면 더욱 그렇다. 여러 가지 사건들이 입증해 보였듯이 하나의 낚싯바늘뿐만 아니라 단 하나의 버찌에 좌지우지되는 목숨은 어떠한 마음의 휴식도 허락하지 않았던 것이다. 아주 조그만 파리조차도 매순간 당신의 모든 삶의 기쁨에 원천이 되는 사람을 파괴할 수 있다는 것을 알면 폭력 없이(아니면 완곡한 방법 없이) 사랑할 수는 없는 것이다. 조제프 씨는 끊임없이 가장 가증스러운 질투를 만들 수밖에 없었을 게다. 그는 속으로 분명 이렇게 생각했을 것이다. '다른 남자들만을 질투하는 자는 행복하다'라고. 나는 그가 기묘한 표정을 지으며 쥘리를 바라보고 있는 것을 종종 보았다. 그는 분명 이렇게 생각했을 것이다. '나는 쥘리를 믿을 수 없어. 그녀는 이미 매순간 여전히 나에게서 자기를 앗아갈 것에 지독한 추파를 던지지 않았던가 말이다'라고.

쥘리는 지옥의 유혹에 저항하지 않았었다. 조제프 씨는 이에 대해 너무도 많은 증거들을 갖고 있었다. 그는 하루 종일 그 증거들을 기억 속에 더듬으며 회상할 수 있었다. 설사 순진을 가장한다 하더라도 의심하지 않을 수 없었다. 그것은 절대로 틀림없는 일이었다. 아무리 사소한 표시라 하더라도, 그것이 죽음의 표시가 아니라 단지 죽음의 전조를 알리는 사소한 표시라 하더라도 쥘리는 코스트가(家) 특유의 교태를 떨며 그쪽으로 필사적으로 달려갔다. 자신을 모독하고 남편을 모독하고(더욱이 조금도 자신을 자제하지 않고 거리낌없이), 자신을 사람들의 입에 오르내리게 하고, 자신의 명예를 아무렇지도 않다는 듯이 손상시키고, 자신의 배신을 보라는 듯이 과시하고, 사람들이 다 보는 앞에서 공공연하게 자기 남편을 속이다니!

물론 조제프 씨에게는 대단한 자존심이 있었다. 나는 세상에 성자가 있다고 믿지 않는다. 그는 자신의 장점을 극히 이지적으로 이용했기 때문에 자만하지 않았다. 요컨대 자신의 자존심이 타격을 받으면, 자신이 속았다는 생각으로는 치유될 수 없는 곳이 세심하게 상처를 받으면 그의 순수하고 꾸밈없는 사랑은 고통을 받았다. 쥘리를 잃고 혼자 몸이 된다면! 쥘리를 '무엇으로' 대치한단 말인가? ('누구로' 대치할 수 있는가는 전혀 고려할 문제가 되지 않았다. 그는 이미 소피와 엘레오노르와 같은 여자들을 보지 않았던가!) 방법은 그만 사랑하는 것밖에는 없다. 내 생각으로 조제프 씨는 그렇게 했던 것 같다. 그러나 조제프 씨처럼 훌륭한 사람들은 소인들처럼 '다음 단계로 가지 않는다'. 이러한 사람들이 포기하는 것은 자기 보존 본능 때문이다. 이들이 더 이상 사랑하고 있는지 그렇지 않은지는 알 수 없다. 그들 자신도 모른다. 하지만 그들은 그때부터 '살기 위해 마땅히 해야 할 것'을 한다. 그들은 산다는 것에 애착을 갖고 있기 때문이다. 이러한 상태는 분명 즐거운 것은 아닐 게다.

쥘리의 주위로 펼쳐져 있는 이 들판, 이 대궐 같은 저택, 이 왕국, 아니 뭐라 할까, 그래 이 제국은 그녀의 행복을 물질적으로 보호하고 있는 것이며 조제프 씨는 이를 스위스인 용병과 추종자와 같은 사람들을 거느리고 굳건히 지키고 있었다. 하지만 조제프 씨는 쥘리가 받아들인 운명의 유혹에 대해 자기가 하고자 했던 정신적인 보호자의 역할은 포기했다. 운명의 유혹에 빠지려고 하는 쥘리의 욕구에 대해 그는 아무것도 할 수 없었다. 다른 사람들이 살고자 하는 욕구를 피 속에 지니고 있듯이 그녀는 그러한 욕구를 피 속에 지니고 있었다.

조제프 씨가 우리 모두에 대해 찬란하게 빛나는 사람이었다 하더라도 그것이 무슨 소용 있었으랴! 그가 유일하게 사로잡고 싶어 하는 사람은 그를 쳐다보지 않았다. 만일 누군가가 쥘리에게 그녀는 남편을 사랑하지 않으며 그에게 성실하지 않다고 말했다면 그녀는 대단히 놀랐을 것이다. 카지노에서 우리들의 손아귀로부터 자기를 '납치한' 그날 저녁 이후로 열렬히 사랑하게 된 '자기 남편만을 위해 살고 있으며', 온갖 세심한 배려를 아끼지 않는 그녀는 이해하지 못했을 것이다. 그러나 조제프 씨는 영리한 사람이었다. 자기 아내는 그가 잊어버릴 수 없는, 그가 늘 생각하는 전력(前歷)을 갖고 있었던 것이다. 파리 한 마리도, 버찌 한 알갱이도, 낚싯바늘 하나도 매순간 그에게서 그녀를 앗아갈 수 있었다. 그녀는 소리를 질러대고 자신을 방어하고 도움을 청하고 힘이 다 빠질 때에 가서야 굴복하는 그러한 여자가 아니었다. 그녀는 저쪽을 사랑하고 있었다. 그녀는 거기에 자신의 몸을 내맡겼다. 이미 그녀는 제 편에서 먼저 온갖 수작을 쓰지 않았던가? 운명이란 겉으로 보기에는 당하는 것 같지만 실제로는 도발하고 호소하고 유혹하는 사람의 은밀한 욕망 앞에 몸을 기울이는 사물들의 지능에 지나지 않는 것이다.

이 흔하지 않은 운명의 악의가 어디까지 밀고 나갔는지를 잘 보여 주기 위해 미리 말한다면 조제프 씨는 나이로 보아 '자연스럽게' 쥘리보다 '먼저' 죽었고, 그의 죽음은 흠잡을 것이 전혀 없는 죽음이었다고 할 수 있다. 나는 그가 완전히 침묵하기 전 며칠 동안의 일을 지금도 기억한다. 나는 그의 침대 곁에 있었다. 나는 고통스럽지는 않았지만 무척 난감해하고 있었다. 그리고 나는 조제프 씨와 쥘리가 나눴던 짤막한 대화를 잊을 수가 없을 것이다. 이미 콧구멍이 꼭 다물어진 조제프 씨는 매우 조용하고 평온한 상태에 있었다. 쥘리는 줄곧 그의 손을 잡은 채 그에게 '영생'에 대해서 말했다. "아! 물론 영생은 없소."라고 그가 말했다. "왜요?" 하고 쥘리가 낮은 목소리로 말했다. "당신도 알게 될 거요."라고 그는 너그러운 미소를 지으며 말했다.

조제프 씨가 행여 레옹스 역시 그의 내부에 코스트가(家)의 운명을 지니고 있다고 생각한 적은 없다고 나는 믿고 있다. 그는 들판에 매일 그리고 하루 종일 젊은 레옹스를 (그리고 우리를) 데리고 다녔다.

소년 시절 레옹스는 무척 아름다웠다. 은근한 태도와 검은 머리칼에 날씬한 몸매, 선량함과 열정이 넘쳐흐르는 얼굴을 한 그는 '저항할 수 없는 매력'을 지니고 있었다(심지어 나 같은 사람도 끌리게 하는 매력을 통해 판단해 보건대). 그야말로 사슴의 눈 같은 그의 눈은 조그만 감동에도 생기가 돌며 반짝거렸다. 터키인처럼 건강한 그의 육체는 늘 금새라도 만용에 휩싸일 것처럼 보였지만 항상 정중하고 예의 바르고 가정 교육이 잘된 몸가짐이 배어 있었다.

레옹스는 말을 훌륭하게 탔다. 그는 기병대에서 군복무를 했는데 이 기병대는 당시에 창설된 것으로 명성이 자자했다.

붉은 망토를 입은 레옹스를 보기 위해 타라스콩까지 여행을 한 귀부인이 이 고장에 적어도 세 명은 된다고 나는 알고 있다.

레옹스는 루이즈 V……라는 젊은 여성을 알게 되었다. 루이즈는 훌륭한 가문 태생이었다. 부유한 실업가인 V…… 씨 집안은 이 외동딸을 세상 걱정 모를 정도로 곱게 그리고 훌륭하게 키웠다. 그녀는 교양도 있고 현명했으며 게다가 아름다웠다. 레옹스에 대한 사랑이 그녀에게는 첫사랑이었음은 한눈에 보아도 알 수 있었다. 마침내 군대를 제대한 우리의 우울한 미남자는 우리에게 그녀에 대해서 귀가 따갑도록 이야기했다. 레옹스는 비록 루이즈와 몸은 떨어져 있었지만 그녀에게 강철처럼 한결같은 마음을 지니고 있었다. 그는 이번에는 아무 거리낌없고 자잘한 것을 경멸하는 태도와 훌륭한 몸짓으로 그에게 진지한 애정을 갖고 있는 비둘기 같은 우리 고장 처녀들에게 두 사람 사이의 일을 매우 분명하게 이야기했다. 여자들은 그의 말을 듣고 무척 당혹해했다. 그는 하루에 한 번 아니면 두 번 루이즈에게 보내는 편지에서 자신의 울적한 마음을 토로했으며 글자 그대로 오직 루이즈에게 매일 받아 보는 편지로 살고 있었다.

결국 V…… 씨 부부를 오게 해야 했다. 이 초대에서 조제프 씨는 지극히 우아하게 행동해서 사람들을 더할 나위 없이 매혹시켰으며, 쥘리는 생애 처음으로 많은 사람들 앞에서 노래를 불렀다. 그녀는 우리의 마음을 속속들이 사로잡았다. 나는 포도주를 약간 마셨다. 나는 눈물을 흘렸다. 눈물을 흘린 사람은 나 혼자만이 아니었다. 사람들의 눈에는 모두 눈물이 괴

어 있었다. 아니 나는 지금 거짓말을 하고 있다. 그러나 나는
거짓말을 하지 않을 수 없다. 왜냐하면 나는 그날의 엄숙함이
어떠했는지 제대로 설명할 수 없기 때문이다. 아주 먼 곳에서
이곳에 처음 온 V…… 씨 부부까지도, 내 생각으로는, 코스트
가(家)의 운명일랑 모두 잊어버리고 거기서 일어난 일로 감동
에 젖어 있었다. 나는 비단 쥘리가 부른 노래만을 말하는 것
은 아니다. 그녀의 노래는 전체 중 일부에 불과했다. 내가 말
하고 있는 것은 모든 일이 진행되고 있었던 그 마술적인 분위
기다. 우리는 모두 아주 사소한 몸짓이라도 이 분위기에 적절
한 것인지 아닌지 따져 보기라도 하는 양 마치 수족관 속을
거닐 듯 천천히 자리를 옮겼다. 도시의 몇몇 경박한 여자들이
그 자리에 있었지만 이네들의 화려함도 무색해지고 말았다.
실제로 그 여자들의 눈 속에는 어느 정도의 순진함까지도 보
였던 것이다. 레옹스와 루이즈는 서로 마주 보고 나란히 앉아
자기들 외에는 안중에도 없었고, 처음부터 끝까지 이들의 입
술에는 쓸쓸하고 만족한 미소가 떠나지 않았다.

　나는 두 사람이 결혼하기 전에 루이즈와 이야기할 기회를
자주 가졌었다. 조제프 씨는 하루도 빠짐없이 매일 아침 말을
타고 영지를 둘러보았는데, 그때마다 그는 레옹스에게 자기
곁에 있기를 요구했다. 레옹스는 조제프 씨의 요구를 피하려
하지 않았다. 자기 약혼녀 곁을 떠나지 않는 열성을 보이는 데
있어서나 늘 자기 아버지에게 존경을 표하는 일에 있어서나
그는 정말 남자답게 행동했다. 게다가 조제프 씨의 건강 상태
는 조심을 요했고 다소 눈여겨보지 않으면 안 되었다. 그는 한

번은 경미한 졸도를 한 적이 있었던 것이다. 그리고 여러 번 경미한 졸도를 했었지만 그는 그럭저럭 첫 부름을 받아들였다. 그의 나이가 되면 이것은 모든 사람이 이해하고 있는 의미 이외의 다른 의미를 가질 수 없는 것이다. 나도 요통이 너무 심해서 말을 타는 일은 물론 오래 걷는 일도 금하고 있었다. 더욱이 나도 쉰을 넘긴 나이였던 것이다.

루이즈는 아침 일찍 일어나 자기의 기사가 출발하는 것을 보고 나서 테라스에서 몽상에 잠기는 일을 좋아했다. 나도 두 차례의 회계 감사를 끝내고는 테라스에 가서 저린 발을 풀었다.

루이즈는 꿈에서나 볼 수 있는 지극히 섬세한 처녀였다. 이제까지 여자들 중 그런 생각을 내게 불러일으킨 여자는 한 사람도 없었다. 그러한 이유로 나는 루이즈가 완벽함 그 자체였다는 것을 주저하지 않고 말할 수 있다.

그녀는 마치 레옹스를 위해 '치수에 맞춰' 만들어진 것처럼 보였다. 레옹스는 정말 영원한 결합을 약속할 수 있었다. 그는 주저하지 않고 평소처럼 성실하게, 하지만 여기에 필요한 진지함을 지니고 영원한 결합을 약속했다. 내 생각으로는 활발하게 움직이는 그의 지성, 대대로 전해져 내려와 그에게서 정점을 이루는 세련된 감수성 그리고 아마 집요하게 행복을 추구하는 본능까지도 그로 하여금 루이즈의 장점을 완전히 인식할 수 있게 해 주었던 것 같다. 어느 편에서도 모호함이라든가 오해의 소지가 없었다. 어려움(어려움이 있다면)은 이미 제거된 것처럼 보였다. V…… 씨 집안 쪽에서나 드 M…… 씨 집안 쪽에서나 단 하나의 어려움도 보이지 않았다. 내가 가진 두려움은 단 하나밖에 없었다. 즉 그들은 사실이라고 하기에는 너무도 아름다웠던 것이다.

이 두려움을 불식시키는 데 내게는 많은 시간이 걸렸다. 내 주변에서 일어난 온갖 비참한 처지들을 통해 판단해 보건대 결혼 후 처음 몇 년은 훌륭한 성공이었다. 이를 의심하게 하는 것은 추호도 없었다. 그 다음 해들은 이보다 훨씬 더 아름다웠다고 할 수 있을지 모른다. 매일매일이 이들의 흠 없는 행복을 확인하느라 애쓰는 것처럼 보였다.

물론 당연한 일이지만 두 사람의 결혼 생활에도 사소한 근심거리, 유감스러운 일(다행이라고 말할 수 있는 정도의)이 없었던 것은 아니다. 이들에게 아직 아이가 생기지 않은 것도 그중의 하나였다. 이들을 진찰한 의사들은 모두 남편 쪽에서도 아내 쪽에서도 결함이 없다고 단언했다. 의사들 말로는 이것은 어떻게 설명할 수 없는 우연으로 말미암은 것이며 하룻밤 새에 바뀔 수 있는 일이라는 것이다.

그 이유를 알 수 없지만 어쨌든 이 설명할 수 없는 불임은 나를 안심시켜 주었다. 아니 나는 그 이유를 알고 있다. 나는 속으로 말하곤 했다. "이번에 계산서에 나온 값은 터무니없는 것은 아니야. 그 가격은 과대 평가된 것이 아니지. 그 정도라면 파산을 당하지 않고 지불할 수 있을 것이다. 코스트가(家)는 이제야 '아름다운 죽음'을 죽는 것이라고 할 수 있어. 이 찬란한 행복이 십 년, 아니 원한다면 이십 년 가게 하자. 그러면 그 후 아무리 사납게 목덜미를 잘리는 일이 일어난다 하더라도 다 받아들일 수 있을 게다." 심지어 그 두 사람이 가지고 있는 것 이상을 바랄 것이 없는 한 지금 당장에라도 운명의 일격은 받아들여질 수 있다고 할 수 있는지도 모른다.

내 두려움을 가라앉히는 데는 훨씬 더 좋은 이유가 있었다. 나는 내 두 눈으로 평범한 운명이 드 M……가(家)를 차지하는 것을 보았던 것이다. 나는 지금 루이즈와 레옹스가 누리는 흠 없는 행복을 사실보다 크게 나타내보이고 있다. 하지만 평범한 사람들의 눈으로 보면 실상 그 행복은 거의 눈에 띄지 않는 것이나 다름없었다. 광활한 영지는 아무런 어려움 없이 아무런 수고를 들이지 않더라도 계속 조금씩 조금씩 커 가고 있어서 전혀 걱정을 주지 않았다.

조제프 씨는 다른 사람들처럼 그리고 똑같은 모양으로 늙어 갔다. 그는 몇몇 장점을 잃어버리기도 하고 결점도 가지게 되었고 극단적으로 자기중심주의자가 되었으며 좀스러워졌다. 그의 사고는 여전히 고상했으나 그는 그것을 예전보다는 더 교묘하게 이용했다. 그는 마침내 앞에서 말한 것처럼 죽었다. 쥘리와 몇 마디 기묘한 대화을 나누고.

그가 죽은 후 나는 솔직히 말해서 어느 정도의 소란이 일어나리라고 기대했었다. 하지만 모든 일이 정상적으로 돌아갔다. 쥘리는 자신의 행복을 송두리째 잃어버린 사람처럼 절망했다. 그 이상도 그 이하도 아니었다. 그녀는 당연한 일이겠지만 순식간에 어두워져 지난날의 광채를 잃어버렸으며, 옛날의 그 사팔 눈과 비뚤어진 입이 다시 나타났다. 그렇지만 나는 이 신체적 장애도 진부한 것임을 곧 깨달았다.

레웅스는 왕좌에 오르고 폴란드의 풍차의 지배권을 장악했다. 나 역시 늙어갔다. 때론 인정하기가 거북하지만 나의 새 주인은 예전 주인보다 낫지는 않더라도 마찬가지의 장점을 갖추고 있었다. 따라서 내가 주는 교훈은 사족에 불과했다. 사람들이 나로 하여금 이러한 사실을 느끼게 만든 적은 결코 없었다. 하지만 나는 레웅스가 내게 표시하는 경의에 대해 조금은 유감스러워했다.

나는 이제는 은퇴하기에 충분한 돈을 갖고 있지는 않나 하는 기분도 종종 들었다.

루이즈는 아팠다. 그녀의 병은 심각하지는 않았다. 그녀가 본래 지닌 신선함과 친절함을 잃지 않았기 때문이다. 그녀는 자신의 병을 이미 몇 년 전부터 감추어왔음이 틀림없었다. 이 병은 두 다리, 아니 정확히 말해서 엉덩이에 걸린 것이었는데 거기에 사람들이 주의를 기울이기 시작했을 때 그 부분은 이미 상당히 야위어 있었다. 그녀는 점점 더 움직이는 것을 힘들어했다. 전문가의 진찰을 받아 보기도 하고 아주 엉뚱한 치료를 받기도 했다.

그녀는 어느 날 하체를 완전히 못 쓰게 되었다. 접골사니 무당이니 약초 판매인이니 별별 사람이 다 나타났다. 사람들은 루이즈 자신이 미소를 지으면서 그 말을 하기 전까지는 반신불수라는 말을 꺼내지 않았다.

레웅스는 자신의 땅을 활동적이고 매우 이지적으로 돌보았다. 이제 왕국에 대한 취향이 그 건설자와 함께 사라졌으므로 폴란드의 풍차에서 호흡하는 생활의 리듬과 분위기는 이웃 영지들과 모름지기 이 세상의 모든 영지들에서 볼 수 있는 것과 모든 점에서 흡사했다.

나는 누구에게도 도움을 주지 않으면서 그저 나 혼자만이 근심하는 일을 제외하고는 폴란드의 풍차에서 아무 쓸모도 없었다. 나는 위험의 징후가 조금이라도 있으면 즉각 결심을 취소할 태세를 갖추고 (맹세하건대) 영지와 그 주민들에 대해 단 한시도 눈을 떼지 않으면서 서두르지 않고 내 일을 잘 정리했다. 하지만 떠날 날짜를 연기했음에도 여기서는 평화와 행복 밖에는 보이지 않았다. 그런데 일을 정리할 때는 연기에 연기를 거듭한 끝에 청산금으로 영수증에 서명할 때가 오는 법이다. 그 후 자기 자리를 비우지 않으면 안 된다. 내 생각은 결정되었고 나는 이곳을 떠날 온갖 조치들을 취했다. 그럼에도 불구하고 나는 미적거렸다. 나는 집을 정리하기 위해 누군가가 금방이라도 지옥에서 튀어나오지는 않을까 하는 생각이 들기만 하더라도 몸을 덜덜 떨었다.

그러나 그런 일은 전혀 일어나지 않았다. 그와 유사한 일도 가능하게 보이지 않았다. 나는 X……라는 도시에 은퇴했다. X……는 폴란드의 풍차에서 오십 킬로미터 떨어진 작고 예쁜 도시로 나는 이곳에 내 형편에 맞는 우거(寓居)를 한 채 샀다.

7장

이것이 내가 두려워하는 것이다. 하지만 나는
그가 무기를 갖고 있지 않다고 믿고 있었다. 왜냐
하면 그는 고귀한 마음을 지니고 있기 때문이다.

——셰익스피어 『오셀로』

X⋯⋯에 정착한 지 얼마 안 되어 나는 매우 고통스럽고 되
풀이되는 병에 시달렸다. 나는 여러 차례 피를 뽑기도 했고 하
제를 복용하여 장을 쓸어내기도 했지만 별 효과는 보지 못
했다. 이페카토제를 복용하기도 했지만 결과는 마찬가지였다.
내 일생 아픈 것은 이번이 처음이었다. 폴란드의 풍차는 내 걱
정에서 사라졌다. 나는 결코 괴력의 사나이가 아니다. 그러나
괴력의 사나이가 아닌 것과 아픈 것 사이에는 엄청난 차이가
있다. 병에 시달리는 것은 나로서는 들이고 싶지 않은 습관이
었다. 하지만 나는 여기에 익숙해지지 않으면 안 되었다.

나는 칩거해서 살아야 했다. 걷는 일만으로도 무척 힘이 들
었기 때문이다. 다행히 집에 조그만 정원이 있어서 나는 그
안을 거닐 수 있었다. 나는 정원에서 화초를 재배하는 일에

열성을 쏟았다.

이런 쓸쓸한 삶을 산 지도 벌써 한 사오 년 돼 가는데 어느 날 저녁 누군가가 내 집 문을 두드렸다. 여자였다. 그녀가 쥘리라는 것을 알아보고 나서야 나는 두려움에서 벗어날 수 있었다. 그녀는 결혼 전처럼 야하게 번쩍거리는 옷을 입고 있었다. 그녀는 그 옛날 길에서 우리에게 인사를 하던 시절의 미천한 몰골을 다시 하고 나타났다. 그 여자가 쥘리임을 알아보게 한 것은 흉측하게 망가진 얼굴이 아니라 시뻘건 루즈로 잔뜩 칠한 늙은 여자의 입술이었다.

나는 내 자신에게 말했다. '마침내 종말이 오고야 말았구나. 너는 코스트가(家)의 종말을 보기로 운명 지어진 몸. 이제 네 눈앞에 그것을 보는구나. 쥘리는 머리가 돌아 버렸음에 틀림없어. 사람들이 그녀를 찾으러 오기 전에 그녀는 네 안락의 자에서 숨을 거둘 것이다'라고.

추운 날이었다. 쥘리는 꽁꽁 얼어 있었다. 나는 불 곁에 그녀를 앉히고 몸을 덮어주기 위해 수노새 가죽으로 만든 이불을 끄집어냈다.

그녀는 우선 조리있게 그리고 행복했던 시절의 그 목소리로 말문을 열어서 나를 무척 놀라게 했다. 그러나 그녀가 한 이야기는 완전히 예상 밖의 이야기였다.

그녀는 레옹스를 찾고 있었던 것이다. 그녀는 게다가 레옹스가 어디에 있는지 알고 있었다. 나도 외투를 입고 자기와 함께 우편 마차 역에 가야 한다는 것이었다. 그녀의 말에 따르면 레옹스는 지금 거기에서 급행 마차를 빌려 타고 여기서 육십 킬로미터 떨어진 철도역으로 가려 한다는 것이었다.

그것은 물론 어처구니없는 일이었다. 그리고 그녀의 모든 태도가 이를 입증했다. 나는 그녀에게 약간의 럼주(우리 집 식모하고 잘 지내기 위해 갖고 있었던)를 마시게 했다. 그녀는 럼주를 마시고 원기가 회복된 듯 불 곁에 있는 안락의자에 앉았다. 마침내 편안함을 찾아 잠들려고 하는 사람처럼. 아니 평화롭게 죽으려 하는 사람처럼.

나는 쥘리가 죽는 것을 보는 일이 두렵지 않았다. 그녀의 코가 오므려져 있어서 나의 두려움이 과장된 것은 아니었다. 하지만 나는 그녀에게 죽을 권리가 있다고 생각하고 있었다. 그것은 심지어 코스트가(家)의 한 사람을 위해서는 완벽한 일이기까지 했다. 그녀는 따뜻한 곳에 있었다. 나는 그녀에게 티끌만큼도 나쁜 일을 할 수 없었다(또 그렇게 하고 싶지도 않았다). 그것은 우리가 감히 꿈도 꿀 수 없는 종말이었다.

쥘리는 다시 흥분하기 시작했다. 나는 죽음이 그렇게 쉽게 오지 않는다는 것, 늘 몹시 소란을 피우면서 죽음을 향해 달려가야 한다는 것을 알고 있다. 더욱이 그 상태는 하루나 이틀을 끌 수도 있다. 나는 의사가 아니다. 여하튼 쥘리가 여기서 밤을 보내게 된다면 나는 내일 꼭두새벽에라도 폴란드의 풍차에 전보를 치겠다고 작정했다. 그때까지는 그녀를 돕는 일 외에는 달리 할일이 없었다.

따라서 나는 쥘리의 의견에 전적으로 동의를 표했다. 그리고 그녀에게 레옹스가 우편마차역에서 무엇을 하려고 하는지 상냥하게 물어보았다. 말을 하다 보면 결국 그녀가 잠들리라고 생각했기 때문이다.

쥘리는 레옹스가 영원히 떠나려 한다고 했다.

나는 완전히 어안이 벙벙했다. 게다가 이해하겠지만 별로 그녀가 하는 말에 주의를 기울이지 않고 있었다. 그래서 나는 그녀에게 멍청하게 물었다.

"어디로 간다는 말씀입니까?"

그녀는 분명 내가 자기를 놀리고 있다고 생각했을 것이다. 지금도 나는 이 일을 후회하고 있다(그리고 쉽게 진정되지 않는다).

그녀는 나보고 도와 달라고 애원했다. 나는 그녀에게 마차 역은 저녁 열시가 되어야 우편의 출발과 도착 업무를 본다고 했다(그건 사실이었다). 그때 시각은 여덟시였다. 닫혀진 마구간 앞에서 두 시간 동안을 노상에서 떨고 있을 필요가 없었던 것이다. 레옹스도 문을 열게 할 수는 없는 터였다. 시간은 있었다. 그때까지 기다리면서 몸을 데우고 있는 편이 나을 것이라고 나는 그녀에게 말했다.

쥘리는 따뜻한 방안의 공기 때문에 내 말에 귀가 솔깃했음이 분명했다. 그녀는 안락의자에 몸을 웅크리고 있었다.

"나를 속이고 있는 것은 아니죠?"라고 그녀가 말했다.

누가 행여 쥘리를 속이고 싶어할 수 있으랴? 나는 예전엔 그토록 자랑스러운 그 정신 속에 '지성'이 쇠퇴한 것을 보고 놀랐다. 그녀는 완전한 착란 상태에서 계속 떠들어댔다. 그녀의 오빠인 장이 그녀의 머릿속에 되살아나고 있었는데 그녀는 그를 자기 아들과 혼동하고 있었다. 나는 그녀가 하는 이야기를 따라가기가 힘들었다. 행복과 미덕으로 가득 차 있는 그 훌륭한 레옹스를 옛날의 파괴자 아이아스가 했던 대로 행동하게 하는 것은 그 누구의 상상력으로도 할 수 없는 일이었다. 이러한 혼란 상태에서 어처구니없는 논리를 펴기 위해서는 정말 죽음의 도움이 있지 않으면 안 될 것이다.

나는 쥘리가 더할 나위 없이 똑같은 분신을 만들어 내는 그 세세한 사실들을 찾으러 이제 어느 곳으로 갈까 하고 자문해 보고 있었다. 쥘리는 늘 악의 없는 모습을 보였었다. 그녀는 결코 우리와 같은 무기를 갖고 우리와 싸운 적이 없었다. 그런데 그녀는 지금 골수에 박힌 위선자보다도 더 능란하게 위선을 생각해 내고 있었던 것이다. 그녀가 이야기하는 것은 때론 너무나 정확해서 나는 '이 여자가 어떻게 그런 것을 꾸며 낼 수 있단 말인가?' 하고 의아해하기도 했다. 하지만 그것은 정말 꾸며낸 것이었다. 나는 레옹스가 그런 역할을 하리라곤 보지 않았다. 그는 틀림없이 불안해하면서 자기 어머니를 찾으려 등불을 들고 폴란드의 풍차 주위의 숲속을 돌아다니고 있을 것이다. 그렇게 함으로써 그는 코스트가(家)의 운명으로 다시금 주위 사람들을 동요시키고 있을 것이다. 하지만 천만의 말씀. 그들은 내일 아침이면 알게 될 것이다. 더 이상 코스트 가의 운명은 존재하지 않는다는 사실을.

아니면 있다 하더라도 조금밖에는 남아 있지 않다는 사실을. 쥘리를 우리 집에 데려오고 우리 집 불 곁 안락의자에 앉히고 내 이불을 덮게 한 그녀의 마지막 외출이 이제 조금밖에 남아 있지 않은 코스트 가의 운명이 될 것이다.

코스트가(家)의 운명은 조제프 씨의 아들 레옹스에게는 아무런 영향을 줄 수 없었다. 운명은 이 빈사의 여인의 머릿속에 거짓 드라마의 배경을 심어 주기 위해 단지 이 여인의 나약한 상태를 이용할 수밖에 없었던 것이다. 운명은 아직도 이 여인을 괴롭히는 데는 성공했다. 하지만 그것은 환상의 차원에 머무르는 데 그쳤다. 운명은 그녀가 사랑한 것을 파괴했으나 그 일은 너무나 늦게 찾아왔다. 그녀는 죽을 것이다. 하지만 이 아말렉 집안이 그토록 희구했던 그 아름다운 죽음을 죽을 것이다.

그녀를 진정시키고 다시 제정신으로 돌아가게 하기 위해 나는 루이즈의 소식을 물어보았다. 그녀는, 루이즈는 완전히 건강을 상하고 정신적으로도 한계에 와 있다고 대답했다. 병 때문에 몸을 조금도 움직이지 못하게 되어 루이즈는 심신이 쇠약할대로 쇠약해 있다는 것이었다. 그녀의 눈과 떨리는 입술에서 그녀로서는 받아 마땅하지 않은 지옥을 보는 듯했다. 만일 오늘 저녁 이 일이 이루어지게 내버려 둔다면, "두 여자는 헛간에서 목을 매달고 죽고 말 것이다."라고 쥘리는 말했다.

이윽고 쥘리는 벽시계를 보고 자리에서 일어나서 지금 가야한다고 했다. 나는 무척 당황스러웠다. 앞에서 말한 대로 나는 걸으려면 여간 힘이 드는 게 아니다. 또 다리가 쑤시기도 하다. 그렇지만 나는 강제로라도 그녀가 그 자리에 계속 있도록 할 수도 없었다. 게다가 나는 힘으로도 그렇게 할 수 없었다. 우리 두 사람은 모두 늙었다. 나는 그녀가 이제 막 죽음을 눈앞에 두고 있다고 생각하고 있었다. 나는 그녀가 혼자 떠나게 내버려 둘 수 없었다. 내가 그녀와 같이 나가지 않는다면 그녀는 혼자라도 갈 것임이 분명했다.

나는 외투를 입고 그녀보고 천천히 가라고 애원하며 열심히 그녀를 뒤쫓아갔다. 나는 그녀가 비틀거리거나 보도 위에 쓰러지는 것을 보면 언제라도 도움을 청할 수 있도록 주위를 둘러보며 걸어갔다.

춥고 안개가 자욱한 밤이었다. 우리는 우리처럼 마차역에 가는 사람들 몇몇과 부딪치기도 했다.

사람들은 안개 속에서 느닷없이 나타난 우리들을 보고 무서워했을 것이다. 그녀는 요란스런 빛깔의 비단 옷을 입고 내가 쫓아갈 수 없을 정도로 단호한 걸음으로 걷고 있었다. 그녀는 내게 되돌아오기도 하면서 같은 길을 개처럼 세 번씩이나 오갔으며, 나는 그녀 뒤에서 절름거리며 힘들게 걷고 있다. (내가 곱추라고 말한 적이 있던가?)

나는 쥘리에게 우편 마차 역에는 10시 마차로 도착한 우편물을 분류하는 직원 한 사람과 부싯깃으로 파이프에 불을 붙이고 있는 마부 한 사람밖에는 보이지 않는다고 말했다. 그러나 그녀가 마음을 놓도록 나는 마부에게 다가가서 오늘 저녁 혹 누군가에게 기차역까지 가는 급행 마차를 빌려준 것을 알 수 있느냐고 물었다. 그는 칠판을 보면 된다고 대답했다. 그는 내 대신 칠판을 보고 한 시간 전에 누군가가 마차를 빌려 갔다고 내게 말해 주었다.

그 말을 듣자 나는 곧 섬뜩한 생각이 들었다.

"마차를 빌린 사람의 이름을 알 수 있을까요?"

그는 특별 마차를 빌리려면 신분증을 제시해야 되기 때문에 이름을 아는 것은 어렵지 않다고 했다.

그는 역장을 불렀다.

역장은, 질이 좋지 않은, 자기 생각으로는 분명히 갈보 같은 여자 한 사람과 오 맙소사! 평범한 남자 한 사람이 마차를 빌려 간 것으로 기억한다고 말했다.

그는 손가락으로 장부 위를 집었다.

——지주 레옹스 드 M······.

그 말을 듣고 당시 나는 온 힘을 다해 대여섯 걸음 달린 것으로 기억한다. 그러나 쥘리는 나처럼 신경통을 앓지 않은 터라 나보다 더 빨리 달려갔다. 나는 그녀의 뒤를 쫓느라고 아니 그녀를 찾으려고 밤의 태반을 안개 속에서 헤맸다. 심지어 나는 혹 보도 위에서 누운 몸에라도 부딪칠까 하는 희망으로 바보처럼 지팡이로 내 주위를 더듬기도 했다. 나는 기진맥진해져서 집으로 되돌아왔다. 이 사건은 정말 악몽과 흡사해서 나는 본능적으로 깊은 잠을 잤다.

당연한 일이지만 나는 류마티즘 발작이 일어나 이 때문에 삼 주 이상을 침대에 누워 있었다. 발작이 끝나자 나는 문을 닫고 다시 화초를 돌보기 시작했다.

작품 해설

인간이 벗어날 수 없는 초월적인 힘 앞에서

　장 지오노(Jean Giono)는 1895년 남프랑스의 마노스크(Manosque)에서 구두 수선공인 아버지 장 앙투안느 지오노와 세탁소에서 다림질하는 폴린느 푸르생 사이에서 장남으로 태어났다. 그의 조부인 장 바티스트 지오노는 이탈리아 피에몽 출신으로 이탈리아 독립과 혁명을 위한 비밀 결사조직인 이른바 '숯불당원(carbonaro)'으로 활약했으며, 당국으로부터 사형 선고를 받고 1832년 프랑스로 망명했다. 『제르미날』의 작가 에밀 졸라(Emile Zola)의 부친 프랑수아 졸라 역시 비슷한 시기에 같은 이유로 프랑스에 망명했다고 한다. 근면한 노동자의 집안에서 비교적 평범한 유년 시절을 보냈던 지오노는 중등학교에 다닐 때 부친이 뇌졸중으로 쓰러진 후 가족의 생계를 위해 학업을 포기하고 은행 점원으로 취직했다. 당시 그는 얼마 안 되는 용돈으로 비교적 저렴한 가격으로 구입할 수 있는 가르니에 출판사에서 나온 '고전 총서', 특히 그리스 비극 작품들을 탐독했으며, 몇몇 친구들과 문학 서클을 만들어 문학에 대한 소양과 관심을 넓히기도 했다. 1차 세계 대전 때 동원되어 치열한 전투에 참전하기도 했던 지오노는 1920년에 귀향, 중등학교 복습 교사인 엘리즈 몰랭(Elise Molin)과 결혼한다. 결혼 후 몇 편의 시와 산문시를 잡지에 기고했던 지오노는 1928년 장 폴랑(Jean Paulan)이 주간으로 있었던 《코메르스》지(誌)에 장편 『언덕(Colline)』을 발표했다. 이듬해 이 작품은 미국에서 브렌타노 상을 수상한다. 이어 발표한 작품들이 문단의 주목을 끌게 되자 지오노는 그동안 몸담고 있던 은행을 퇴사하고 전업 작가의 길을 걷기 시작한다. 그 후 지오노는 1970년 타계할 때까지 소설, 시, 희곡, 시나리오, 에세이 등 거의 모든 문학 장르에 걸쳐서 오십여 편에 이르는 방대한 양의 작품과 정치와 시사 문제, 환경 보호 등을 다룬 숱한 글을 썼다. 그러나 무엇보다도 지오노는 후세에 천부적인 이야기꾼으로서, 양차 세계대전에 걸쳐서 프랑스를 대표하는 소설가의 한 사람(이미 앙드레 말로는 20세기 프랑스를 대표하는 세 명의 소설가로 자기 자신, 앙리 몽테를랑, 그리고 지오노를 손꼽은 바 있다.)으로 평가받을 것이다.

그의 소설 세계는 일반적으로 세 시기로 나뉘어져서 논의되고 있다. 제1기에 속하는 작품은 『보뮈뉴에서 온 사람(Un de Baumugnes)』(1929), 『소생(Regain)』(1932), 『세상의 노래(Chant du monde)』(1934), 『영원한 기쁨(Que ma joie demeure)』(1935) 등

으로, 여기서는 주로 마르세이유에서 알프스 기슭 일대에 걸친 풍토를 배경으로 그곳 사람들의 이교적인 세계가 자연주의적인 기법으로 묘사되고 있다. 지오노는 이 시기의 작품들을 통해 인간과 세계의 조화를 일관되게 주장하고 있는데, 그의 이러한 범신론적이고 신화적인 우주관은 당시 정신적인 가치의 추구에 부심하고 있었던 문단의 큰 호응을 얻어 한때 '지오니즘(gionisme)'이라는 풍조를 불어넣기도 했다. 특히 제1기의 작품 중 걸작인『영원한 기쁨』에서는 방랑자인 보비의 입을 통해 인간은 자연의 질서에 순응해야 하고 그렇게 함으로써 생명의 원초적인 근원을 되찾아야 한다는 지오니즘의 이념이 적극적으로 피력되고 있다. 그렇다고 해서 언뜻 목가적으로 비치는 이 지오니즘이 자연에 대해 낙관적인 견해를 갖고 있는 것은 결코 아니다. 이 작품과 역시 제1기에 속하는 작품인『산속에서의 전투(Bataille dans la montagne)』(1937)의 비극적인 결말이 보여 주듯 지오노의 자연은 종종 그 앞에서 인간이 무력하게 감수해야 하는 잔혹하고 적의에 가득 찬 힘으로 나타난다. 따라서 제1기의 작품에서 늘 감지되는 희망과 행복, 혹은 그 가능성은 지오노가 묘사한 세계 속에 있다기 보다는 차라리 그의 글쓰기 자체 속에 있다고 볼 수 있을지도 모른다. 그의 글 속에 보이는 이러한 정신성(훨씬 뒤에 나온『나무를 심은 사람(l'Homme qui plantait des arbres)』(1953)에서도 확인되는)은 삶의 비관주의라든가 회의주의를 극복하게 해 줄 수 있는 생명의 충동력과 힘을 소설의 서술에 부여하고 있다. 아무튼 지오노는 그의 이상에 감명을 받은 많은 젊은이들의 방문을 받았는데, 이러한 젊은이들과 함께 세계대전이 일어나기 전까지 마노스크 근처의 산상에서 『영원한 기쁨』에 나오는 산상의 이름에 따라 명명한 '콩타두르(Contadour)' 모임을 여러 차례 갖기도 했다. 이 모임에서는 당시 대두한 파시즘과 물질 문명에 비판적이고 루소적인 자연 복귀에 동조하는 젊은 지식인들이 모여서 함께 독서와 토론을 하였는데, 지오노는 여기서 논의된 내용을 『참된 부(les Vraies Richesses)』에 수록하고 있다. 그 주된 내용은 전원 생활의 가치의 회복, 자연의 지배를 꿈꾸는 부르주아에 대한 비판, 도시화, 지식 만능, 돈, 기술에 대한 멸시 등이다. 그러나 이 소박한 환경보호론적 이상주의는 제2차 세계 대전의 발발로 결실을 보지 못하고 콩타두르 모임도 중단된다. 이어 지오노는 공산주의에 동조하고, 전쟁에 반대하는 평화주의적인 글을 썼다는 이유로 1939년 9월 체포되어 마르세이유에 있는 생 니콜라 교도소에 두 달 간 투옥되고, 해방 후에는 비시 정부의 노선을 따르는 잡지에 글이 실렸다(본인의 의사를 무시하고)는 이유로 여섯 달 동안 생 뱅상 수용소에 감금되는 수난을 겪기도 한다. 그때마다 무혐의로 풀려나기는 했지만 지오노는 이러한 일을 겪으면서 인간 사회의 악의와 잔혹성에 혐오를 갖게 되며, 해방의 열광에 대해 거리를 취하면서 향리에서 떨어진 마르세이유에서 그의 제2기의 문학을 준비한다.

지오노의 제2기에 속하는 작품은 『권태로운 왕(Un roi sans divertissement)』(1947), 『노아(Noé)』(1947), 『대로(les Grands chemins)』(1951), 『지붕 위의 경기병(le Hussard sur le toit)』(1951)

본 역서인 『폴란드의 풍차(Le Moulin de Pologne)』(1952), 『앙젤로(Angélo)』(1958) 등이다. 이 시기의 작품은 두 부류로 나뉘어진다. 하나는 스탕달의 『이탈리아 연대기』에서 그 이름을 취한 이른바 '연대기(chroniques)'다. 이것은 다양한 서술 기법이 적용된 일련의 이야기들로 지오노는 이 양식을 말년에 이르기까지 추구했다. 다른 하나는 『지붕 위의 경기병』을 중심으로 하는 거대한 소설군(群)(cycle romanesque)이다. 본 역서는 연대기에 속하는 작품으로, 대체로 여기에 속하는 작품들은 제1기 작품에서처럼 그의 세계관을 이루는 '상상력의 남프랑스(Sud imaginaire)' 속에 뿌리를 내리고 있는 시공을 초월한 신화적인 사건이 아니라 분명한 시기, 일정한 지리적인 배경 속에서 일어나고 있는 사건을 다루고 있다. 지오노는 여기서 종래의 시적 이미지나 은유를 버리고 스탕달식의 간결한 문체를 구사하고 있으며 갖가지 사건들을 긴박하고 밀도 있게 펼쳐 놓고 있다. 작품의 주요 인물은 예전처럼 자연이 아니라 사회적인 관계 속의 인간이며, 아울러 주제도 더 이상 인간과 세계의 조화의 문제가 아니라 인간과 운명의 관계가 취급되고 있다. 제2기에 속하는 작품들에서도 인간을 짓누르는 폭력이 늘 등장하지만, 그것은 이제 우주 속에 존재하는 것이 아니라, 예컨대 『폴란드의 풍차』에서 볼 수 있는 것처럼, 운명이나 사회라는 틀 속에 존재한다.

* * *

『폴란드의 풍차』는 지오노가 1949년 12월에서 1952년 1월까지 근 2년 간에 걸쳐 쓴 작품이다. 그가 평소 작품을 쓰는 속도와 이 작품의 분량을 감안한다면, 이 소설은 비교적 늦게 탈고된 셈인데 그 이유는 그가 당시 다른 작업, 특히 마키아벨리에 관한 시론을 쓰는 데 얽매여 있기도 했고 또 예의 작품을 여러 차례 손질했기 때문이라고 한다. 작품의 제목에 대해서도 그는 '코스트가(家)의 죽음', '무제', '쉬즈의 붓꽃' 등 여럿을 놓고 고심했는데, 예의 작품에 나오는 사건이 우연의 지배를 받듯, 마지막에 가서 본 제목을 우연히 채택했다고 한다. 이 작품의 줄거리는 대략 다음과 같다.

폴란드의 풍차의 이야기가 전개되는 조그만 도시에 살고 있는 화자는 최근 이 영지의 소유자가 된 조제프 씨를 소개한다. 그는 타지에서 느닷없이 출현하여 도시의 모든 사람들을 매료시키는 40대의 남자인데 정작 그의 정체에 대해선 아무도 아는 사람이 없다. 화자는 과거로 돌아가 코스트가(家)에서 일어난 갖가지 비극적인 사건들을 이야기한다. 코스트는 외국에서 오랫동안 체류하다가 아내와 두 아들을 우발적이고 처참한 사고로 잃고 이곳에 귀향해 폴란드의 풍차를 세운 장본인이다. 자신에게 남아 있는 두 딸 아나이스와 클라라를 운명의 시련으로부터 벗어나게 하기 위해 코스트는 중매쟁이 오르탕스 양의 도움으로 대대로 평화로운 생활을 영위해 온 한 평범한 가문의 두 아들에게 시집보낸다. 코스트는 그 후 얼마 안 있어 낚시를 하다가 바늘에 찔려 죽는다. 폴란드의 풍차에는 아나이스와 피에르가 살고 있는데 이들의 딸 마리는 버찌의 씨가 목에 걸려 죽고 아나이스도 거의 동시에 산고로 죽는다. 또한 피에르의 큰아들도 어느 날 산책 도중 실종되고 만다. 기사령에 살고 있는 클라라와 폴은 액운을 피하기 위해 가족 모두를 데리고 파리로 이주하나 이들은 베르사이유 열차 사고로 전부 몰살당한다. 아나이스가 마지막에 난 아들인 자크는 피에르가 사망한 후 결혼한 조제핀과 행복한 생활을 하면서 두 자식, 장과 쥘리를 둔다. 장과 쥘리는 모두 학교에서 주변 아이들로부터 늘 코스트가(家)의 운명에 대해 들으며 '유령'이라고 놀림을 당한다. 이에 장의 마음은 냉혹해지고 쥘리도 우발적인 사고로 얼굴 반쪽이 일그러지고 만다. 가족이 모두 죽고 난 다음 쥘리는 폴란드의 풍차의 주인이 된다. 쥘리는 도시에서 미친 여자로 취급을 받는데 어느 무도회날 무도회장에 모인 사람들의 야유를 받고 조제프 씨의 집에 피신한다. 조제프 씨는 쥘리와 결혼한다. 이 부부 사이에서 레옹스가 태어나고 조제프 씨는 폴란드의 풍차를 지상의 낙원으로 만든다. 변호사인 화자도 조제프 씨의 사업을 돕는다. 조제프 씨는 번창한 영지를 쥘리와 레옹스에게 남기고 정상적인 죽음을 맞는다. 이제 폴란드의 풍차는 운명의 타격에서 벗어나 있는 듯이 보인다. 그러나 어느 날 저녁 쥘리는 미친 여자로 취급받던 때의 옷차림을 하고 화자의 집을 찾아온다. 그녀의 말에 따르면 레옹스는 자기와 반신불수의 아내를 버리고 매춘부와 함께 폴란드의 풍차를 영원히 떠나려 한다는 것이다. 그리고 쥘리 자신도 아들을 찾으려 헤매다가 어둠 속으로 사라지고 만다.

작품 해설

줄거리만 보더라도 5대에 걸친 코스트가(家)의 죽음을 다룬 이 작품은 뚜렷하게 비극적인 성격을 띠고 있다. 지오노는 앞에서 언급한 것처럼 일찍부터 비극, 특히 그리스 비극에 대해 깊은 관심을 가졌었다. 그는 1939년 1월 19일 날짜의 일기에서 '1911년에서 1912년 사이에 그리스라는 나라와 그리스의 위대한 작가들과 처음 접하고 내 마음속에는 이제껏 없었던 풍요함이 쌓였다'라고 적고 있다. 그리스 문학의 발견은 그로 하여금 그리스의 문학적인 풍토와 지중해의 세계와 매우 가까운 고지 프로방스(Haute-Provence)의 지리적 풍토(지오노는 어린 시절 심약했던 터라 그의 아버지의 강권으로 방학이 되면 혼자서 고지 프로방스 지방을 도보나 승합마차로 여행하며 그곳 목동들의 생활에 접하기도 하고 그 지방의 황량하고 야생적인 자연을 눈앞에 보고 불안과 매혹이 뒤섞인 감동을 느끼기도 했다.)를 자연스럽게 연결시켜 주었던 것이다. 그에게 고지 프로방스 지방은 이제 '신들의 그림자에 파묻힌 고장'으로 표상되기 시작한다. 그의 초기 소설에서도 도처에 불길한 힘에 자신을 맡기고 고대의 비극적인 인물들처럼 피비린내 나는 잔혹한 운명을 사는 인물들이 그려지고 있다.

여기서 비극에 대해 잠시 살펴보자. 아리스토텔레스가 내린 고전적인 정의에 따르면 비극이란 진지하고 일정한 길이를 가진 완결된 행동을 품위 있는 언어와 희곡의 형식을 통해 모방한 문학 작품이다. 비극의 주인공은 대체로 우리보다 월등한 인간이며 그 줄거리는 이러한 주인공이 조상이 저지른 죄업이나 주인공 자신의 결함 때문에 행복한 상태에서 불행한 상태로 급전직하하는 사건을 담고 있다. 아울러 비극의 주인공이 겪는 불행은 관객에게 연민과 공포를 자아내며, 이를 통해 감정의 카타르시스라는 효과를 빚어 낸다. 대체로 그리스 비극에 나오는 주인공들은 왕족과 같은 훌륭한 가문이 신의 저주를 받아 대대로 겪는 수난을 그리고 있다. 아티카 비극의 대표적인 작품인 『오이디푸스왕』에서 오이디푸스는 본의 아니게 자기 아버지 라이오스를 죽이고 어머니인 이오카스테와 결혼하는 과오를 저질러 실명의 처벌을 받는 불운을 겪는다. 그런데 그 이유는 그의 아버지 라이오스가 젊었을 때 필리포스왕의 궁궐에 망명 생활을 하면서 그곳의 아름다운 왕자인 크류이시포스를 사랑하여 동성애를 범해 신의 저주를 받았기 때문이며, 또한 그가 고국 테바이로 돌아왔을 때 자식을 낳으면 안 된다는 신탁을 어기고 이오카스테에게서 아들을 얻었기 때문이다. 신의 저주는 오이디푸스에게만 그치지 않고 그의 자손인 안티고네, 에테오클레스, 폴뤼네이케스에까지 미친다. 따지고 보면 오이디푸스와 그 자손들은 자신들이 저지르지 않은 죄업으로 신의 처벌을 받는 것이다. 한 사람의 죄업에 비해 그 타격의 범위가 엄청나게 넓다는 점에서 비극의 원인은 한 개인의 죄업보다는 오히려 인간의 힘에서 벗어나 있는, 그리고 그에 대해 인간이 벗어날 수 없는 초월적인 힘, 즉 운명에 기인한다고 할 수 있다. 이런 의미에서 그리스 비극은 운명 비극이다. 아울러 비극의 주인공은 자신의 결함 때문에 처벌을 받기도 한다. 이 경우 주인공의 결함은 정상인의 능력을 월등히 능가하는 능력을 갖거나 사회의 규범을 위반하는, 그리스인들이 히브리스(hybris)라고 부른 것, 즉 과도함과 그에 따르는 오만함에 있다. 그러나 신은 자신의 절대적인 우월성이 문제시되는 것을 용납하지 않는다. 아이스큘로스의 『프로메테우스』에서 불을 훔쳐 인간에게 준 프로메테우스에 대해 제우스가 가차없이 내리는 형벌이 그러한 예다.

우리의 작품으로 돌아가 보자. 코스트가(家)가 대대로 겪는 액운은 성경의 「출애굽기」에서 모세가 이끄는 이스라엘 민족이 가나안으로 가는 길을 막다가 여호와의 저주로 전 종족이 몰살당하는 아말렉족이 겪는 액운('나는 하늘 아래에서 아말렉족에 대한 기억을 완전히 지워 버리리라'(「출애굽기」 17장 14절))과 비교되고 있다. 그렇다면 우리의 작품에서 코스트가(家)가 겪는 액운의 원인은 어디에 있을까? 그 원인은 코스트의 조상이 저지른 죄업에 있는 것 같지는 않다. 작품에는 이에 대한 언급이 전혀 나오지 않는다. 그 원인은 전적으로 코스트 개인에 있는 것처럼 보인다. 코스트라는 인물이 그가 겪는 예외적인 상황에 부합하는 예외적인 인물이라는 점에서 그의 가문의 비극의 원인은 앞에서 말한 과도함에 있는 듯하다. 그의 성격은 '빵을 베푸는 선량한 마음에서 곧장 피에 굶주린 잔인함으로 치달을 수 있는 격렬하고 급변하는 기질의 소유자였다'라고 묘사되고 있다. 양극적인 감정을 중간 단계를 거치지 않고 오갈 수 있다는 것을 성격적인 혹은 기질적인 과도함이라면 과도함이라고 할 수 있을 것이다. 어떤 특이한 점이 없다면 비극적인 주인공도 없는 것이다. 이에 반해 오르탕스 양이 코스트의 두 딸의 사윗감으로 내놓은 피에르와 폴은 이들에 대해 아무런 할말도 없는 극히 평범한 남자들이다. 이들은 800년 동안 조상으로부터 물려온 땅을 더도 말고 덜도 말고 고스란히 지켜온, 코스트식의 표현을 따르면, '신이 망각한' 평범한 사람들이다. 그리고 이 평범함이야말로 인간의 행복을 이루는 조건이다. 조제프 씨와의 결혼으로 행복의 정점에 도달한 쥘리도 '난 다른 사람들보다 더 행복해지고 싶지는 않아요'라고 자기의 소원을 말한다. 하지만 오르탕스 양의 말대로 '누구나 평범할 수는 없는 것이다.' 평범한 남자들에게 시집을 보냄으로써 자기 딸들에 대해 운명이 미치는 힘이 약화되리라는 코스트의 기대와는 달리 운명의 신은 이들에 대한 관심을 버리지 않고 있다. 운명의 신은 적당한 시기를 기다리고 있다가 예기치 않은 순간에 무자비하게 일격을 가할 것이다. 이리하여 피에르는 아나이스와 딸 마리를 거의 동시에 잃는다. 피에르의 형 폴은 식구를 모두 데리고 파리로 도피함으로써 운명으로부터 벗어날 수 있으리라고 생각했지만 그가 선택한 방법 그 자체가 치명적임이 드러난다. 운명의 장난이라고 할까, 일가족이 모두 베르사이유 열차 사고로 처참하게 죽고 마는 것이다.

성격이나 기질의 과도함은 피에르 드 M……의 손자인 장과 그의 누이 쥘리에게도 나타난다. 장은 싸움소와 같은 용모에 집을 나간 그의 삼촌처럼 '미노타우로스의 이마'를 하고 있다. 어린 시절부터 그는 코스트처럼 쉽게 분노를 터뜨리는 과격한 성질을 지니고 있으며, 유년 시절에는 자신의 성과 그 성에 결부된 운명에 대해 비난을 하는 동급생들에 대해 끔찍한 분노와 유령과 같은 용기로 맞선다. 장은 역시 유전적으로 코스트가(家)에 특유한 극단적인 기질, 즉 '선함이라고는 티끌만큼도 없이 사랑과 분노가 동시에 들끓는' 기질의 소유자이다. 폴란드의 풍차의 주인이 되자 그는 물불을 가리지 않고 광포하게 타인뿐만 아니라 자기 자신을 파괴하는 일에 뛰어든다. 피에르 드 M……처럼 방탕과 알콜이 아니라 자신의 목숨까지도 그 대가로 지불하는 광란의 사랑을 통한 장의 자기 파괴에는 그것이 파괴 그 자체를 목적으로 한다는 점에서 미적인 성격을 띠고 있다. 그의 광란이 담고 있는 미적인 성격은 그의 자기 파괴 행위를 비극적인 행위로 승화시킨다. 장의 성격을 묘사하는 데 여러 번 사용되고 있는 '광기'의 불어 표현인 'fureur'라는 단어는 라틴어 'furor'에서 그 어원이 비롯하는데, 이 말은 그 원인이 자기 자신에 있는 것이 아니라 외부, 즉 신이 야기시킨 광기를 의미한다. 장의 광기는 폴란드의 풍차에 정신적인 황폐와 물질적인 손해를 남기고 비참한 권총 자살로 끝맺는다.

장의 여동생 쥘리의 기질에서도 비극적인 행위를 유발시킬 수 있는 요소를 찾아볼 수 있다. 쥘리 역시 광기를 지니고 있는데, 이 광기는 음악에 대한 정열을 통해서 표출된다. 그녀가 유년 시절부터 결혼하기 전까지 받는 박해는 코스트가(家)에 내린 저주의 연장이라고 할 수 있다. 그녀는 '우애의 무도회'에서 자신의 운명을 바꿔보려는 절망적인 시도를 해 보기도 한다. 무도회에 모인 사람들에게 도전이라도 하듯 혼자 춤을 추고 난 다음, 쥘리는 경품의 추첨(운명을 상징한다고 할 수 있는)에서 추첨을 주재하는 공증인 P…… 씨에게 '행복에 당첨될 수 있는지' 묻는 장면이 그것이다. 그러나 그 대답 격인, 극장 안이 떠나갈 듯 울리는 사람들의 웃음소리는 쥘리의 기도가 헛된 것임을 증명한다. 이 야유는 말하자면 쥘리를 정신적으로 죽음으로 몰고 간다. 코스트가(家)의 비극이 재현되려는 찰나에 있는 것이다. 이에 대해 화자는 이렇게 말한다. '나는 우리가 보는 앞에서 운명이 움직이고 있음을 깨달았다. 오직 나만이 무덤 속에서 코스트가(家)가 움직이는 것을 바로 눈앞에서 보는 예외적인 행운을 가진 유일한 사람이었다'라고. 무도회가 끝난 후 조제프씨가 그녀를 구원해 주지 않았더라면 쥘리는 아마 자기 할아버지 피에르처럼 정신 병원에서 삶을 마감하거나 아니면 목 매달고 자살했을지도 모른다. 왜냐하면 그녀와 동시대의 사람들에게 쥘리는 코스트가(家)의 마지막 남은 사람이며 코스트가(家)를 파멸시킨 끔찍한 불행과 악을 구현하고 있는 사람으로 비치기 때문이다. 따라서 언제든 운명의 재앙이 마치 전염병처럼 퍼지기 전에 잠재 상태에 있는 이 재앙의 근원을 제거하기 위해서 쥘리는 사라지지 않으면 안 된다. 그렇게 됨으로써 쥘리는 사회의 희생양이 될 것이다. 고대 그리스에서 디오니소스에게 바쳐지는 제물처럼. 사실 그녀는 조제프 씨 덕에 삼십여 년을 조용하고 행복하게 살지만 결국 자기 아들 레옹스의 손에 의해 죽음을 당하고 만다.

우리는 피할 수 없는 운명의 희생물이 되는 코스트가(家)의 자손들과는 달리 오르탕스 양과 조제프 씨에게서 운명에 도전하는 영웅적인 인물을 본다. 오르탕스 양은 운명의 일격에 대해 폴란드의 풍차를 지키기 위해 빈틈없는 경계를 늦추지 않는다. 화자는 오르탕스 양과 운명의 싸움을 이오(Io)의 전설을 인용하여 설명한다. '그녀는 (……) 운명이 하는 일을 방해하고 그 기쁨을 망쳤으며, 등에가 황소에게 하듯, 운명을 자기 손아귀에 넣을 때까지 끊임없이 못살게 굴었다'라고. 그녀가 살아 있는 동안 폴란드의 풍차는 당분간 재앙에서 벗어나 짧은 기간 동안이나마 평화를 누리고 있는 것처럼 보인다. 하지만 오르탕스 양도 결국 자기의 양아들이라고 할 수 있는 자크에게 간접적이지만 잔혹하게 죽음을 당하고 만다.

조셉 씨는 훨씬 우리의 관심을 끄는 인물이다. 제1장의 제사(題詞) '없어서는 안 될 훌륭한 분, 나의 왕자님'은 엘리자베스조(朝)의 극작가 토마스 미들톤(Thomas Middleton)과 윌리엄 로우레이(William Rowley)의 합작 『바꿔친 아이(The Changeling)』에 나오는 귀절이다. 제사에 나오는 인물은 예의 소설에 나오는 드 플로레스를 가르킨다. 드 플로레스는 말하자면 청부 살인자로 여주인공이 싫어하는 구혼자를 처치한 대가로 그녀에게 순결성을 요구하는 인물이다. 그런데 이 귀절은 원작의 문맥에서 떼어놓으면 조제프 씨에게 잘 적용된다. 왜냐하면 조제프 씨가 이 작품의 사건에서 하는 진정한 역할은 제3장의 말미에서 쥘리를 구원하는 데 있음이 밝혀지기 때문이다. 그 동안 이 주인공은 가면의 기사처럼 미지의 인물로 처신하다가 여주인공이 절박한 위험에 처하는 순간 싸움에 뛰어든다. 몇몇 소수의 특권층이 이권을 독점하고 있고 범상하고 좀스러운 인간들로 채워져 있는 이 폐쇄된 조그만 도시에 조제프 씨의 느닷없는 출현은 처음에는 도시의 사람들에게는 위협으로 느껴질 수밖에 없다. 상류 사회 사람들과 아무 거리낌없이 카드놀이를 하는 것이나, '상상할 수 없을 정도의 생활과 이에 부합하는 권력'을 말해 주는 그의 화려한 식탁보와 냅킨, 마을의 골칫거리인 카브로 부부를 얌전한 양으로 만든 일, 마을에서 따돌림을 당하는 엘레오노르와 소피의 명예를 회복해 주는 일 등등은 그가 지닌 권력을 말해 준다. 서민들에게 호감을 사고 지배 계층을 휘어잡는 조제프 씨에게는 마키아벨리의 모습이 보인다(사실 지오노는 이 작품을 쓰면서 마키아벨리의 시론도 집필하고 있었다). 화자도 처음에는 그가 이 도시를 지배하기 위해 이곳에 오지는 않았나 하는 추측을 하기도 한다. 그러나 조제프 씨가 쥘리와 결혼하고 화자 자신 그의 사업에 관여하면서부터 화자가 조제프 씨에 대해 품은 관점은 완전히 변화한다. 운명의 저주를 받은 폴란드의 풍차를 지상의 낙원으로 건설하고, 코스트가(家)의 자손들이 예외적인 운명으로부터 벗어나게 하고 이들에게 평범한 운명을 마련해 줌으로써 그 역시 오르탕스 양처럼 코스트가(家)의 운명과 맞서는 인물로 파악되는 것이다.

지오노의 『폴란드의 풍차』는 지금까지 본 바와 같이 코스트가(家)의 운명을 중심적인 사건으로 다루고 있다. 지오노 자신 이 작품을 미완의 상태로 남겨 두기도 했고 또 이 작품이 개방된 구성을 취하고 있기 때문에 마지막 남은 코스트의 자손들이 어떤 길을 걷는지 우리는 알 수가 없다. 다만 분명한 것은 운명이란 것이 이 작품에서 이에 대해 내린 정의, 즉

'겉으로 보기에는 당하는 것 같지만 사실은 도발하고 호소하고 유혹하는 사람의 은밀한 욕망 앞에 몸을 기울이는 사물들의 지능'이라 한다면 자기 파괴의 욕망에 몸을 맡기는 자에게 운명은 언제나 피할 수 없는 것으로 다가올지도 모른다. 그리고 지오노에게는 세계와 삶의 의미는 운명에 도전하거나 운명을 자기 앞에 끌어들이는 사람들에게만 열려 있는지도 모른다. 이러한 자들에게 지오노는 이름을 부여한다. 그리고 자기 보전의 본능에만 사로 잡힌 자들은 단지 익명의 숲(드 K……씨, 드 S……씨, 공증인 P……씨 등등) 속에 파묻혀 있을 뿐이다.

작가 연보

1895년 3월 30일 프랑스 남부 마노스크에서 장-앙투안느 지오
노와 폴린느 푸르생 사이에서 외아들로 태어났다. 부친
은 구두 수선공, 모친은 세탁소를 운영했다.

1900년 마노스크의 생 샤를르 봉헌 수녀원에 입학하여 기숙사
생활을 했다.

1902년 마노스크 중학교에 입학했다.

1906년 모친의 권유로 첫 성체배령을 받았고, 글을 쓰기 시작
했다.

1911년 부친이 뇌졸중으로 쓰러져 중학교를 중퇴하고 마노스
크에 있는 C.N.E.P. 은행에 점원으로 취직했다. 용돈을
절약하여 호메로스, 베르길리우스, 단테, 셰익스피어,
플로베르 등의 작품을 구입하여 탐독했다.

1915년   제1차 세계 대전으로 징집, 전선에 배치되어 1919년까
        지 군복무를 했다.

1920년   부친이 사망했다. 중학교 교사인 엘리즈 모랭과 결혼
        했다.

1921년   《라 크리에》라는 지방 잡지에 몇 편의 시(산문시)가 실
        렸다.

1924년   산문시집 『플루트 반주에 맞추어(Accompagnés de la
        flûte)』를 출간했다. 판매 부수는 5, 6 부에 그쳤다.

1925년   『오딧세이의 탄생(Naissance de l'Odyss)』을 출간했다.

1926년   큰딸 알린느가 태어났다.

1928년   『언덕(Colline)』의 발췌본이 장 폴랑이 주관하는 《코메
        르스》지에 실렸다.

1929년   『언덕』이 그라세 출판사에서 출간되었다. 이 작품의 성
        공으로 파리에서 지드, 파르게를 만났다. 미국에서 수
        여하는 브렌타노 상을 수상했다. 『보뮈뉴에서 온 사람
        (Un des Baumugnes)』을 출간했다. 앙티브의 지점장 자
        리 제의를 거절하고 은행을 퇴사했다.

1930년   『오딧세이의 탄생』, 『소생(Regain)』, 에세이 『마노스크
        고원(Manosque des plateaux)』을 출간했다. 마노스크를
        굽어보는 몽도르 언덕에 있는 조그만 집으로 이사하
        고, 그 집에서 여생을 보냈다.

1931년   최초의 희극 『길의 끝(Le Bout de la route)』을 출간했다.

1932년   갈리마르 출판사와 계약하고 『연민의 고독(Solitudes de
        la pitié)』, 『푸른 눈의 장(Jean le Bleu)』을 출간했다.

1933년   『별나라의 뱀(le Serpent d'étoiles)』을 출간했다.

1934년   『세상의 노래(le Chant du monde)』를 출간했다. 파뇰이
          『보뮈뉴에서 온 사람』을 「앙젤」이라는 제목으로 영화
          화했다. 둘째딸 실비가 태어났다. 파시즘의 대두에 저
          항하여 좌파 지식인 예술가 협회에 가입했다.

1935년   시적 전원 소설『영원한 기쁨(Que ma joie demeure)』이
          출간되었다. 이 소설이 담고 있는 반산업사회적, 유토피
          아적 메시지에 동조하는 젊은이들이 지오노 주위로 모
          여 지오노는 이들과 함께 콩타두르 모임을 결성했다.

1936년   『참된 부(les Vraies Richesses)』가 출간되었다.

1937년   『복종의 거부(Refus d'obéissance)』,『산중의 전투
          (Batailles dans la montagne)』를 출간했다. 적극적인 반
          전 활동을 펼쳤다.

1938년   전쟁에 반대하는 일련의 에세이집『하늘의 무게(le
          Poids du ciel)』,『가난과 평화에 대하여 농민에게 보내
          는 편지(Lettre aux paysans sur la pauvreté et la paix)』,
          『프레시지옹(Précisions)』을 출간했다.

1939년   제2차 세계 대전 발발과 함께 과거에 쓴 평화를 옹호
          한 글이 문제가 되어 생 니콜라 감옥에 두 달 동안 투
          옥되었다. 군사 재판소가 공소를 기각했다.

1941년   에세이『삶의 승리(Triomphe de la vie)』를 출간했다. 멜
          빌의『모비 딕』불역본에 서문을 썼다.

1943년   『맑은 물(L'eau vive)』을 출간했다.

1944년   친독일적인 잡지에 글이 게재되었다는 이유로 여섯 달

동안 투옥되었다. 석방된 후 마르세이유에 있는 친구
집에서 기거했다.

1945년 1월 어머니가 사망했다.

1947년 『권태로운 왕(Un roi sans divertissement)』, 『노아(Noé)』
를 출간했다.

1949년 『한 인물의 죽음(Mort d'un personnage)』, 『강한 영혼
(les Âmes fortes)』이 출간되었다.

1951년 『대로(les Grands chemins)』, 『지붕 위의 경기병(le
Hussard sur le toit)』이 출간되었다.

1952년 『폴란드의 풍차(le Moulin de Pologne)』를 출간했다.

1953년 모나코에서 수여하는 레니에 문학상을 수상했다. 시집
『순수함의 추구(Recherche de la pureté)』이 출간되었다.

1954년 콜레트의 후임으로 공쿠르 상 심사위원에 선정되었다.

1957년 『광적인 행복(le Bonheur fou)』을 출간했다.

1958년 『앙젤로(Angélo)』가 출간되었다. 프랑스와 빌리에에 의
해 『맑은 물』이 영화화되었다.

1960년 자신이 쓴 대본으로 직접 연출한 영화 「크로이소스」가
상영되었다. 이후 영화에 대한 관심 때문에 칸느 영화
제 심사위원직을 맡기도 하고(1961년), 프랑스와 르테
리에가 감독한 「권태로운 왕」의 대본 각색에 많은 도움
을 주었다. 마르셀 카뮤가 감독한 「세상의 노래」 기획에
참여했다.

1963년 일종의 역사서 『파비의 대참사(le Désastre de Pavie)』를
출간했다.

1965년   『폭풍 속의 두 기사(Deux cavaliers de l'orage)』를 출간
         했다.

1968년   『엔느몽드와 다른 인물들(Ennemonde et autres
         caractères)』을 출간했다.

1970년   『쉬즈의 붓꽃(L' Iris de Suse)』이 출간되었다.

1970년   마노스크에서 10월 9일 75세의 일기로 영면했다.

세계문학전집 **39**

폴란드의 풍차

1판 1쇄 펴냄   2000년 10월 1일
1판 38쇄 펴냄   2023년 6월 12일

지은이   장 지오노
옮긴이   박인철
발행인   박근섭, 박상준
펴낸곳   (주)민음사

출판등록   1966. 5. 19. (제 16-490호)
서울특별시 강남구 도산대로1길 62(신사동) 강남출판문화센터 5층 (우편번호 06027)
대표전화 02-515-2000   팩시밀리 02-515-2007
www.minumsa.com

ISBN 978-89-374-6039-5 04800
ISBN 978-89-374-6000-5 (세트)

* 잘못 만들어진 책은 구입처에서 교환해 드립니다.

세계문학전집 목록

세계문학전집은 계속 간행됩니다.